転生公女は今さら傷つかない2

姉の婚約者と幸せになるので、悪公女も傷も返上します！

そらほし

illustration m/g

CONTENTS

ICHIJINSHA IRIS NEO

この作品はフィクションです。
実際の人物・団体・事件などには関係ありません。

転生公女は今さら傷つかない２

姉の婚約者と幸せになるので、悪公女も傷も返上します！

第一章　あの日の約束

私の靴を直し、新しいリボンタイを一緒に取りに行こうと誘ってくれた男の子は、トラザイド王国の王太子殿下だった。

「アクィラ……様？」

「うん。君は、モンシラ公国のリリコット公女だね。その、よかったら、リリーと呼んでも？」

外遊先で出会った隣国の王太子は、照れくさそうに笑うとあらためて手を差し出した。そうして私たちは誰にも内緒でこっそりとアクィラ様の衣装部屋に入り込んだのだった。

新しいタイを探しながら、私たちは二人でいっぱいお喋《しゃべ》りをした。私にだけ意地悪をして遊ぶメリリッサのことは少しだけ言い辛《づら》かったけど、それ以外はとても楽しかった。

「あ！　待って、誰かが来たみたいだ」

弾む話の途中で、部屋の扉の向こう側に人の気配を感じたアクィラ様がシッと指を立てた。その時ちょうど開いた小さな棚の中に綺麗《きれい》に畳まれたタイが見えたので、私はとりあえずそれを掴《つか》む。

けれどどうしようか？　見つかれば怒られるのは間違いないわよね。

この衣装部屋に扉は一つしかない。振り返って見ても、あるのは大人の腰位置くらいの高さの窓だけだ。アクィラ様が様子を窺《うかが》っている後ろで、私は踏み台になりそうな木箱を窓まで運ぶと、小さく声をかけた。

「早く、こっちよ。アクィラ様」

私はアクィラ様の返事も待たずに、開いた窓の向こうへと、ぴょんっと飛び降りた。

慌《あわ》てたアクィラ様の手が窓枠をかする。でもここは幸いにして一階だし、ドレスの裾と着地さえ気をつければなんてことはない。後を追うようにしてすぐ、アクィラ様も窓から飛び出してきた。

そうして衣装部屋から外へと脱出した私とアクィラ様は、共犯だと言わんばかりに手を取り合って走り出したのだった。

初めは小さなクスクス笑いも、人気《ひとけ》のない木々に囲まれた場所にまで辿《たど》り着くと、いつの間にか二人向かい合って大声で笑っていた。何だかわからないけれど、とても楽しいと思った。

「リリーは凄《すご》いな。まさか、あんなところから飛び出すとは思わなかった」

少し落ち着いたアクィラ様の言葉に顔が赤くなった。あまりに大胆すぎたと、恥ずかしくなる。

「あ、あのっ！　アクィラ様は、お転婆《てんば》は嫌い？　もしそうなら、私ちょっとずつでも、気をつけるようにするわ」

「いいやっ、嫌いじゃ、ない。そうではなくて、……その、楽しいなって思ったんだ。リリーといると、凄く楽しいって！」

「私もよ！　アクィラ様といると、とても楽しいの」

同じ気持ちなのが嬉《うれ》しくて、私は何度も頷《うなず》いた。アクィラ様はそんな私の手をとると、真っすぐ私を見つめた。

「だから、もしリリーがよければ、大人になってもずっと私と一緒にいてほしい」

「え……それって……」

「うん。ちょっと気が早いけれど……考えてみて」

そう言ってはにかむアクィラ様の緑の瞳がきらきらと光る。恥ずかしさとどきどきが重なって、私はその時小さな声で「はい」としか答えられなかったけれど、とてもとても嬉しかった。

そしていつか、アクィラ様と婚約できる日を楽しみにしていたのに――。


「ごめんなさいね。あなたたちにとっては、むごいことをしていると恨まれても仕方がないことだわ」

私の瞳を覗《のぞ》き込んだ後、誰にも聞こえないようにと耳元でそっと囁《ささや》かれた。

静かに慰《なぐさ》めるような口調で、けれども大公妃としてははっきりとした決定事項を告げるお母様は、柔らかな手のひらをそっと私の頭にのせてから、優しくもう一度謝罪の言葉を続けてきた。

「本当にごめんなさい。それでもこれがモンシラとトラザイドの方針なの。……あなたも公女ならば、わかるでしょう？」

決して覆《くつがえ》ることはないと言外に伝えられたその言葉に、ただ頷くことしかできなかった私は大きく鼻をすすった。

そのせいで鼻の奥がツンっと刺激されて、止めようとした涙がどんどんと目に溜《た》まり出す。でも絶対にここで泣くことはできないし、したくない。メリリッサの前で泣きたくなんかない。

居並ぶ貴族たちからお祝いの言葉を受けるメリリッサを見ながら、私はぐっと唇を噛《か》みしめた。

先ほど大公殿下であるお父様から下された勅命《ちょくめい》により、トラザイド王国の王太子とモンシラ公国の第一公女との婚約が正式に伝えられた。

スメリル鉱山採掘のための融資にあたり、水面下で話し合われていた婚約話が調《ととの》ったのだ。

モンシラ公国第一公女が、トラザイド王国王太子と成婚ということになれば、両国の結びつきはより強固になると声高に喜びの声を上げる者、ボスバのようにその一部に取り込まれるのではと訝《いぶか》しがる者、様々な思惑が淀《よど》んだ滓《おり》のように大公宮殿内にこびり付いていくように思えた。

けれども私にはそんなことどうでもよかった。私にとって大事なのはそんなことじゃなかった。

私の髪を、大公妃であるお母様の手が労《いた》わるように撫《な》でる。皆の祝福と注目を浴びているメリッサはとてもご機嫌なようで、私のことなどちっとも目に入っている様子などない。だからその隙《すき》に、私はお母様に向かって小さく声をかけた。

「………アクィラ様は？」

それ以上の言葉は出てこなかったけれども、それだけで十分だった。お母様は私とアクィラ様が外遊先で人目を忍びながらも仲良くしていたのをちゃんと知っていたのだ。

「アクィラ殿下は王太子としての自覚をきちんと持たれている素晴らしい方よ」

その一言で、アクィラ様がメリリッサとの婚約を了承したことを理解した。

当たり前のことだ。私が今ここで「そんなの嫌だと」泣き喚《わめ》くことができないのと同じで、アクィラ様が断ることなどできはしない。この婚約は国同士の最重要事項であって、子どものたわいない約束など出る幕はない。

『今はこんなものしか見せてあげられないけれど……いつか一緒に見に行こう。一面に咲き誇る、あの美しい青を。リーディエナの花を』

茶色く変色してしまったというリーディエナの押し花を見せてもらい、誓った約束。

その約束に胸を弾ませ、騎士副団長に頼んでボスバ領の言葉を教えてくれる者を探してもらい、ぶっきらぼうな少年が私に少しずつ慣れるように、私もその言葉を覚えてきた。

今まで以上に刺繍《ししゅう》にも力を入れ、どうやってデザインすればあの花が一番素敵に見えるのかと考えた。けれども全部その意味をなくしてしまった。

「そう、ですか……」

ようやく絞り出したその声が震えるのがわかる。まだ見たことのないその青の色を、アクィラ様がメリリッサと一緒に見るのかと思うと悲しくなった。

ああ、ダメ。下を向けば止めたつもりの涙がまた零《こぼ》れだしてしまう。

力を入れて真正面を見据えると、人波の向こう側に立ち誇らしげに笑うメリリッサと目が合った。

大事に育ててきたアクィラ様へのこの思いを、メリリッサになんかいじられたくない。そう思ったから、少し無作法だけれども大きな声で「おめでとう、メリー！」と声を上げた。

心は張り裂けそうなくらい痛かったけれど、精一杯の笑顔をのせて。

＊＊＊

夢から目が覚めたその時、私の頭の中は酷《ひど》く混乱していた。

横になったまま手を目の前にかざせば、今の私、リリコットの白く長い指が見える。首を少しだけ傾ければ、目元からつっと落ちるひとすじの雫《しずく》。私は驚き、そしてその瞬間に理解した。

そうか、そうだったんだ。

私がどうしてボスバ領の言葉を習っていたのか。そしてどうして知るはずのないリーディエナの花の刺繍をすることができたのか。

それは全部、リリコットとアクィラ殿下との約束――。

子どもの戯言《たわごと》だと言ってしまえばそれまでのことだ。でも、私はずっとずっと本気で彼との約束を夢見ていた。

……あの日の、メリリッサと殿下の婚約が正式に決定されたと伝えられるまで、ずっと。

「参ったな、本当に」

明日アクィラ殿下が戻《もど》る前に、記憶が少しでも戻ればいいと思っていた。けれどもなくしていた記憶の中に、これほど悲しいものがあるとは思ってもいなかった。一時期、婚約者であったガランドーダのロックス王太子殿下に糾弾《きゅうだん》された時とは比べ物にならないほど胸が痛い。

ああ、私は最初から、アクィラ殿下のことをこれほどまで好きだったのだ。

明日には急ぎの用事でボスバ領へと出向いていたアクィラ殿下とヨゼフが戻る予定だというのに、本当に何をどう説明をすればいいのだろうか。

婚約者の入れ替わりなど絶対に知られてはいけないのに、リーディエナの花のテーブルクロスを刺繍したのが私だったということで、私がメリリッサでなくリリコットだということがアクィラ殿下にバレてしまっていた。

つい昨日までは、私の頭の中はそのことばかりでいっぱいだったはずなのに、今朝思い出したばかりの記憶がそれをあっという間に隅《すみ》に追い出してしまった。

前世で准看護師の千代崎百合香《ちよさきゆりか》として十八年生きてきた私は、浴槽でリストカットをした直後、リリコット・カシュケール、モンシラ公国の公女としてこの世界に転生していたことに気がついた。

しかもそれが、双子の姉であり悪公女と呼ばれるメリリッサと入れ替わり、嫌われているとしか言いようのないアクィラ殿下に嫁《とつ》ぐため、このトラザイド王国へ侍女のハンナとミヨ、そして護衛騎士のヨゼフの三人だけを連れてやって来たこと以外、全く何も覚えていないなんて最悪の状況で。

そんな中、初めこそ私には全く興味も持っていない様子だったアクィラ殿下が、からかうような態度で私に接してきたり、かと思えば私の医療に対する意見を無視することなく聞いてくれだした。

そんなふうに突然優しくしてきたアクィラ殿下にドキドキさせられているうちに、私は徐々にトラザイドでの生活にも慣れてきた。少しずつリリコットとしての記憶が戻りだし、このままここで幸せになれるのかも？　そう考えられるようになってきたところで、よりにもよってアクィラ殿下の留守中に、リリコットとメリリッサの入れ替わりがとっくにバレてしまっていたことを知ってしまった。

――そして今朝、とうとう私はアクィラ殿下との幼いころの大切な約束を思い出したのだ。

初めて好きになった人が約束した自分ではなく、意地悪な姉と婚約が決まっただなんて受け入れたくなかった。ましてやそれを祝福しなければいけない立場だったなんて……。

メリリッサとアクィラ殿下の婚約決定の記憶を思い返すと、それだけで胸が痛みを覚える。

でも……だったらその後、メリリッサがガランドーダのロックス殿下を寝とり、リリコットに成り代わった時、どうしてリリコットは喜ばなかったのだろうか？

心配はした。だからこそお母様にも進言をした。それはそうだ、婚約者の入れ替わりなど、どう考えても許されるべきことではない。

でも、感情のほうはどうだろう？　好きで、好きで、未来を夢見ていた人と結婚できるかもしれないという喜びを、あの入れ替わりの日の記憶を思い出した時、私は全く何も感じなかったのだ。

おかしい……今の私なら、許されないとわかっていても、絶対に嬉しいと震えたはずだ。

たとえ自分がリリコットだと公言できなくても、悪公女の二つ名を抱いたままでも、そんなものは関係ない。この記憶を、感情を思い出した今ならわかる。

何かがおかしい。これではまるで、わたしが――。

「リリー様、朝のお支度のお時間です。よろしいでしょうか」

「えっ、ええ。起きているわ、ハンナ」

この不可解な感情の答えは気になるけれど、まだ全てを思い出しきれていない今、そう簡単にわかるものではない。それに先日ハンナに取らせた休みの代わりに、今日はミヨが交代で休みを取る番だ。ただでさえ人手が足りない日にこれ以上ハンナに手間をかけさせるのも悪い。とりあえず考えることを先送りにして、私はベッドから降りた。

今日着るドレスの候補を何着か並べていると、メイド服ではないお出かけ用のワンピースを着たミヨが部屋へと入ってきた。

いつもニヨニヨと笑っているミヨでも今日の休みはことさら楽しそうに見える。

「ハンナ、その青いリボンのドレスにします。それからミヨ、今日は楽しんでいらっしゃい。これは少ないけれどもお小遣いとして持っていってちょうだい」

ドレッサーの引き出しから、便せんを折り紙に見立てて作ったのし袋を出してミヨへと手渡す。

いつも世話になっているからほんのお小遣いのつもりで、一昨日ハンナにも同様のものを渡したのだが、ミヨはなぜか中身よりものし袋のほうに興奮している。

「え、え、これどうやって作ってるんですか？　紙を折るだけで？　うわー、ちょっと姫様、作り方教えてくださいよぉ！」

　前世で施設にいた時、ボランティアの人たちから教わった折り紙がこんなに受けるとは思わなかった。こんなものくらいならいつでも教えるからと約束してミヨを押し出すように送り出す。

　放っておいたらいつまでも部屋に居座り続けそうだ。せっかくの休みの時間が勿体《もったい》ない。

　なんとかミヨが部屋を出ていくのを見届けてから朝食をとったが、二人分の仕事を一人でこなすハンナはいつもよりも忙しそうにしている。特に、明日はアクィラ殿下が戻ってくる日だということで、カリーゴ様もそちらの準備に時間をとられているため、手伝いが期待できない。

「リリー様、私は今から本館での用事を片付けてまいります。……お一人でも大丈夫でしょうか？」

　心配性のハンナらしい声がかかる。確かに私の側《そば》に付く人はいなくはなるけれど、扉の前にはアクィラ殿下が選んでくれた護衛騎士たちがいるので何の問題もないと思う。

　窓の外を覗いてみれば、澄みきった空の青と鮮やかな木々の緑が目に入った。

　……そういえば離宮へ行った日から、外に出ることもなかったな。

「そうね、せっかくの天気だから少し散歩でもしてこようと思うの。だからハンナも慌てないで、用事を済ませてきてちょうだい」

　一人でゆっくりと考える時間も必要だけれど、このまま部屋で鬱々《うつうつ》としながら考え込んでいても頭が痛くなるだけだろう。だったら外の空気に触れて気分転換をするのも手だ。

「散歩ですか？　リリー様がお一人で？　でしたらやはり私が側に付かせていただいたほうが……」

「あら、本当に大丈夫よ」

　でも、と言い渋るハンナ。部屋の前に立つ騎士たちに付いてもらうことにして、ようやく部屋から出ることを許してもらえた。

　あまり人の目につきたくなかった私は、小庭園の奥のほうに向かい歩いていった。花壇で色とりどりに咲く花を楽しみながらゆっくりと歩く私の歩調に合わせて、護衛騎士たちも邪魔をしないようにと少し距離をとりつつ付いてきてくれる。そうしてアウローラ殿下のお茶会会場だった場所に出れば、あの日と同じ白いテーブルを見つけた。その椅子に座り空を見上げると、本当に久しぶりといえる一人だけの時間を感じることができた。

　鮮やかな緑の木々の間をぬって吹く風が頬を撫でる。こうしていると今朝思い出した記憶の中の辛《つら》い気持ちも薄れていくような気がした。

　襟まで生地で覆《おお》われている、青いリボンのついた爽《さわ》やかなデザインのドレスの裾をつまみ、足元の白い靴を覗き見る。そういえば昔、こんなふうに何度も足の先を覗いていた日があった。あれは確か、アクィラ殿下と初めて会った時のすぐ後でおこなわれたお茶会。

　メリリッサには内緒にしようと二人口裏を合わせて初対面のふりをした。それでも時々口元が緩むのを抑えるのに、こうやって足元の靴を覗き込んだのだ。

　あの日と似た装いに、懐《なつ》かしい思い出がリンクする。青いリボンと白い靴の取り合わせに、じんわりと甘酸っぱい感情が染み出してくるような、幸せのひと時に酔いしれる。

「明日……明日にはアクィラ殿下も戻ってくる。だから、ちゃんと話さなきゃ」

　悲しい記憶もあったけれど、それ以上に大事な優しい記憶もあった。まだまだわからないこともあるけれど……。だからこそ、やはりまずはアクィラ殿下に対して、下手《へた》なごまかしはせずに私から直接伝えたい。

　私が、あなたとリーディエナの約束をした、本当のリリコットです、と。

　そうと決まれば残る一日を有効に使おう。まずはアクィラ殿下へ伝えるべきことを書き出してみようか。順序立ててきちんと。そして、私の気持ちも、しっかりと。

　んっと、背筋を伸ばす。やるべきことを決めたからには早々に部屋に戻ろうとして椅子から立ち上がると、さっきまで聞こえていた鳥のさえずりが聞こえなくなっていた。そう気がついたのと同時に、ざざざっと乱暴に草を踏みつける音が耳に入る。

「公女殿下、前を失礼いたします」

　少し離れたところにいたはずの護衛騎士たちがいつの間にか私の前と横で守るように立っていた。

「え、あ。ハンナ……？」

　現れた人影に一瞬ドキッとしたけれど、それが侍女のハンナだったとわかり、ほっと息を吐く。彼女は大丈夫だと伝えると、護衛騎士も一歩下がった。近づくハンナへ再度声をかけようとすると、どうも様子がおかしい。いつもの落ち着いた彼女とは違い、息を切らし酷く汗もかいている。

「あっ……あ、あの、リ……いえ、公女、殿下」

　名前を呼ぼうとしてやめたのは、私の側にいる護衛騎士に気がついたからだろう。

「どうしたの、ハンナ？　落ち着いて、ゆっくりでいいから」

　私が声をかけると、ひゅっと、息を吸い込み苦しそうに叫んだ。

「お部屋、がっ、あら……荒らされて、しまいましたっ！」

「えっ⁉」

荒らされたってどういうこと？

そう私が尋ねる前に、ハンナはそれだけ絞り出すとそのまま足から崩れ落ちた。すぐに屈《かが》んで顔を見ると、息は荒く、顔色は青を通り越して白くなってしまっている。

「……ハンナ？　ハンナ！　私の声が聞こえる？」

急ぎ肩を軽く叩《たた》き、声をかける。目はつぶったままだけれど、荒い息の中、微《かす》かに「はい」と返事が聞こえた。脈は速いが、意識はある。

「公女殿下、いかがいたしましょうか？」

「急いで医師を……。いえ、ここからなら診察室のほうが早いわ」

私の意図を察してくれた騎士がすぐにハンナを抱き上げた。そうして素早い動きで見習い騎士の宿舎横の診察室へと向かう。私はハンナが倒れる前に口にした、部屋が荒らされたという言葉が気になったものの、まずはハンナの容態が第一と、その後ろを急ぎ付いていった。

「メリリッサ公女殿下、よろしいでしょうか？」

ハンナの診察を終えたビューゼル先生が、白いカーテンの中から出てきた。

「ええ、ビューゼル先生。それで、ハンナの具合はどんな様子ですか？」

「突然意識を失ったということでしたが、今は呼吸も安定しています。事前の様子を聞くに、急ぎ走り回ったため、体に負担がかかったのではないかと思われます」

ハンナの言葉通りならば、西館の部屋から私を探すために随分と走り回ったのだろう。ただでさえ今日は一人で二人分の仕事を回していたのだから相当な負担のはずだ。

「疲れもあるようですし……他にも少々気になることもありますので、公女殿下がお許しになるのであれば、あちらの侍女は一晩こちらでお預かりいたしますが、いかがいたしましょうか？」

気になることという言葉に引っかかるものはあるけれど、それ以上に私も確認しなければならないことがある。診察室に辿り着くと同時に、護衛騎士の一人に部屋の様子を見てきてもらうようにお願いしたあの件だ。

「それではハンナはビューゼル先生にお任せします。よろしくお願いします」

くれぐれもと頼み診察室を出ると、アクィラ殿下の側近であるカリーゴ様と数名の騎士が私を待っていた。カリーゴ様は今回のボスバ領への用事に随従《ずいじゅう》せず、ヨゼフの代わりに護衛騎士を仕切り、色々と私の面倒をみてくれている。

「公女殿下、お部屋が荒らされてしまった不手際、まことに申し訳ございませんでした」

「本当に荒らされていたのですね」

「ただいま犯人を捜索中ですが、現在のところなんの手がかりもない状態です」

実に端的に報告をするカリーゴ様。しかしその静かな物言いや地味な顔と正反対の黒いオーラが背中に見える。

ああ、これめちゃくちゃ怒っているなあ。周りの騎士たちもビクついている。

いくら明日のアクィラ殿下の帰還準備で皆が忙しかったとはいえ、これは紛《まぎ》れもない失態だ。しかし起こってしまったことは元に戻せない。

「では、今すぐに部屋に向かいましょう。なくなったものがあるかの確認をしないといけませんね」

「はい。よろしくお願いいたします、公女殿下」

「ああ、カリーゴ様。ハンナはしばらく動くのは無理のようです」

ドレス姿では思ったようには急げない。けれどもできるだけ足早にと進みながら話しかけた。

「はい。そう思いまして、休暇中だとお聞きしましたが、もう一人の侍女に使いをだしました。早々に戻ってくるでしょう」

「ありがとう。助かります」

ミヨとカリーゴ様は元々見知った間柄だ。特にミヨの実家、コザック男爵家で営んでいるルカリーオ商会へと繋《つな》ぎを取れば、ミヨにはすぐに通じるだろう。せっかくの休みのはずが、とんだ日になってしまったなと申し訳なく思っているうちに部屋の前に着いた。

扉の前には厳《いか》めしい顔をした騎士が三人、蟻一匹も入らせないとばかりに殺気を放ちながら立っている。そんな豪胆そうな騎士たちも、カリーゴ様の顔を見るや否や、慌てて直立不動の姿勢を取り直した。

「いい。それよりも公女殿下がお入りになられる。まずは二人盾となり先導しろ」

そう言い放つと騎士たちが私の前に立つ。

「念のためです。一応前もって調べましたが、漏《も》れがあってはいけませんので」

その一言と共に、カリーゴ様が私の横に付いた。

ゆっくりと扉が開かれると、そこには床一面に私の衣装や私物がぶちまけられていた。そしてもう一つ、部屋に入らずともわかる。鼻につく香り。

なるほど、とんだ状況だ。これはどう見ても探し物だけでなく、悪意を持って部屋を荒らされたに違いないと思える。

前後そして横にも、騎士たちとカリーゴ様に囲まれて、私は部屋の中へと一歩足を踏み入れた。

派手に開け放たれた扉やドレッサー、文机《ふづくえ》の引き出しが中途半端に閉められたり飛び出したりしている。床へ叩き落とされてぐちゃぐちゃになったドレスの上に、割れたガラス片が散らばっていた。

あー、あれもう着ることはできないだろうな。

胸元が派手な形のメリリッサ好みのドレスはあまり進んで選びたいものではないが、無駄にダメになるかと思うと変に勿体ない精神が発揮されてしまう。

しかしこの様子を見るに、もうここにはその惨状《さんじょう》を演出した人間の気配はないようだ。カリーゴ様の指示に従い、とりあえずもう使い物になりそうもない割れ物やドレスなどが、私に伴って入室した騎士たちによって大雑把《おおざっぱ》にだがまとめられていく。

勿論《もちろん》その際にも何か手掛かりになるものはないかと目を凝《こ》らしながらの作業になる。

「公女殿下にはおケガをなさらぬように離れていただくのが本来なのでしょうが……なにぶん部屋の様子がわかるものが他におりません。ですから、大変申し訳ありませんがご指示いただければと思います」

つまり、何か盗まれたりしたものがないかって言いたいのよね。わかる、言いたいことはわかるわ。

でもここまで見事に荒らされていると、何がなくなっているのか見当がつかない。

いやもう、本当になにこれ？　と言いたくなるくらい、めちゃくちゃに荒らされている。

いくらリリコットの持ち物が少なかったからといって、文机の中のレターセットまで引っ張り出さなくてもいいと思う。よく見れば引き出しの底まで潰されていて、ただの枠組みになっていた。

見るも無残な文机はもう仕方がないと、その向こう側にあるドレッサーを見てみれば、こちらのほうはまだ形を残しているだけマシなようだ。

けれども、ドレッサーの上に乗っていた化粧品の全てがまとめて床に落とされ、ガラスの容器はご丁寧に踏みつぶされ割られていた。

ははーん、部屋の扉を開けた途端匂ったのはこれらの香りか。これだけ全部ごちゃ混ぜにしてしまえばわからないとでも思ったのだろうか？　見た目には似たようなガラス容器が割れて転がっている。けれどもあるべきはずの特別な香りが全くといって残っていないのにはすぐに気がついた。

「カリーゴ様、リーディエナの香水がございません」

私の声に皆の動きが一瞬でストップする中、カリーゴ様だけが一人動く。そうして私が指さした床に手をつき、ガラスの容器を手に取った。

「確かに、アクィラ殿下がお渡ししたリーディエナの瓶《びん》によく似ている……しかし、香りは全く違うもののようですね」

鼻をすんっと鳴らし、香りを確認してから私のほうへ顔を向ける。

「公女殿下、他に似たような小瓶はお持ちでしたでしょうか？」

「いいえ。ただ私は元々香水をほとんど使わないものですから、知らないだけかもしれません。けれど、侍女のミヨに確認をとればすぐにわかるはずです」

「ああ。でしょうね」

珍しく、素の苦笑いのカリーゴ様。それを見て昔からミヨはあんな様子だったんだろうなと理解した。

「では、他に気がつかれたことはございますか？」

私がミヨの言動をあらためて振り返っていると、カリーゴ様はすでに意識を切り替えていた。

おっと、他には？　えーっと、えっと、あっ！　あれがあった！

リーディエナの香水も希少価値という点では高いものだが、それとは全くベクトルの違う、私の部屋にある物の中で最も高価なもの……アクィラ殿下から渡された、あのグリーンのベルベットケースに入ったアクセサリー一式だ！

まずい。あの一式を盗まれたとすれば、本気でアクィラ殿下に合わす顔がない。ミヨは五万テゾ程度では揃《そろ》えられるものではないと言い切った。私もそう思う。

そしていくら担保を渡したからと言って、「盗まれました」の一言で許されるレベルのものでもない、多分。

背筋に冷たい汗が落ちるのを感じ、転がりそうにつんのめりながら慌てて衣装室へと向かう。私の青い顔色にカリーゴ様も察したのだろう、私の後ろにぴたりと付いて衣装室の中へと入った。

部屋にあれだけドレスが散乱していたのだから、当然ここだって荒らされていた。けれども思っていたほどには荒れていない印象だった。

何が違うのだろうか？　なんとなくその違いに首を捻《ひね》ったものの、まずはアクセサリーの安否が大事だと、衣装部屋の一番奥に置いてあるチェストへと急いだ。床に落ちているドレスを掻き分けて目当てのチェストを見つければ、思わずうわぁあああ！　と心の中で叫んだ。

ちょっとぉおおお！　そこ、コルセットや下着が入ってたのにっ！

全部、引っ張り出されているじゃないのよ！　なんてことしてくれたのだ、犯人はっ！

しかし、この非常事態でそんなことを言ってはいられない。きっとカリーゴ様も見て見ぬふりをしてくれるはずだ。そう考えて、あの緑のベルベットケースを探す。

あれは、万が一のことを考えて、引き出し真ん中の一番奥にしまっておいたのだ。貧乏性な私が、できるだけ人目に付かない場所に置いておきたいと言って、隠したその場所に――。

「え、あった……」

引っ張り出しこの手に掴んだのは、あの美しいベルベットケース。

しかし、それだけで安心してはいけない。一つ深呼吸をしてから、ケースを開ける。そうすれば、きらきらと眩《まばゆ》い光をたたえたネックレスとイヤリングがしっかりと見て取れた。

「……よかったぁ」

ほっとして、足から力が抜けそうになったので、チェストへと寄りかかる。そうしてベルベットケースをカリーゴ様へと手渡した。

「これは、間違いありませんね。アクィラ殿下が公女殿下へとお渡しした、準国宝の一つ『白銀の花』でございます」

うん？　今なんていった？　ちょっと……準国宝って、何？　ねえってぇえっ⁉

高価なものなのだろうという予想はしていたものの、まさか準国宝などという言葉を聞かされるとは思わなかった。

いや、準国宝って、何なのよ。美術館や大きなお寺の奥にしまわれていて、滅多に人目に出るようなものじゃないくらいの物にしか思えない。

つまりそれは、もの凄く貴重で、値段なんてつけようがないという代物《しろもの》で……。

顔の筋肉がヒクつく。何で、そんなとんでもないものを渡してくれるかな、アクィラ殿下は？

そんな私の様子を気にかけたのか、カリーゴ様がここでの国宝と準国宝について教えてくれた。

「公女殿下、我が国トラザイドでは準国宝とは、別段門外不出というわけではございません」

「……そ、そうなの？」

じゃあ、高級ブランド店の一番目立つショーケースに置かれるくらいなのかと考え、少しだけ胸を撫で下ろす。

「はい。国宝である王冠、王笏《おうしゃく》、宝珠、そして王妃の冠は、国王陛下の戴冠式のみにしか宝物庫から出されることはありませんが、その他の準国宝は王族に限り使用を許されますので」

ぎゅっと目をつぶって天を仰《あお》ぐ。それを、国宝と呼ぶんじゃないでしょうか……？

しかし、いくら王族は使用する権利が許されているとはいえ、まだ結婚式も済んでいない王太子の婚約者という立場でしかない私に手渡さないでほしい。ぐぬぬ、あの時に知っていたら担保だなんて言われても、絶対にリーディエナの花の刺繍入りテーブルクロスを掴んで離さなかったのに。

アクィラ殿下のバカっ！　カリーゴ様も、止めてよ！

「けれどもそのような大事なものを、このように警備の薄い私に手渡すとは、少々無防備すぎませんか？　アクィラ殿下もですが、カリーゴ様、あなたもです」

カリーゴ様の地味顔を睨《にら》みつけながら一言ちくりと嫌味を言ってやった。そうすれば少しは溜飲《りゅういん》が下がるかと思ったが、逆にその返答に思わず息をのむことになった。

「ええ、それについては反論しようがございません。ですが、この状況ですら、その『白銀の花』は盗まれることなく無事だった……」

そうだ。これだけ荒らされたにもかかわらず、私の部屋にあった中でも一番高価で尊い、宝といっていいアクセサリーは盗まれなかったのだ。

チェスト自体は何かを探したかのように荒らされているのに。

これはこの犯人が、ただの物取りなんかではなく明確に何かを探すために私の部屋に侵入し、荒らしていったのだと考えて間違いないだろう。

それは何か？　なくなったリーディエナの香水？　いや、そうじゃない。あれは元々ドレッサーの上に出したままになっていたはずだ。あれが目的ならば、時間もかかるのにわざわざ文机をあそこまで破壊しないだろう。

あれではまるで、その探している何かが見つからないあまりに癇癪《かんしゃく》を起こしたかのようだ。

衣装部屋を見回しながら覚えた違和感はなんだったのかを考える。そうしてふっと思いついた。

ああ、そうか。荒らし方が違うんだ。

「あの……癖が、違うように思います」

「癖、とは？」

「衣装部屋やドレッサーは、こう引き出しを下から引いて探していますよね。だから、いちいち閉めなくても次の引き出しに取りかかれているようです。けれども文机は違いました。こう、手当たり次第、目についたところから手をつけたようにみえました」

そう、ここの荒らし方はとても合理的なのだ。引き出しが全て出しっぱなしになっている。それはつまり、下から順番に開けていった証拠となる。そして文机のほうはといえば、あれだけ壊されていれば順番なんかはわかり辛いとは思うが、見る人が見ればわかる。

あの辺りで一番上に散らばっていた紙は色が綺麗なもので、私が折り紙にでもしようかと考えて引き出しの一番下にしまっておいたものだった。

少なくとも二人以上の人間がこの部屋に入り込んだのだと思う。多くても三人。いくら私たちしか住んでいない西館とはいえ、ここはトラザイド王国の宮殿の中である。あまりに多くの不審者が闊歩《かっぽ》しているような状況はそうそうあり得ない。

少なくとも侵入者の内の一人は、おそらくこの宮殿の中で見かけてもおかしくはない人物だろう。だとしたら……？

「侍女、なのかもしれませんね。手引きした者は」

カリーゴ様の呟《つぶや》きに頷く。まさに私もそう思ったところだ。

侍女ならば万が一声をかけられたところでどうとでも言いわけができる。

荒らしているとはいえ家具の扱いは丁寧に、けれども下着類をばら撒《ま》く嫌らしさ。そしてわざわざあちらの部屋に持っていき汚し台無しにしてくれたドレスは、華やかで美しいものばかりを選んでいたように思える。随分と気のつく泥棒だ。

さらにはリーディエナの香水までちゃっかりと盗んでいった。よくもそれがリーディエナだと気がつき、さらには似たような瓶まで用意してあったものだと感心する。

ん、んん……待った。いや、そこまでは無理だよね。

私がアクィラ殿下からリーディエナの香水をもらったことは、王妃殿下やアウローラ殿下の他にも殿下付きの侍女たちも知っているから、宮殿内で広まっているとは思う。けれどもそれがどんな瓶に入っているのかなんてほとんど知られてないはずだ。

そしてどうしてこの犯人たちはピンポイントで私たちが部屋からいなくなるのがわかったのか。

考えれば考えるほど嫌な考えしか浮かんでこない。カリーゴ様のほうを窺えば、とても真剣な顔つきをしている。

もしかして私と同じことを気にかけているのかと、尋ねてみようとしたその時、衣装部屋と私室を繋ぐ扉からいつもと変わらないようなミヨの声が聞こえた。

「あらー。また激しくやられちゃいましたねえ、姫様」

「……ミヨ、は、早かったのね」

「はーい、姫様。ちょうどルカリーオ商会で話をしていたところだったんで、そのまま連れてきてもらいました」

確かにミヨの生家であるコザック男爵家経営のルカリーオ商会だから、ミヨが休暇の日にそこにとどまっていてもそれほどおかしいことではない。

おかしいことではないのだが……それはなんとなく都合が良すぎないだろうか？

まるで図ったかのようなタイミングに胸の奥でなんともいえないしこりが生まれ出す。

先ほどまでの疑念もあって、本来なら早く戻ってきてくれたミヨに対しての感謝の言葉が喉元から出てきてくれない。カリーゴ様の顔つきもずっと硬いままだ。

ミヨはといえば、相変わらずの飄々《ひょうひょう》とした態度で衣装部屋に入り込み、ぐるりと中を見回した。そうしてカリーゴ様の手の中に緑のベルベットケースを見つけると、おお！　と感嘆の声を上げる。

「これだけ荒らされてるのに、よくもまあ無事でしたねえ。よかった、よかった」

ふむふむと頷きながら、ミヨは目についたドレスを持ち上げハンガーラックにかけていく。その様子がまた今の状況にそぐわないような気がした。

あのアクセサリー一式を一目見て、とても簡単に買えるものじゃないと言い切ったミヨは、よかったの一言だけで済むようなことじゃないのをわかっているはずだろう。ちょっと、とミヨに声をかけようとしたところ、カリーゴ様に視線で制止された。

「これだけ貴重なものは処分も難しいだろうからな。それよりも、ここは後にして向こうを先に。おそらくリーディエナが盗まれた。他にもなくなっているものがないか確認してこい」

そうミヨに向かい、カリーゴ様が声をかける。その言葉に、ミヨがわかりやすく眉を下げた。

「うぇええ。参ったなあ、ハンナさん泣いちゃいますよ。リーディエナの香水が紛失したら、モンシラに帰されちゃうっておどしちゃったから」

ぶつぶつと唇を尖《とが》らせながらミヨがカリーゴ様と一緒に扉へと向かっていく。そういえばそんなこともあったなと思い出していると、カリーゴ様が椅子を一脚衣装部屋に持ち込んできた。

「あちらはミヨルカに調べさせながら片付けていきます。本来ならばお部屋を替えて休んでいただくべきなのでしょうが……アクィラ殿下がいらっしゃらない今、護衛の目の届かない場所に動かないほうがよろしいかと思いますので」

「ええ、私は大丈夫です。それよりも、片付けの手は足りていて？　もしよろしければ私も……」

「いいえ。これ以上公女殿下のお手を煩《わずら》わすようなことはないようにいたします。警備の人数のこともありますので、窮屈でしょうが、今しばらくこちらでお待ちいただけますか？」

そう下手に出られればやむを得ない。一緒になって片付けたほうが早い気もするけれど、それはあっちで片付けしているほうが嫌がるだろう。

こくん、と頷けば珍しくホッとしたような顔をして、カリーゴ様が出ていった。

私の部屋を荒らした人間が、まだまだ宮殿内にいる可能性もあるし、多分自分の目の届かないところに置いておきたくはないようだ。

待っている間に散らばっていたドレスや下着、リネン類を片付けながら、他におかしな点はないかとチェックするが、特に変わったところは見当たらない。そうして最後の一枚を畳み、チェストの中へとしまい込むと、さっきカリーゴ様と話した犯人像について考えてみる。

侍女……本当にそうなのだろうか？　何か見落としていることはないだろうか？　何か、きっとあるに違いないはずだ。

うんうんと頭を悩ましていると、衣装部屋の扉からノックの音が聞こえた。きっとあちらも片付けが終わったのだろう。すうっ、と大きく空気を吸い込んだ。

とにかく、なんの目的で入り込んだのか、一体それが誰なのかはわからないが、私は簡単に怯《ひる》んでなんかやらない。絶対に、だ。

鼻息荒く意気込んで私室へ繋がる扉を開ければ、なんということだろうか、さっきまでの荒れに荒らされたような面影は全くといっていいほどなくなっていた。しかも壊された文机は勿論のこと、ドレッサーからテーブルにソファー、さらにはカーテンまでもが新しいものに替えられていたのだ。

早っ！　軽くヒクほどの総入れ替えに言葉も出ずにいたところ、カリーゴ様から丁寧な説明があった。

「何か不都合があってはいけませんので、この西館ではなく本館より取り急ぎ運び入れました。新品ではないことをお許しください」

元々ここで使っていたものも中古だったし、そこは全然気にしない。むしろ今入れてもらった家具のほうが断然新しくて綺麗だよね。

「ベッドと浴槽は今すぐに替えることはできませんが、安全は確認いたしましたので手配が済むまではご容赦《ようしゃ》願います」

「そ、そこまでは結構です。これ以上お手間をかけずとも十分ですから。壊れてもいないものまでを替える必要はありませんわ。それこそ勿体ないではありませんか」

部屋を荒らされたことには色々と考えることがあるけれど、問題がなさそうならば私は部屋自体には何も思うことはない。むしろ十分すぎるほど片付けてもらったと思っている。

これでは下手をすると部屋の改装まで勧められそうだ。慌ててストップをかければ、カリーゴ様以下、騎士の皆さんがきょとんとした顔でこっちを見ていた。

ん、なんかおかしいこと言った？

ミヨと目が合うと、彼女は遠慮なく笑い声を上げた。

「さすがは姫様。豪胆ですねえ」

その言葉に皆が弾《はじ》かれたように横を向く。しかも手を口元に置いて笑いを堪《こら》えながら。

は？　豪胆って、なに？　もしかしてここは怖がるところだったんだろうか。こんな荒らされた部屋は嫌だとか、気持ち悪いから家具は全部替えてくれ、とか。

首を捻りながら考えていると、ミヨがそっと耳打ちをしてきた。

「この状況で勿体ないとかいうセリフ、普通姫様の立場で出てきませんよー」

それかっ！　うわあ、言われてみれば、それはそうだ。また素が出てしまった。

本当に私は騎士の方々とは相性が悪いと思う。そう考えながらちょっと遠い目をしていると、カリーゴ様が口角を上げながらとんでもないことをのたまった。

「わかりました、公女殿下の仰《おお》せのままにいたします。確かに今からお部屋をあらためなくともよろしいですね。明日にはアクィラ殿下もお戻りになられますから、いっそ殿下のお部屋へ公女殿下のお荷物をお運びしましょうか」

は？　ちょ……カリーゴ様、今なんて言いましたぁ!?

「あ、いいですね。それなら安心できますよ、ねえ姫様？」

「カ、カ、カリーゴ様？　えーと、ご冗談はお止めくださいい、ませ？」

「いいえ、そうですね。突然の思いつきでしたがそれも悪くないかと」

めちゃくちゃ悪いです。

「……あ、ほらでも、結婚の儀の前にそれは、外聞が悪いのではないでしょうか……？」

「しかし、もう儀式まで二十日をきりました。すでに続き間である王太子妃のお部屋はご用意できておりますし、特に問題はありませんが？」

問題はありありです。ってか、もうそんなもんなの？

待って、待ってよ！　私、アクィラ殿下のことを小さなころからずっと好きだったんだって自覚したばかりなのに……そんな私を、何いきなりアクィラ殿下の部屋に突っ込もうとしてくれるのよ。

嫌ーっ！　本当に、もう少し気持ちを整理する時間をちょうだい！

ふんふんと頷くカリーゴ様とミヨの姿。そしてそれを見ないように顔を背《そむ》ける騎士の皆さん。

恥ずかしくて逃げ出したい気持ちを抑え、「ご苦労様でした」の一言と共にミヨ以外全員部屋から退散願う。その際にカリーゴ様からとりあえず部屋の警護の人数を増やしますと報告された。

　ようやくミヨと二人きりになったと思えば、すでに日が傾き始め夕方といっていい時間になっていた。そしてなんと今になってお昼を食べ損《そこ》ねていたことに気がつく。くぅ、と鳴る音は控《ひか》えめだが、実際はとんでもなくお腹《なか》が減っていた。

　どうしよう。さすがに今からおやつが欲しいだなんて恥ずかしくて言いたくないんだけどなあ。ただでさえ今はハンナが診察室で休んでいるため人手が足りない。

　夕飯まであとどれくらいだろうと考えていると、横からすっとハンカチに包まれた何かが出てきた。

「姫様、お昼食べてないんじゃないですか？　ルカリーオ商会のお茶菓子を持ってきちゃったんでえ、よかったら食べます？　急いでたんでこれだけですけど」

　ミヨが包みを開くと、美味《おい》しそうな焼き色の付いたクッキーが現れた。ありがたくいただこうと手を出そうとしたところで、頭の中に言葉では言い表せない何かが横切った。

「やっぱりいいわ。思ったよりもお腹は減っていないの」

「そうなんですかぁ？　じゃ、私だけ食べちゃいますね。んー、美味しそうっ！」

　そう言ってほくほく顔で頬張るミヨ。サクサク消えていくクッキーを見ていると、もう一度微かにお腹が鳴った。

　しまった、もらえばよかったかなー。いやでも……。

　私がミヨからクッキーを受け取らなかったのは、夕食が入らなくなるとかそんな理由ではなく、もっと口にするのもはばかられるような理由で、それを言ってしまえばこうしてトラザイドまで付いてきてくれたミヨにはとても失礼にあたることだった。

不信感――どうしてもミヨの行動や言動が妙に気にかかる。

ミヨの口が悪いのも態度が微妙なのも最初からだから気にしてはいない。だから私が気になっているのはそんなことではなく、もっと違うところだった。

そう、引っかかることはいくつかあったように思える。

リーディエナの香水をどうして片付けもせずにあんなわかりやすいところに置くことを主張したのだろうか？

それからルカリーオ商会から借りたお金の担保も何故結婚の儀の後で決めると言ったのか？

そもそも結婚前でも、後でも、私の持っているものに大きく変わるものはないはずだ。

私が結婚することによって、何か手に入るものがあるのだろうか？　もしもそんなものがあるのだとすれば……？

最後の一つを飲み込んだミヨの顔をじっと見つめる。いつも通りの口角を上げた表情だ、変わりはない。けれど、この状況で変わらなさすぎるところはどうなのだろう。ミヨを昔から知っているというカリーゴ様ですら、何か思うようなことがあるような顔をしていた。

そんな小さなもやもやが、胸の中に広がっていく。なんとなくミヨの顔を見られなくなり、そっと窓のほうを向いた。

傾きかけた日差しが徐々に影を濃く、長くしていく。私の心の中にも、そんな影にも似た黒いものが姿を伸ばす。それが、足元まで近づいてくるような感覚。

逢《おう》魔《ま》が時。そんな言葉を思い出した。

「姫様ぁ」

「っ、な、なに、かしら？　ミヨ……」

考えに耽《ふけ》っていたところへの突然の声かけに、自分でもびっくりするくらい挙動不審になってしまった。しかしミヨはいつもの態度を変えることなく言葉を続ける。

「晩のお食事、カリーゴ様に持ってきてもらえるように、護衛騎士の方に伝えておきましたぁ。ハンナさんは診察室でお休みなんですよねえ？」

「ええ、そうよ」

入れ替わりやら記憶の混濁のせいで、できるだけ関わり合いになる人数を増やしたくなかったのもあるが、さすがにそれももう限界に近いのかもしれない。事実、今日のこの泥棒騒ぎもそういった状況だからこそ起こってしまった。

明日アクィラ殿下が帰ってくれば、入れ替わりも含め、過去の思い出など、話したいことは色々とある。話し合いの中で、お付きの人数を増やしていくこともお願いしてみよう。

私が黙ってそんなことを考えていると、何故かミヨの口数も少なくなってきた。横目で窺っていると何やら考え込んでいるようにも見える。今まで真っ先に口や体が動いていたミヨにしては本当に珍しいことだ。

それから夕食を終えるまで付いていてくれていたカリーゴ様が部屋から出ていくと、さらに静かになる。

今までになく大人《おとな》しくなったミヨと二人……。

どことなく妙な緊張感が漂う中、部屋の中を灯《とも》すランプの炎だけが楽しげに揺らいでいた。

＊＊＊

焚《た》き火の中に放り込まれた雑草が燻《いぶ》され煙が立ちこめた。軽く咳《せ》き込むも、元凶《げんきょう》の男は涼しい顔をして「虫除《よ》けなんで我慢してください」と言い放つ。実際、今回のボスバ領への強行軍の野営では、虫に刺されることが格段に減ったのだから、さすがのサバイバル知識だと感心せざるを得ない。

最少人数で走りきった野営最終日の夜、二人一組で火の番をする中、ヨゼフがおもむろに口を開いた。

「あー……、アクィラ殿下は本気であのおっさんの戯《ざ》れ言を聞くおつもりで？」

「勿論。マリス卿《きょう》の提案は、こちらにとっても大きなメリットがある」

「はぁ？　俺にとっちゃあ……。ま、言いたいことはわかりますがね」

ヨゼフは長いため息を吐くと、頭をガシガシと乱暴に掻《か》いた。

ボスバ領での用件は、領主であるマリス卿からの、甥《おい》、ヨゼフ・マリスにトラザイドの騎士爵を授爵させたいという要望を聞き入れることで迅速《じんそく》に済ませることができた。

それについてはこちらからしても願ったりという話だったので、二つ返事で了承した。ヨゼフにしても、口では文句を付けつつも、これが自分の主を守る最善の策だということは理解しているはずだ。そうでなければこの男が今ここにこうして大人しく座っている道理がない。

「その話は王都に戻り次第進めるから覚悟をしておけ。結婚の儀と並行して準備していかなければならないからな。忙しくなるぞ」

私だけではなく、お前もな。と、言外に伝えると、派手な舌打ちが返ってきた。相変わらず不遜《ふそん》な男だと、肩を軽く竦《すく》める。

「不敬なことをするなと言われてきたのだろう？　少しくらい殊勝《しゅしょう》な態度をみせたらどうだ」

「姫様に、ですか？　……大人しくしろとしか言われていませんよ」

「お前が大人しく？　ははっ！　それは無理難題だな」

あまりに大雑把な見送りの言葉に、思わず吹き出してしまった。するとヨゼフもニヤリと笑う。

「そうっすね。姫様は昔から俺には無茶しか言いませんから」

挑発するようなその言葉に、私は乗せられてやった。

「ああ、そうだな。彼女は……昔から無茶で、大胆で、そしてとても可愛《かわい》かった」

ヨゼフが息をのんだのがわかる。パチパチと焚き火が小さく爆《は》ぜる音を聞きながら、私はあの懐かしい日の彼女――リリコットの姿を思い出していた。

ドレス姿で窓から飛び出して走るリリー。ピンク色の髪をふわりと波立たせ、無邪気に笑う姿をもっと見ていたいと追いかけた。

ボスバ領から持ち出したのはいいけれど、色のすっかり抜け落ちたリーディエナの押し花でも、リリーは可愛い花だと喜んでくれた。ゆっくりと花の形をなぞっていくリリーの指先が動くのを見ているだけで私の胸がどきどきと高鳴ったのを覚えている。

真剣な顔をしているリリーは、笑っている時と同じくらい可愛らしく愛《いと》おしいと思った。

一面に咲き誇るリーディエナの青を、一緒に見に行こうと約束した時のはにかんだリリーの顔を、私は忘れることはないだろう。

「アクィラ殿下、もしかしてあんた、全部知って……」

ヨゼフの問いかけを、唇の前に指を立てて遮《さえぎ》る。それは、今ここで言うことではない。

八年前、私が十二歳になった夏、父上であるトラザイド国王陛下から、婚約が決まったのだと知らされた。しかもそれが、リーディエナの花をいつか一緒に見に行こうと約束をした少女――リリコットを虐《いじ》めていた、双子の姉の第一公女メリリッサであると。

当時、モンシラのスメリル鉱山における共同採掘が、あと少しという段階で落盤事故により暗礁《あんしょう》に乗り上げかけた。その再融資を検討する中で、モンシラ側がスメリル鉱山の権利を公国ではなく第一公女に移していたことが発覚したのだ。リスクを国でなく、一個人に押し付けるモンシラ大公の浅はかさに父上も相当頭を抱えたようだった。

しかし彼らもまた、目の前まで届いた新鉱石が生み出す財源の魅力には抗《あらが》えなかったようで、結局モンシラ側から、スメリル鉱山の権利書を持たせた第一公女をトラザイドの王太子へ嫁がせるという形での再融資を請《こ》うてきた。友好という名のもとに。

『アクィラ、わかるな。これはトラザイド王国の王太子としての務めだ。今さら莫大《ばくだい》な費用をかけた新鉱石を諦《あきら》めることなどできぬ。そなたにはモンシラ公国第一公女との婚約を命じる』

これは王命だとはっきりと言葉にされれば抗うことはできない。私は生まれてきた時からそう教育されてきた。王家の人間として国の平安のために生きること、それこそが存在の理由なのだと。

機械的に望まれる言葉を吐き出して、執務室の扉を開けた。蒸し暑い空気が体にまとわりついていた。歩くごとにずぶずぶと沈み込みそうな足を必死で動かしたのを覚えている。

それからずっと私は国のためだけに生きてきた。そのはずだった。

一筋の光が、まるで奇跡のようにこの手に届くまで――。

胸のポケットを軽く押さえ、そこにあるものを確かめる。これも私にとっては、ボスバ領での大事な用件の一つだった。

「それ……リーディエナですよね？　いいんですか、持ち出しても」

今年最後の花を一輪、紙に挟み胸ポケットに忍ばせたのをヨゼフに見られていたのは知っていた。

かなり周りには気をつけていたのだが、本当に抜け目のない男だと感心する。しかし問題はない。

「よくは、ないな。だが、私とお前が黙っていればいいだけだろう？」

一口つけた木のコップを顔の位置まで上げる。中身は安ワインをお湯で割っただけの美味《うま》くもない飲み物だが、野営時には十分な代物だ。

ヨゼフは今日二回目のため息を吐くと、自分のコップを私のコップに軽く当てた。

「姫様もだが、アクィラ殿下、あんたも大概無茶で大胆ですよ。嫌になるくらいにね」

「たいした褒《ほ》め言葉だ」

そう言うと、二人一気にコップの中身をあおった。

二度目のいたずらを見せれば、彼女はきっと私のことを思い出す。そう信じている。

その時に見せてくれる顔は、一体どんな顔だろうか？

とびきりの笑顔を夢見ながら、私は明日へと思いを馳《は》せた。

第二章　危機

「大変申し訳ありませんでした。あの……リリー様に大変な事態が降りかかったというのに、お側《そば》でお手伝いができずにいるなどとは……」

午前の支度が済み次第、見舞いのために診察室まで足を運べば、開口一番そうハンナに謝られた。まだ今日の担当医が出勤していない診察室は、私と彼女の二人きりなのだけれど、ハンナは気を使って『リリー様』の部分は私にだけ聞こえるくらいにまで声を落としている。

今日はミヨに部屋の片付けを頼み、護衛騎士の一人に付いてきてもらいここまで来た。その護衛騎士には診察室の部屋の扉の前で待ってもらっている。昨日の出来事があったためか部屋から出ること自体を渋られたのだが、どうしてもハンナの様子を見たいと言って無理を通した。

悪いなと思ったけれど、やっぱりずっと付いてくれているハンナの容態は人聞きにしたくない。

そのハンナがベッドから立ち上がろうとしたところを手で制し、ベッドの横へ用意された椅子へと座った。こんな具合の悪い時まで私を優先させようとしなくてもいいのにと思う。

「気にしなくても大丈夫よ。あれからすぐミヨも帰ってきたのだから。それに、騎士の方々が随分と手早く調べた上で片付けもしてくれたわ」

余計な心配はしなくてもいいからと伝えたが、ハンナは苦いものでものみ込んだような表情をした。

きっと主である私に気を使われたのが気になったのだろう。

笑顔で頷《うなず》けば、さらに眉間《みけん》に皺《しわ》を寄せる。そうして「ミヨがですか？」と、小さく呟《つぶや》いた。

「ええそうよ。ちょうどルカリーオ商会にいたらしいから、すぐに連絡が取れたの。……何か？」

「はい。私が休み前に尋ねたところ、少し遠出をすると言っていましたから……でも、近くにいたのならばよろしかったです」

ミヨがハンナに向かって遠出をすると伝えていたのを知って驚いた。けれどもミヨは、ルカリーオ商会にいたのだ。さらに一つ増えてしまったミヨへの疑念が黒いもやもやとなって渦を巻いていく。

ミヨは一体何をしたいのだろうか？　どうにも嫌なイメージしか浮かんでこない。

目をぎゅっとつぶり、子供がいやいやをするように頭を振って、そんな考えを追い出そうとした。

「宮廷医様からお許しがあれば、ただちにリリー様の元へ戻《もど》らせていただきます」

いつも通りの口調で話すハンナへ、無理はしないようにと重ねて言いつけ、横になるように促《うなが》す。

まだ疲れが取れていないのだろう。すぐに寝息が聞こえだしたので、邪魔しないようにベッドのカーテンを少しだけ開きすべり出た。少し眩《まぶ》しいくらいの日の光に、思わず目を細めてしまう。

いい天気になってよかった。自分の心の中は全くといっていいほど曇天《どんてん》だが、今日はアクィラ殿下とヨゼフがボスバ領から帰ってくる日だ。少なくとも天気だけでも晴れていたほうがいいに決まっている。

アクィラ殿下が落ち着いたら話をする時間を取ってもらおう。そして私が本当はリリコットであること、それから十年前に出会った時の話をするのだ。

あの日、殿下と出会ったことを思い出したと告げたら、彼はどんな顔をするのだろうか。

その結果、私の処遇がどう変わるかはわからない。いくら殿下が私たちの入れ替わりに気がついているとしても、国同士の婚姻でこの件が何の問題もなく済むことはないだろう。

けれども、もう何もごまかしたくない。

さあ、そうと決めたならば気合を入れるためにも、今までで一番綺麗《きれい》になれるように装ってアクィラ殿下を出迎えよう。

眠るハンナを起こさないよう静かに扉に向かおうとしたところで、部屋の中に舞い込んだ風に気をとられた。開いた窓から入り込んだ風が、診察室の机の上に置いてあった紙を飛ばしたようだ。

それを拾い上げて何気なしに覗《のぞ》いてみれば、ハンナの名前が書いてある。

「……カルテ？　んん……なんて書いてあるのかしら？」

ビューゼル先生は昨日気になる点があるとも言っていたから、悪いと思いつつもそのカルテを読ませてもらう。普通なら医療上の守秘義務違反とでもなるのだろうが、主従の絆《きずな》優先で教えてもらいます、ごめんなさい。

状態によってはできるだけ休ませるように、勤務形態の変更も考えなければならないのだから。

ええっと、なになに？

高熱、麻酔薬、症状、酷似《こくじ》……そこまで読み取るうちに、ただ一つの言葉が頭の中を占領し始めた。

これって……レールチコリのこと？　え、ええ？　ハンナが倒れたのは急激な運動と過労のせいではないの？

もう一度カルテを持ってもっとよく見えるようにと窓際へと近づく。そうしてカルテを目の高さまで上げたところで、ここにいるはずのないある人の姿を窓の外に見つけた。

診察室は東館から奥に入ったところにあるため、普通は騎士以外の人が通るような場所ではない。

そこに人目を避けるでもなく、高そうな赤いドレスに高いヒール靴で、足元の悪い地面を気にしながら歩くその人の姿はどう見ても異質だった。

「あれってナターリエ様よね、バスチフ侯爵家の……」

くりんと綺麗に巻いた縦ロールに少しきつめの顔立ちには見覚えがある。

アウローラ殿下が開いたお茶会に無理やり参加し、私を貶《おとし》めようとしていたナターリエ様。自分の護衛騎士とヨゼフの模擬戦の結果に異議を唱え、ケガ人を出す騒動を巻き起こした件により三ヶ月間の謹慎を受けたという彼女が、どうして十日もしないうちにこの宮殿へと足を運んでいるのだろうか。

三ヶ月の謹慎が解かれたなんて話は聞いていないし、もしそうだとしたならばそれはいくらなんでも早くないかと思う。大体許しを請《こ》おうにも、処分を下したアクィラ殿下は今この宮殿を留守にしているというのに、一体誰が許可を出すというのだ。

そっと窓枠の陰で窺《うかが》ってみても、人に見られているなどと想像もしていないのか、苛立《いらだ》ちを隠すような素振りも見せないナターリエ様は、全くこちらを気にする様子もない。

あれでは自分を助けてくれた護衛騎士ルイードの見舞いというわけでもないんだろうな。もしそれくらい殊勝《しゅしょう》な態度を見せてくれたのならば、少しくらい口をきいてもいいのだけど。

そんなことを考えながら覗き続けていると、もう一つの影が近づいてくるのが見えた。

こちらのほうはナターリエ様とは違って、かなり周りを気にしながら歩いてきているようで、診察室の窓を見つけると、慌《あわ》ててナターリエ様の腕を取り、さらに奥の木々の中へと小走りで駆けていく。

もう一人の顔を視認したのは一瞬だ。けれども私はその顔に見覚えがあった。

「確か、アウローラ殿下の侍女たちのうちの一人……」

元々アウローラ殿下の三人の侍女たちは皆、主を軽く見ているような節があった。私のところへの突撃を止めずに放置したこともある。私への不躾《ぶしつけ》な態度といい、ナターリエ様たちへお茶会の情報を流したのも彼女たちに違いないと思っていた。

謹慎中でこの宮殿にいるはずのない侯爵家令嬢と、そんなアウローラ殿下の侍女の一人が裏庭でこそこそと密会する意味とは？　そう、直近で侍女がからんでいそうな事件があったじゃないか。

私の部屋を荒らした犯人、とか……。

アウローラ殿下の侍女たちは、私の部屋に入ったことがある。その中でも、特に私を酷《ひど》く睨《にら》みつけていたのがあの侍女だった。

そこへ考えが至った瞬間、体が勝手に動いてしまった。

ドレスの裾を片手で巻きたくし上げる。今はまだ午前中で、アクィラ殿下を迎えるためのおしゃれをしていなかったことが幸いした。比較的楽なドレスだからできる芸当だった。

それでも一応外に誰もいないか確かめ、大きく開け放った診察室の窓枠を掴《つか》んで足をかける。それから、えいやっとばかりに飛び出した。

昔取った杵柄《きねづか》というのだろうか。百合香《ゆりか》だった前世でも施設の部屋から抜け出したことがあったけれど、リリコットだってドレス姿でアクィラ殿下と一緒に窓から飛び出したことがあったのだ。

だからなんてことない、意外とちょろい。要は、淑女らしくないことをやれるかやれないかの違い。

そうして急ぎ彼女たちの後を追う。楽なドレスとはいえ、それなりにかさ張るスカートを掴んで走るのはとても疲れる。しかしおそらくそれほど走らなくても追い付くだろう。

足元の悪い木々の奥では、侍女はともかくナターリエ様の広がったドレスとピンヒールは障害物でしかない。百合香の記憶もあることだし、こういったことに慣れている私のほうに分《ぶ》があるからと足を速めたが、彼女たちがとある場所に辿《たど》り着いたところでピタリと止まってしまった。

「ととと、ダメだ。まる見えになっちゃう！」

赤いドレスのひらひらを視界の隅《すみ》に捉《とら》えたところで、木々に覆《おお》われた道が途切れ開けた場所に出た。右側奥には人工的に作られた築山《つきやま》、その上にあずまやのある、ちょっとした憩《いこ》いの広場。さらにその奥には池らしき水面も見える。

このままの勢いで突っ込めば、間違いなく追いかけてきたのがバレてしまうだろう。ナターリエ様とアウローラ殿下の侍女は、その築山の階段を上りあずまやへと入っていく。なんとかして私もあの二人の様子を知りたいのだがどうすればいいだろうか？　もしかしたら、私の部屋を荒らしていった犯人のことがわかるかもしれない。

そのまま木の陰に隠れながらあずまやに近づこうと体を右に向けたところ、ぼすっと顔から何かに突っ込んでしまった。

「痛った……ちょ、なに？」

鼻を押さえてその障害物を見た。

「ええっ⁉　ル、ルイード？」

そこには、模擬戦でヨゼフに負け、守ったはずの主にあっさりと解雇されてしまった、ナターリエ様の元護衛騎士、ルイードが杖《つえ》を片手に立っている。

あー……これはダメだわ。私、もしかしなくても詰んだかも？

しかしルイードは人差し指を立てると、シッと小さな声で私に静かにするよう伝えてきた。

「え……？」

「メリリッサ公女殿下、このような姿を御前にさらすうえ、無礼な振る舞いをしてしまいましたことをお許しください」

模擬戦でのケガ療養のために騎士見習い宿舎で入院しているルイード。生成《きな》りのノーカラーシャツに少しダボついたズボン、踵《かかと》を踏みつぶしたような靴に松葉杖というその格好が気恥ずかしいのか、眉を少し下げながら言った。

ルイードの言葉に、わかったと静かに頷けば、彼は下がったままの眉で無理やり表情を取り繕《つくろ》い、杖を持たないほうの手を、私たちがやって来たほうへと向けた。

「メリリッサ公女殿下……ナターリエ様が謹慎を破って参内《さんだい》していることは私が確認次第、後ほど報告を上げさせていただきます。これ以上は公女殿下に何かありますとアクィラ殿下に申し訳がたちませんので、どうぞお帰りになりますようお願いいたします」

杖の握り手に力を込め、ルイードは深く頭を下げる。片足と肋骨《ろっこつ》にヒビが入っている状態で、まだまだ傷も痛むだろうに。これが彼の騎士道ということなのだろうか。

けれども私だってそう簡単に引くわけにはいかない。

彼女たちの動向は怪しく、そしてとても不自然だ。たとえ私の部屋を荒らした事件に関係なくても、謹慎中の侯爵令嬢と王女殿下付きの侍女が、宮殿内の人目に付きにくい場所で示し合わせるのはどう考えても問題がある。

「……いいえ。ナターリエ様と、一緒にいるアウローラ殿下付きの侍女の二人には、直接確認したいことがあるの。それが叶《かな》うまでは帰るわけにはいかないわ」

そうきっぱりと言い切れば、ルイードはほんの少しだけ泣きそうに顔をしかめた。それでも一切引く気がない私の気持ちを汲《く》んだようで、すぐにその表情を引き締める。

「それでは、私が先導いたします。どうぞこちらへ」

そう言って指さした場所は、築山の真後ろだった。

見たところそっちはあずまやの裏側になっていて直接様子が見えそうもない。奥には池もあるようだけれど大丈夫なんだろうか？

「少し近すぎない？」

「あの場所はあずまやのすぐ下になりますから声は聞こえますが、風避《よ》けの壁と屋根が邪魔をして、覗き込まない限りはまず気がつかれません。池の手前の木々に紛《まぎ》れていれば大丈夫でしょう」

なるほど。話を盗み聞きするのにはもってこいの場所というわけだ。

私は小さく頷くと、ルイードの後ろについて築山の裏のほうへと足を向けた。

しかし、ルイードは一歩足を踏み出すたびに、ぐっと何かに耐えるような呻《うめ》きを漏《も》らす。やっぱりヒビの入った足と肋骨が相当痛そうに見える。せっかく綺麗にくっつきそうだとビューゼル先生が言っていたのに、このままでは酷くなってしまうに違いない。

「ルイード、あなたは今すぐ診察室へ戻りなさい。そして至急カリーゴ様へこのことを伝えて」

「しかしっ……メリリッサ公女殿下をお一人にするわけにはまいりません」

「今のあなたはハッキリ言って足手まといにしかなりません。それならば一番迅速《じんそく》かつ有効に物事を運べるように動いてもらいます。これは命令ですよ」

私の、王太子の婚約者という立場で命じれば、トラザイドの騎士の名を持つルイードは断ることができない。

もしルイードのこの対応が演技で、ナターリエ様たちと結託して私をあの場所へと向かわせようということだとしても、ここで無理をして付いてこようが引き返そうがどっちでも同じことだ。

どちらにしても私は行くし、彼が引き返せば少なくともこれ以上ケガの悪化は防げる。

だから、早く行きなさい。そう言う代わりに私たちが元来た方向へ指を向けた。ギリっと強く歯ぎしりの音が立つ。そうして泣き出しそうな顔のルイードが懺悔《ざんげ》をするかのように小さく唸《うな》った。

「一昨日もナターリエ様が今日と同じように人目を忍んでくるのを見かけました。何度か、カリーゴ様へとお伝えしようかと思いましたが……。それでも、何をするわけでもないのだから、わざわざことを大きくすることはない、と。黙っていて申し訳ありません……」

謹慎中のナターリエ様が、宮殿へ足を運ぶ意味が軽いものではないとわかっていても報告できなかった。それが、昨日の私の部屋の泥棒騒ぎだ。まさかと思いながらも、今日また同じように見かけてしまったことに驚き、動かない体に鞭《むち》を打って追いかけてしまった、とルイードは言う。

色々と言いたいこともあるのだけれど、今はそれをのみ込み、連絡を優先する。

悔恨《かいこん》の表情のルイードへ向かい、もう一度戻れと指示をした。「悔やむのは後にして、今必要なことをしなさい」と、彼に発破《はっぱ》をかけるのと同時に自分にも言い聞かせた。

鬼が出るか蛇《じゃ》が出るか。なにはともあれ、行くしかないでしょう。

「できる限り早く伝えてまいります。どうかご無理をなされませんように」

ルイードが渋りつつも診察室のほうへ向かうと、私はできるだけ音を立てないようにして、教えてもらった築山の後ろ、池の手前に辿り着く。あずまやは二メートルを超える高さまで土を盛った築山の上に建っていて、確かにその裏側はわざわざ覗き込まなければ気がつきにくいように思える。

「ああ、もう悔しいったらないわ。どうしてわたくしが宮殿へ来るのにこんなにもこそこそとしなければならないのっ!?　きっとあの悪公女がアクィラ殿下にあることないこと言いつけたせいよ」

イライラとしたナターリエ様の声がばっちりと聞こえた。私への敵意を隠すつもりもないらしい。

え、でも待って。アクィラ殿下には『あったこと』しか伝わってないんですが？

反論したい気持ちをぐっと抑えている間にも、あれこれ私をこき下ろす。人格批判から見た目批判まで、よくもまあそれだけ文句を言えるなと感心する。

いつまでも続く自分の悪口に、いい加減飽きてきた。この二人の会話が愚痴と中傷しかないのなら、これ以上話を聞いていても時間の無駄なのかもしれない。

そんなことを考え始めたその時、バタンと大きな音が立った。

「ちょっと、ドーラ。それにしても、わたくしを一体いつまで待たせるつもりなのかしら？」

「申し訳ありません、ナターリエ様。もう約束の時間なのですけれど……」

苛立つナターリエ様が何かを扇で叩《たた》いたのだろうか。ドーラと呼ばれ、おろおろと返事をしたのがアウローラ殿下付きの侍女に違いない。一体どんな繋《つな》がりがあるのだろうか？

しかし、約束の時間ってなに？　それって、今からここに誰かが来るということ？

彼女たちの会話を聞き身構えたその時、ざりっと、土を踏みしめる音が耳についた。

これが、彼女たちの言っていた待ち合わせの人物なのだろうか。少なくとも筑山を登るその足音は一人分のようだ。だとしたらと、静かに動いて築山の階段を覗き込んでみる。向こうからバレる可能性もあるが、これは一つの賭けだった。

　顔だけでも見ることができて、それがどこの誰なのかわかれば儲《もう》けものだ。もしバレたらバレたで、元来た道を走って逃げ切ればいい。この密会をカリーゴ様に伝えて、ナターリエ様を締め上げればいいだろう。

　ゆっくりと足から上へと視線を移していく。比較的地味だけれども仕立ての良さそうなコートはいかにも宮殿へ出入りのできる貴族といった感じだ。そして周りに気を使うような素振りを見せずに築山階段を上っていく様子から、あまり頭が回るタイプではないらしい。二十代後半くらいで、きりりとした眉に精悍《せいかん》さを感じないこともないが、尖《とが》らせた唇や不機嫌そうな面持ちに内面的な幼さが漂う。

「ええと……誰？」

　見たことはあるような気はする。けれどリリコットとしての記憶が欠如《けつじょ》している今となっては、一から勉強の記憶を引っ張り出さないと無理だ。いくつかの記憶のページをめくっていくうちに、モンシラの貴族名鑑の中の一ページでそれが止まった。

「ノバリエス様、侯爵家のわたくしを呼び出すなど失礼でしてよ。どういった御了見《ごりょうけん》かしら？」

　あれだー！　外交官だ。ノバリエス子爵家のっ！

　この間は役職と爵位しか思い出さなかったから気がつくのが遅れた。なるほどこんな顔だったのか、あまりに馬鹿なことを言い出していたから、もっとひょろくて馬っぽいと勝手に想像していた。

　築山に登り切ったノバリエス外交官はナターリエ様の問いかけに不機嫌さを隠すことなく話し始める。私も先ほどの場所に戻り聞き耳を立てた。

「私とて二度もお会いするつもりなどありませんでした」

「あら、それならばもうよろしいでしょう。三度目はございません。失礼させていただくわ」

不遜《ふそん》な態度でナターリエ様が言い放つと、はっ、と明らかにバカにしたように大きく息を吐き出す。そして、驚くべき言葉を口にした。

「そちらの子飼いが目当てのものを見つけられなかったのだから仕方がないでしょう。それどころか、よくも足のつきそうな香水など勝手に持ち去ってくれたな」

やっぱりあんたたちかー！

ここへきておおよそ予想をしていたこととはいえ、私の部屋を荒らした犯人、ノバリエス外交官があまりにもあっさりとその犯行を自供したことについて、大声で追及しそうになった。

危ない、危ない。自ら私の存在をばらしてどうする。とにかく実行犯がわかったのだから、あとはカリーゴ様たちに任せばいい。静かにこの場をやり過ごそう。

そこにわざわざ耳を澄ませなくても、激高したナターリエ様の声が落ちる。

「勝手に、ですって？　……なんて失礼な。ええ、本当に失礼だわ。あの、リーディエナの香水、本来ならばわたくしがアクィラ殿下より頂戴《ちょうだい》すべきものなのよ。それが、あんな悪公女などに……」

「ええ、ええ。そうですわ、私もそう思いましたから、ナターリエ様へとお返ししただけでございます。持ち去ったなど……人聞きの悪い。御自分のお国の公女様のお部屋に盗みに入ったノバリエス様ではあるまいし」

凄《すご》いな、この二人。自分の悪行を堂々と肯定しておいて、ノバリエス外交官を落とすあたり、素晴らしくブレのない高慢さだ。突っ込みどころは大いにあるけれど、なんだか妙に感心してしまった。

そしてノバリエス外交官のほうも、彼女たちに負けず劣らずの逸材《いつざい》だった。

「手癖も悪ければ頭も悪いのですね、あなた方は」

「なっ、なんとおっしゃいましたの⁉」

「確かに私はそちらの侍女にメリリッサ公女殿下のお部屋へと案内されましたが、何一つ持ち帰ってはおりませんよ。それに引き換えその侍女ときたら、公女殿下が王太子殿下より賜《たまわ》った香水を盗んだではありませんか」

「……っそれは、あなたが目当てのものを見つけられなかっただけでしょう？」

　ドーラという侍女が声を震わせ反論する。ノバリエス外交官を手引きして盗みに入ったものの、実際に物を盗んだのが自分だけだったと、今ようやく気がついたようだ。

「私はモンシラからの重要なお話を届けるために、非正規のルートでお伺いをたてましたが、メリリッサ公女殿下がお部屋にいらっしゃらないのですぐに退出いたしましたと、名乗り出てもよろしいのですよ。勿論《もちろん》、案内してくれた侍女とそれを斡旋《あっせん》してくださったナターリエ様のお名前を添えて」

「あ、あ……」

「友好国モンシラの外交官の私と、王太子殿下から謹慎を言い渡された侯爵令嬢と、どちらを信用していただけるかは一目瞭然《いちもくりょうぜん》でしょうね」

　一瞬の沈黙。そこにドーラの啜《すす》り泣きのような声が漏れる。

　それを聞きながら私は思った。ハンナからの話でノバリエス外交官のことを聞いた時、馬鹿だ、馬鹿だと考えていたがどうやらそれは違ったようだ。

　とんだ大馬鹿ものだわ、盗《ぬす》っ人《と》猛々《たけだけ》しい！　馬鹿だなんて言い方は可愛《かわい》らしすぎた。

　大体私の部屋の見分はすでに済んでいる。あの荒らし方、文机《ふづくえ》の壊しぶりといい、侍女一人できるような仕事ではない。それにどうして盲目的にノバリエス外交官の言い分だけを信用すると決めつけているのだろうか。

持参金も出そうとせずに、私が知りもしない持ち出し品を出せと、こちらへの要望だけを突きつけてきたくせにね。

これ以上の話は聞くに堪《た》えない。理由なんて捕まえた後にでも聞き出すから、早く帰ってくれないかなと思っていると、ナターリエ様が喰《く》ってかかった。

「あ……あなたがっ、あの悪公女がモンシラより持ち出したものを、どうしても持ち帰らなければならないと、床に額《ひたい》をつけて言ったのよ！」

「はて、私が？　まさか！　そんな屈辱的なことをいたしましたでしょうか？」

「とぼけないで！　そうすればアクィラ殿下との婚約も白紙に戻り、悪公女もこの国にはいられなくなるというから、ドーラに手伝わせたというのにっ！」

…………は？　今なんて言いました、ナターリエ様。

私に覚えのない『それ』を、持ち帰られると婚約がなくなる？

そしてそれは、あれだけ荒らされたにもかかわらず、部屋の中にはなかった。あの三人は、私が上手に隠したから見つからなかったと思っているようだけど、そもそもその存在を私は知らない。

もしかしてこれって、ほっとくと私はアクィラ殿下と結婚の儀が挙げられないということなのだろうか？　ええと、どうしよう……。

百合香としての記憶を思い出した時、アクィラ殿下から心無い言葉をかけられた時、リリコットとメリリッサの入れ替わりを知ったばかりの時ならばそれもあっさりと受け入れたかもしれない。

いや、きっとこれ幸いと思いながらモンシラへ帰っただろう。たとえ悪公女の名を受け入れて隠遁《いんとん》生活を送ることになっても、メリリッサの名を騙《かた》り続けそれに怯《おび》えてトラザイドで暮らすよりはよほどマシだと思いながら。

……でも、今は違う。トラザイドでも悪公女の噂《うわさ》はあるものの、アウローラ殿下やイービス殿下など周りの人たちは皆、私をちゃんと見てくれて接してくれている。

それに何よりも、初恋の人――アクィラ殿下の側にいたいと、私自身が思ってしまった。

怒りにも似た感情を抑えていると、静かな築山の上で、バシッと音が響いた。

「そういえば、そんなことも話してしまいましたね。いくら手引きをお願いする立場とは言え、少々お喋《しゃべ》りがすぎました」

その言葉の後すぐにドサリと何かが倒れるような音も続く。

もしかしなくても……これってかなり危険⁉

二対一といっても、高位の貴族令嬢と王族付きの侍女では、成人男性にかなうわけがない。逃げるにしてもあのドレスとハイヒールでは相当難しいだろう。私はこの後どういう行動を起こすべきかと考えていたところ、突然ずざざざっと大きなものが滑り落ちてくる音を聞いた。

あれは……侍女のドーラだ！　紺色のスカートが巻き上がりドロワーズが丸見えになっている。築山の階段から滑り落ちてきた彼女の体はピクリとも動かない。完全に失神しているか……最悪の事態でなければいいのだけれど。

そうなるとドーラも心配だけれど、ナターリエ様も気にかかる。声も聞こえないということは、恐怖で出せないのだろうか？　どうしよう、あまり時間の余裕がない。

　ルイードのあの足では、カリーゴ様に伝えにいくために診察室まで着くにも時間がかかると思う。それでも、いくら私のことを嵌《は》めようとした人間が相手でも、暴力を受けているところを見過ごすわけにはいかないし、それは絶対に許したくない。

　ここで私が顔を出せば、ノバリエス外交官の注意は引けるよね。

　そう考えているうちに、「ヒィッ！」とナターリエ様の震え声が耳に届いた。

「余計なことをしなければ、バカなお嬢様で済んでいたものを」

　クッと嫌な笑いをのせながら、ザクッザクッと土を踏む音がする。一体何をしようというのだろう。

「きゃああっ!!」

　叫び声に反応して築山を見上げた途端、あずまやの窓部分から赤い塊《かたまり》が降って落ちてきた。先ほどドーラが落ちてきたよりも派手な音をたてながら、池目がけて転がってきたのは、間違いなくナターリエ様だ。

「危ないっ！」

　考えるよりも早く、その塊に向かい手を差し出していた。私やナターリエ様のように生地をたっぷりと使ったドレスで、こんな足も着かないような池に落とされれば溺《おぼ》れてしまう。

　ごろごろと勢いづいたナターリエ様の体は、半分ほど池の水の中に浸っているが、間一髪で私の手が彼女のドレスの胸元に引っかかった。おかげで全身は落ちきっていない。

　不安定な足元だが踏ん張って、仰《あお》向《む》けになったナターリエ様の後ろ側から両脇に手を入れて力を込めた。

「……は、早くっ、上がりなさい！」

「ひゃっ、あ……？　あ、あああ……」

理解が限界を突破しているため、何が起こっているのか全然わかっていないようだ。水の中の足をじゃぶじゃぶと力なく動かすだけのナターリエ様を叱咤《しった》して、なんとか引っ張り上げた。

「はー、あ……、あ？　ど、して……なん、で」

呆然《ぼうぜん》としながらも未《いま》だ何が悪いのかもわからないような言葉を吐き出すナターリエ様には、本音を言わせてもらえばむちゃくちゃ腹が立っている。

何が、どうして？　だ。どう考えても自業自得。謹慎することになった理由さえ全く理解できてなかったからこんなことになったのだ。上手《うま》いこと騙《だま》されて、その上口封じされるようなことに。けれどもいくら考えなしに私のことを貶めようとしたとしても、それが殺されてもいいだなんてことにはならない。

ふうっ、と大きく息を吸い込んでから、動揺して焦点の定まらないナターリエ様の顔を両手で思い切り叩くように挟み込んだ。

バシンッ！　というその音と、私の手のひらの痺《しび》れ具合からして、相当な衝撃だっただろう。ナターリエ様の頬に、くっきりと手のひらの跡が赤く浮きだした。それと同時に瞳にも色が戻ってくる。

「ともかくここからすぐにでも逃げるわよ。走れるわね。いいえ、走りなさい！」

「あ、あ、う……」

強く言い聞かせ、腕を取り無理やりにでも立たせた。濡《ぬ》れたスカートが水を滴《したた》り落とす。

ただでさえかさばるドレスが半端ない状態になっているが仕方がない、今はここから脱するのが先決だ。そうして来た方向へと顔を向けたところで、にやける顔と目が合った。

「これは、これは！　メリリッサ公女殿下ではございませんか。取次の侍女には何度かお目通りを願い出ていたのですが……まさかこのような場所でお目にかかれることとなるとは思いも寄りませんでした。ああ、失礼いたします。私は……」

「ノバリエス卿《きょう》ですわね、外交官の」

「おお、私のように取るに足らない立場の者を、メリリッサ公女殿下のご記憶の端にでもかけられていたとは光栄でございます」

なんというウザさ。

正直、どの口が言うのかと突っ込みたい気分だ。けれどもそれを言ってしまったら、私はともかくとしても口封じにと狙われたナターリエ様が危なすぎる。

転がって動かないドーラを一瞥《いちべつ》もせずに、ゆっくりとこちらへ近づくノバリエス外交官からナターリエ様を庇《かば》うように前に出て、後ろ手で押す。そうして反対側のほうを回っていきなさいと、指で示す。

池沿いを回って通らなければ広場に出られないけれど、彼に捕まるよりはマシだろう。

よろよろとしたナターリエ様の姿にはさすがに視線を向けたノバリエス外交官だったが、この腐った男はそれよりも私のほうをとった。

「さて、せっかくの好機でございます。以前から私が侍女を通してお伺いしていた件についてですが、お聞き及びでしょうか？」

「ええ、そうね。何度も足を運んでいただいたことは報告を受けています」

私が鷹揚《おうよう》に答えれば、ぎりっと歯ぎしりの音が聞こえた。

「そうですか。ではそろそろ色よいご返事を賜りたいと存じます」

「それがね、ノバリエス卿。あなたのおっしゃるお話なのだけれども、私にはさっぱり意味がわからないのよ」

「……は？」

「だってそうでしょう？　私、こちらへ来た時には荷物なんて数えられるほどしか持ち込んでないのですもの。ええ、勿論持参金もありませんでしたし」

ちょっぴり嫌味をのせて答えると、あからさまに顔を歪《ゆが》めた。

「しかし、事実モンシラから消えています。確かに公には、公女殿下に権利の所有が認められているように書かれておりますが、それこそが間違いなのです。勝手に持ち出すなどとは許せません！」

ん？　権利……権利って、なんの？

私が持っているべきはずの権利ということは……。リリコットの勉強の記憶をひたすら思い出そうとするが、興奮したノバリエス外交官は待ってくれない。

足を早め真正面に立ったかと思うと、私の左手を取り強く握りしめ怒りに体を震わせながら叫んだ。

「あれは！　スメリル鉱山の権利書は、どこだっ⁉　あの権利書は、あなたが持っていっていいものではない！」

ぎりぎりと腕が締め上げるように持ち上げられていく。痛みに耐えつつ不自然な格好に向いていく自分の腕を見つめながら、この男は何を言っているのだと考える。

スメリル鉱山の権利？　そんなものが私にあるの？　でも、それって……。

「っ痛……、う」

「ほら、正直に出してもらえればこれ以上酷いことはいたしませんよ」

痛い、痛たたっ！　って、酷いことしかされてないんですけど⁉　信用できるかっ！

あまりの痛さに、どうにかしてやり過ごそうと、藁《わら》にも縋る気持ちで右手を動かせば築山の土が、ざりっと音を立てる。

「隠し場所を教えなさい。早くっ！　そうすれば、あなただってモンシラへ帰れる。こんなところで後ろ指をさされなくとも、修道院あたりでゆっくりと余生を過ごせばいい」

「う、う……なに、を、言って……」

ノバリエス外交官の馬鹿げた言い草に、頭が一瞬で沸騰した。怒りにまかせて土ごと握りこぶしをつくる。

ふざけるな。私の人生をあんたなんかに決められてたまるか！

キッと睨みつければ、彼のほうも興奮状態で私の腕をさらに捻《ひね》り上げ、大声で喚《わめ》きたてた。

「鉱山の権利書は、第一公女殿下のものですっ！　あなたのものではありません！」

その言葉をかけられたのと同時に、私は掴み取った築山の土を思いっきりノバリエス外交官の顔へと投げつけた。

「ぐっ、目が、あっ……」

勢いよく飛んだ土はノバリエス外交官の目に直撃した。私を束縛していた腕が離れ、彼は痛みに膝《ひざ》をついた。その隙《すき》に体をひるがえして、私はナターリエ様を逃がした池沿いの道へと走り出す。左腕はまだじんじんするけれども、気にかけている余裕はない。

そんなことよりも、たった今ノバリエス外交官から引き出した言葉のほうが私にとっては大ごとだった。

――バレたっ！　私がリリコットだとバレていたんだ！

ノバリエス外交官は、私がメリリッサではなく、リリコットだと言いたかったに違いない。

スメリル鉱山の権利がどこにあるべきかなんて私は知らなかったが、彼は確かにその権利が第一公女のものであり、私のものではないと言い切った。

「んんんっー、どうしよう……」

モンシラ公国側でリリコットとメリリッサが入れ替わっていることを知っているのは、両親である大公殿下と大公妃殿下、それから私と一緒にトラザイドへ付いてきてくれた、ハンナ、ミヨ、ヨゼフだけのはずだった。

それが何故、一外交官であるノバリエス外交官が知りえるというのだろうか。

……誰かが彼に教えた？　信じたくはないが、そうでなくては説明がつかない。でも、誰が？　頭の中で、皆の顔がぐるぐると浮かんでは消えた。

池沿いの道を踏み外さないよう急いで走る。とにかく、今はまずここから離れることだ。そして、ノバリエス外交官から私たち姉妹の入れ替わりがトラザイドへ伝えられる前に、自らアクィラ殿下へと話さなければならない。

元々、今日アクィラ殿下が戻ったら告白すると決めていたが、一刻も猶予《ゆうよ》がなくなった。国同士の約束を一方的に破ったことがこのままトラザイド側にバレてしまえば、友好国の関係にヒビが入るどころの状況ではなくなってしまう。ノバリエス外交官の意図がわからないのならなおさらだ。

足に力を込めて前を向くと、とっくに走って逃げたと思っていたナターリエ様の姿があった。

「ナターリエ様、何やっているんですか！　どうしてまだこんなところに⁉」

呆然と佇《たたず》むナターリエ様。そこで道は途切れ、その先を閉ざすように背の高い葦《あし》が生い茂っていた。

「これは……」

「い、行けないわ……わたくし、あんなの、無理……」

ようやく言葉を発したかと思えば、ぶるぶると震えながらその場にしゃがみ込む。私は公女にあるまじき行為と思いつつ、大きく舌打ちをした。

道の代わりに池の中にはいくつかの置石が転々と飛び出しているが、さすがにこれを飛べとは言えない。距離だけ見ればほんの一、二メートル間隔くらいだが、このドレスであの置石に張りつきながら移動するなんて、私ですら余裕がない。

だったら逆に築山を登って広場側に出ていくしかないと考え、ナターリエ様の腕をとり、無理やりにでも立たせた。

「ならばこっちよ。さあ、早く登って」

「いや。……もう足が痛くて、こんなところ登れない、ダメよ。ねえ、誰か、呼んでちょうだい……」

「この期《ご》に及んで何を言っているの⁉　あなた、このままでは池に落とされるわよ」

私のその台詞《せりふ》に、ひぃっ！　と一瞬息をのんだが、落とされてはたまらないと思ったのだろう、必死な形相で築山に張り付きあわあわと足を動かし始める。

それでも階段があるわけでもない部分を登るのは貴族令嬢のナターリエ様には難しいようで、ずるずると足を滑らせる。なかなか上がっていけない彼女のお尻を思いっきり押して、少しでも進めさせようと四苦八苦していたところで、ノバリエス外交官の姿が現れた。

「はっ、足手まといがいたおかげで追いつきましたね、メリリッサ公女殿下」

「……あなたも、思ったよりは早かったわよ」

本当に早かったなと、もう一度舌打ちをしそうになった。

ノバリエス外交官の髪も服も濡れて水が滴り落ちていたから、きっと池の水で目に入った土を落としたのだろう。

「ええ、私はこうと決めたことは必ずやりきるのです。しかし、どうもメリリッサ公女殿下には私の話が通じないようですので、やり方を変えようかと思います」

「あら、話が通じないのは私でなくて、ノバリエス卿のほうではなくて？」

そんな私の強がりに、まるで対抗するみたいに彼は笑いながら近づいてきた。

「ほらそのように。まあいいです。これからあなたには誘拐《ゆうかい》されていただくことにしましょう」

その言葉に目が点になる。え、誘拐って何……。馬鹿なの？　やっぱり馬鹿なのでしょう？

この宮殿内でそんなこと無理にきまっている。入り込むことはできたかもしれないが、大の大人一人をここからどうやって運ぶつもりだ。

しかも今決めましたって、どれだけ計画性がないのか……杜撰《ずさん》すぎる。

「おあつらえ向きに、そこに手引きした犯人役もおりますので、安心して誘拐されてください。ああ、無事に帰れるかは、公女殿下次第ですけどね」

けれども彼自身はそんな私の考えていることなど全く気にもせずに恍惚《こうこつ》とした表情で語る。なんというか、もはや狂信者のようにしか見えない。

ノバリエス外交官が一人悦に入っているうちに、ナターリエ様はなんとかあずまやの土台まで手がかかっていた。私はそれを確認したのと同時にくるりと向きを変え、ノバリエス外交官に背を向ける。そうして思いっきり地面を踏み込んで、池の中の置石へと飛びついた。

「てやっ！」

なんとか一つ目の置石に掴まると、よいしょとその上に乗り上げる。

うぅ、これヒールがめちゃくちゃキツイ。いいや、捨てちゃえ。

靴を脱ぎ捨てて次の置石に移り飛んだ。なんとか着地に成功したので、そこから後ろを確認してみれば、なんとノバリエス外交官は池に飛び込み着衣のまま泳ぎ始めた。しかも意外に速い。

これではすぐに追いつかれてしまう。慌てて次の置石へと飛びつこうとしたところで、私はバランスを崩した。

あ！　と思ったその時には、もう池の中だった。嵩《かさ》のあるドレスのスカート部分は水をたっぷりと含み、体中にまとわりつく。空気をと、もがき腕を動かそうとしても、水面に浮かびあがれない。

ダメだ。とんでもないミスをした。

このままここへ沈んでいくのかな？　だったらせめて、もう一度あの青い空を見たい。幼かったあの日、アクィラ殿下がリーディエナの青とよく似ていると教えてくれた空の色を、と。

体を反らし、きらきらとした水面を見上げた瞬間、沢山《たくさん》の気泡が体中を覆う。

そして腰がぐっと持ち上げられた。

「げほっ、あっ、ごほ……あ、え？」

あれだけ欲しいと願った空気が一気に肺に飛び込んだせいで、体が驚きむせてしまった。

大丈夫だから落ち着いてと囁《ささや》きながら、咳《せ》き込む私を抱き上げ、水で顔に張り付いた髪の毛をゆっくりと直してくれている、その人は――

「ア、アクィラ殿下……？」

「リリー、リリー、間に合ってよかった。リリー……そうだろう？」

「……で、んか」

呆《ほう》けながらも頷く私の目の中に、アクィラ殿下の焦《あせ》りを帯びた緑色の瞳が映り込む。その彼の金髪からは、池の水の雫《しずく》が流れるように滴っていた。

第三章　約束の青

濡《ぬ》れた前髪が鬱陶《うっとう》しいのか、アクィラ殿下が空いている手で大雑把《おおざっぱ》に掻きあげると、水滴がぴしゃりと飛び散った。

ああ、格好いいなあ……。

現実に頭が追いつかず、ぼんやりとそんなことを考えてしまった。そんな私をアクィラ殿下は優しい声で落ち着かせようとして声をかけてくれる。

「リリー、大丈夫だ。今すぐ端へ連れていく。だから、少し力を抜いて」

背中から腰に巻かれた腕に、ぎゅっと力が入ったのがわかる。アクィラ殿下の向いたほうからは、騎士たちの「殿下！」という叫び声と、遅れてばしゃばしゃと池へ飛び込む水音が聞こえた。

ああ、アクィラ殿下は王太子だというのに、真っ先に池に飛び込んで私を助けにきてくれたんだ。

そしてあのころと同じように――リリーと、私の名前を呼んでくれた。

その事実に、胸があり得ない早さでどきどきと音を立て始める。

私はアクィラ殿下に体を預けているのをいいことに、じわじわと熱を持ち始めた頬をごまかそうとして胸元へと顔を埋《うず》めた。頭上で微《かす》かに笑うような声が聞こえたけれど、それすらも嬉《うれ》しくてたまらない。

たっぷりと池の水を含んで重くなっているドレスをものともせずに、アクィラ殿下は空いた片方の手で力強く水をかいていく。後から飛び込んできた騎士が助けにと手を出してきたが、それを軽く首を振って断った。

「それには及ばない。私の妃《きさき》となる人だからな」

そう宣言するのと同時に、私を掴《つか》む腕にさらなる力が込められる。

そうしてアクィラ殿下の腕に抱かれたまま池の端に辿《たど》り着くと、水をかいていたほうの腕が膝裏《ひざうら》へと回され、そのままお姫様抱っこへと体勢を変えた。

「待っ……て！　重い。私、重いから、殿下っ！」

「まさか、君が重いわけがないだろう？」

平気な顔をして持ち上げたけれど、これだけの水を含んだドレスが重くないわけがない。

一度宮殿内でお姫様抱っこをされたこともあったが、あの時とは状況が違う。しかもアクィラ殿下だって全身びしょ濡れだ。普段の王太子らしい格好ではなく、周りと同じような騎士服だから装飾品は少ないものの、それでも服が濡れているだけで体が重いはずだ。

「いいえ、重いに決まっています。そうでなくても、こんな濡れネズミのようになっていれば……」

「バカな。こんなに可愛《かわい》いネズミがどこにいる」

そうじゃないーっ！　というか、なんなの？　ネズミ好きなの？　ねえ。

「このままでは殿下が風邪をひいてしまいます。私のことはいいですから、まずお召し物を急いで替えてくださいっ」

大きな声ではっきりと告げると、アクィラ殿下は私の顔をじっと覗《のぞ》き込んだ。緑色の瞳が熱を持ったように潤《うる》んで見える。

「それはリリーも同じだろう。私は自分が風邪をひくよりもずっと、君が体調を崩すほうが嫌だと感じる。だから大人《おとな》しく言うことを聞いたほうがいい」

そう言って、アクィラ殿下は自分の額《ひたい》を私の額へとこつんと当てた。

っ、っ！　待て、待て、待って！　近い近いぃ！

甘いアクィラ殿下のこっつんこに、胸が跳ね上がり、顔が沸騰する。

特に、おでこが熱い！　それから鼻が、鼻の頭が当たりそうでむずむずするし、私の心臓の鼓動が、アクィラ殿下にまで聞こえちゃうんじゃないかってくらいにどくどくと音を立てている。

このままじゃ風邪をひく前に心不全を起こしそうだ。周りに視線で助けを求めるけれど、側《そば》に控《ひか》えている騎士たちには揃《そろ》いも揃って顔を背《そむ》けられた。

「アクィラ殿下、姫様、いちゃつくなら着替えてからにしてください。お二人とも上から下までぐちゃぐちゃですから」

本気のＳＯＳの言葉が出る寸前、どさっという音と、遠慮ない言葉が落とされた。

このぶっきらぼうな声は、間違いようがない。

「ヨゼフ、いたのっ!?　あ、と……お帰りなさい」

「ただいま戻りました。というか、最初から後ろにいたんですけどね。遺憾《いかん》ながらアクィラ殿下に、こっちを先に片付けてこいと命じられましたので」

こちらも全身水に浸かったようで、ヨゼフの赤い髪が普段よりも濃い赤色になっていた。

そんな彼の足元には、息をしているのかわからないほどぼろぼろに潰れた、さっきまでノバリエス外交官だったと推測される塊《かたまり》が転がっていた。

「ひっ！　……ねえ、い、息はあるわよねっ⁉」

「まあ、一応は」

ゴミ袋でも扱うようにヨゼフが足で蹴《け》りとばすと、小さく、うっと唸《うな》り声が上がる。

ちらりと見えたその顔は派手に腫《は》れているし、腕がおかしなほうへ曲がっている気がするが、生きてはいるようだ。

どうですか、大丈夫でしょう？　と言いたげなドヤ顔をこちらへ向けてきたけど、褒《ほ》めていいのかな、これ？

ノバリエス外交官の罪は私が知るだけでも、宮殿への不法侵入、侍女への暴行、私の誘拐《ゆうかい》未遂、そしてなんといってもナターリエ様への殺人未遂と、犯罪行為のオンパレードだ。

……勝手に始末しないだけマシといえばマシか。

「そう、よかったわ」

小さくそう零《こぼ》すと、アクィラ殿下が騎士たちに指示をだす。

「そいつは牢《ろう》に入れ、最低限の手当てを。後ほど関わった者たち全員に事情を詳《くわ》しく確認するように」

はっ！　と、短い返事と共に周りの騎士たちが一斉に動き出した。

数人がノバリエス外交官の拘束に移るのと同時に、何人かが築山へと走り出した。当然ながらナターリエ様やドーラも捕まえられるのだと知って、ほっとすると同時に、なんともいえないもやもやが胸に湧《わ》き出す。

「アクィラ殿下……その、ナターリエ様たちへの処罰は、あまり厳しいものにはなさらないようにお願いします。多分、いいように使われただけでしょうから」

「ナターリエ嬢が？　ヤツの手引きをしたと？」

はい、と頷《うなず》くと、アクィラ殿下は大きく息を吐いた。

勿論《もちろん》、不法侵入の手引きや部屋荒らしなど起こした件は償ってほしいが、それ以上は望んでいない。

私が誘拐されそうになったのも池に落ちたのも、それはあくまでも自分の責任なのだ。彼女たちの様子がおかしいと気がついた時点で人を呼び、後をつけさせれば多分ここまで大ごとになってはいなかった。

　私を排除しようとした彼女たちのことは大嫌いだし、進んで顔を合わせたくもないけれど、これ以後の彼女たちの人生が真っ暗に閉ざされるなんてところまでは望んではいない。

「君は色々と甘すぎる。だが、まあいい。できる限りは対処しよう」

「すみません。……あと、ありがとうございます」

縮こまりながら感謝の言葉を口にすると、アクィラ殿下は小さく「そういえば」と呟《つぶや》いた。

え、なに……？

「ヨゼフにはあったのに、私にはなかったな」

「…………ええと、なんでしょうか？」

……あれ？　なんかあったっけ？　ダメだ、本気でわからない。

首を捻《ひね》りながらアクィラ殿下の顔を見つめると、ほんの少しだけ意地悪そうに瞳が輝いた。

「帰還の労《ねぎら》いの言葉だ。君は私が思っていたよりも、私の帰りを待ちわびてくれてはいなかったのかな？」

えええ!?　いや、うん。確かにお帰りなさいとは言ってなかったけど、そんな場合じゃなかったじゃんっ！　あり得ない状況での再会だったから、言うのを忘れていただけなんだけど……ああ、でもそれは言い訳にならないよね。

すうっ、と息を肺に送り込んで気持ちを落ち着かせる。そうしてアクィラ殿下へ軽く頭を下げた。

「……お帰りなさいませ、アクィラ殿下。お待ちしておりました」

抱っこされたままなので不自然な格好だけれどそこは許してほしい。それでも気持ちは本物だ。

ゆっくりと頭をあげると自然とアクィラ殿下と目が合った。にっこり微《ほほ》笑《え》むその瞳が急に近寄ってきたと思った瞬間に、私の頬へと柔らかい唇の感触が落ちる。

は……？　今、ほっぺに、キス、された？

「ただいま、リリー。続きは後でゆっくりと。まずは急ぐから舌を噛《か》まないように口を閉じて」

そう耳元で囁《ささや》くと、アクィラ殿下はかなりの大股でがつがつと早歩きし始めた。

物理的にも精神的にも喋《しゃべ》れなくなった私は、顔を真っ赤にしながらアクィラ殿下の首に縋《すが》り付くことしかできなかった。

「ついたぞ」

アクィラ殿下の短い言葉で告げられたそこは、宮殿西館の私の部屋ではなく、見覚えのない扉の前だった。

「ええと……アクィラ殿下？　その、ここは、一体どこでしょう？」

そこでお姫様抱っこから解放された私は、ようやくアクィラ殿下へと尋ねることができた。

しかしこのずぶ濡れの状況でのお姫様抱っこ運搬は、さすがのアクィラ殿下でも相当体にきているらしく、息切れが隠せない。前に立つ騎士が扉を開けると、身振りで中へと誘われる。

見るからに重そうで豪奢《ごうしゃ》なその扉にどことなく嫌な予感を覚えつつも、言われるがままそっと覗き込めば、そこにはメイド服に身を包んだハンナとミヨが両手を胸元できちんと合わせて待っていた。

「ハンナ！　あなたもう大丈夫なの？」

さっきまで診察室で寝ていたのにと驚きながらも一歩その部屋の中へと踏み入れれば、厚みのある絨《じゅう》毯《たん》に、ぐしゅ、と水気が染み入るのがわかった。

あ、ダメだ。私びしょ濡れだった。

こんなに高そうな絨毯を濡らしたらマズいと、後ろに下がろうとすれば両肩にアクィラ殿下の手が置かれ押しとどめられた。

「任せた」

その一言でハンナとミヨが、さっと私の手を取り部屋の奥の扉へと誘導する。

なに？　え……待って！　いや質問に答えてもらってないんですけど……ここどこよーっ⁉

両手をハンナとミヨに拘束されたまま振り返り、アクィラ殿下へと顔を向ければ、なんと殿下は部屋の反対側にあるもう一つの扉へと消えていった。しかも、ヨゼフと一緒になって。

本当に一体ここはどこなのだと、考える間もなく開かれた扉のもう一つ内に入ると、そこは温かな湯気がたつ真っ白い浴槽が置かれた浴室だった。

「あ、お風呂！」

これは嬉しい。日中は汗ばむほどの陽気とはいえ、ドレスを着たまま頭からずぶ濡れになっていたのだ。汚れも気になるけれど、何よりも体が内側から冷えかけていた。

ぐちゃぐちゃになったドレスを脱ぐのを手伝ってもらい浴槽へと体を浸けると、ようやくここでひと息つけた心地がする。

「リリー様、お湯加減はいかがでしょうか？」

「ええ、大丈夫。とても気持ちがいいわ」

池の水で汚れた髪の毛を浴槽の縁から出してハンナに洗ってもらう。百合香《ゆりか》の記憶が覚醒してからというもの、お風呂だけは一人で入っていたのだが、今日だけは彼女たちの手伝いを素直に受け入れた。

濡れたドレスを一人で脱ぐことができないうえに、ノバリエス外交官との立ち回りで心身が疲れていたのもその理由だが、何よりもハンナが絶対に離れてくれなかった。

ドレスを脱いだ時点で一度断ったのだが、その瞬間、このまま泣くんじゃないかと思うくらいに顔を歪《ゆが》めながら「リリー様、お願いいたします」と深々頭を下げられたからには頼むしかない。

まあ、ノバリエス外交官に捻りあげられた左腕と肩も痛むし、今日のところは介助してもらうのもいいかな。

しかし本当に今になってあちこち痛んできた。左腕は当然、両足も擦《す》り傷、打ち身があちこち見られる。診察までは必要ないけれど、薬くらいは欲しいので後で頼もうと考えていると、ハンナの手が止まっているのに気がついた。

「どうしたの、ハンナ？」

「……っ、私が、寝ている間に……リリー様が、こんなに酷《ひど》い目にあっておられたなんて……どうして、私……」

ヤバい、泣いてしまった？　私から背を向けてぶるぶると小刻みに震えるハンナへ大丈夫だからと声をかける。

「あのね、別にたいしたことはないのよ。ほら、アクィラ殿下が駆けつけて助けてくださったの……だから、ね」

そう言うと、またハンナの声が震えだしたので、髪の汚れが気になるだの、背中を洗ってほしいだの頼んでみた。すると泣き言がぴたりと止まる。

なるほど仕事をさせていたほうがハンナも余計なことを考えなくてよさそうだ。体調が大丈夫そうなら、今日はやりたいようにやってもらおう。

そうしてお風呂から出ると、着替えを持ってきたミヨと交代をする。

「姫様ー、今日はもう楽な格好にしておきますねぇ」

そう言って出してきたのは、普段着用のドレスよりももっとラフなドレスで、コルセットの用意どころか胸の切り返しもない、少しボリュームのあるAラインワンピースのようなものだった。

「楽そうだけど……これでは外には出られないわよね」

自分の部屋でもないのに、こんなラフな格好をしてしまったら外を歩けないのではないだろうか。

実際私が着るものの中で、これよりも布地が少ないものといえばもう夜着しかない。

だから、これでは……と言葉を続けようとしたところをミヨのいつもの口調で遮《さえぎ》られた。

「外って。別に出る必要ないですよぉ。だってここ、姫様の新しいお部屋ですから」

「あ、そうね。そういえばカリーゴ様が昨日、部屋を替えるとかなんとかって、言……えっ!?」

……あれ、昨日カリーゴ様はなんて言った？　えーっと……どうせなら、ん、うんっんー？

入ってきた時の重そうな扉、それからちらりと見えた家具の豪華さを思い出した。それからもう一つの扉の存在。

アクィラ殿下は当たり前のようにあちらの扉へ向かったけど、あれって一体？　嫌な予感で背筋に汗が流れた。

そんな私の顔を覗き込みながら、ミヨがあっけらかんと言い放つ。

「じゃーん！　なんとここは、アクィラ殿下のお部屋の続き間でーす！　王太子妃のお部屋ですよ。よかったですねえ、姫様っ」

目頭を押さえ泣き真似をするミヨを見て、泡を吹きそうになった。

「いや、全然良くないから！　私の心の準備が、まだそこまで全くできてませんっ！」

突然の宣告にぶるぶる頭を振って抵抗しようとしたが、それもあっさり「はいはいはーい」と流され支度を済まされた。

できる限り髪の水気を切ってから髪を二つおさげに結ってもらい浴室から出る。

簡単なワンピースだと思っていたのだけど、ミヨ監修のもとに、お腹《なか》周りに綺麗《きれい》な刺繍《ししゅう》の入った長い布で大きなリボンの飾りを作り、ふくらみのあるペチコートを重ねて穿《は》けば普段着用のドレスとそれほど変わらなく見えた。

まあこれなら見苦しくもないかな？　と思うほどには、すでに思考がこちらの世界にどっぷりと浸かっている。膝丈のスカートやジーンズで街中を歩いていたのが今ではもう遠い昔のような感覚だ。頭の中身や突発的な行動はなかなか変えられないが、文化的な価値観はだんだんと染まってきた気がする。

これもやっぱりリリコットとしての記憶と百合香が同化してきている証拠なのだろう。

そんなことを考えつつ先ほどの部屋へと続く扉をくぐれば、真ん中に置かれた花柄のソファーに身支度を終えたアクィラ殿下がすでに座って、横に立つカリーゴ様と何か話をしていた。

どきん、と胸が高鳴る。

薄いグレーのシャツの首元ボタンを二つ外し黒のズボンという姿。随分とくだけた格好のアクィラ殿下は、まだ乾ききっていない髪の毛を気にしながら掻きあげていた。

なんだろう、少し髪が伸びた感じがするからなのか、鎖骨が見えるような部屋着だからなのかわからないけど、なんとなくいつもより野性味に溢《あふ》れているように見える。

どうしよう、どうしよう。見ているだけでどきどきが止まらないんだけど、本当に私にここへ住めというの？　ちょっと胃までシクシクしてきた。

やっぱり今すぐというのは無理だ。拳《こぶし》に力を入れたところで、アクィラ殿下が私に気がついた。

「リリー、もう大丈夫か？」

あっという間に私のところまで近づき、腕を背中に回してきた。

そうして軽くしゃがもうかという姿勢を取り出したところで、はっと我に返る。

「だ、大丈夫です、アクィラ殿下。その、歩いていけますから……」

「しかし、体が痛むだろう？　遠慮はしなくてもいい」

「遠慮はしていませんっ！　どうか、どうかそのまま」

っ……危なかった。やっぱりお姫様抱っこされるところだった。

いや、本当に歩けないわけでもないのにお姫様抱っこという選択はないよね。

部屋の中を見回せば、いつも私に付いていてくれているハンナ、ミヨ、それからアクィラ殿下の従者であるカリーゴ様が知らん顔をして各々の場所に待機していた。今はその気遣いすら恥ずかしい。

若干《じゃっかん》不服そうなアクィラ殿下だったが、それ以上の無茶を言うことなく私をソファーまでエスコートしてくれた。そうして向かい合う大きなソファーの一つへと私を座らせると、当然のようにその隣へと腰を下ろす。

いくら婚約者とはいえ、こう……もう少し適切な距離というものがあるんじゃないだろうか。

ちらりとアクィラ殿下の顔を窺《うかが》い見れば、ばっちりと目が合ってしまった。こちらを向いて見せる笑顔はとても優しい。

あまりにも真っすぐな視線を受けて赤らんだ顔を下に向けてしまう。すると、ソファーの前のテーブルの上に、あの五万テゾの担保として預けたリーディエナの花の刺繍入りテーブルクロスが綺麗に畳んで置かれているのを見つけた。

「あ、リーディエナの刺繍の……」

思わずそう口から零れ落ちた言葉を、アクィラ殿下は聞き逃さなかった。

「リリー、今、何と言った？」

「……あ、その……」

アクィラ殿下の吸い込まれそうなほど美しい緑のその瞳に強い光が灯《とも》った。

「今の言葉……リリー……リリコット。君は、私のことをちゃんと思い出してくれたのだろう？」

ど、どうしよう。ちゃんと言わなければいけないのはわかっている。

私だってアクィラ殿下との記憶を思い出してからは、私が知っていること全部告白しようと決めていた。けれどいざとなると、どうしてもためらいの気持ちが大きくなる。

十年前、初めて会った時からアクィラ殿下のことを好きになっていた。いつか約束のリーディエナの花を一緒に見に行くのだと、はりきってボスバ語を習うくらい真剣に。

だからこそ、その大好きな人と国を騙《だま》すような真似をして、ここトラザイドへメリリッサの身代わりとして来たことを知られたら、やっぱり嫌われてしまうかもしれないと思って言葉が出てこない。

うつむいたままなんと口に出せばいいのか悩む私の左手に、アクィラ殿下の右手がそっと重なった。

私が八歳、殿下が十歳のころとは違う、しっかりと成長した男の人の手だ。

すらりと伸びた、でも少しだけ骨ばった指が私の手の甲を優しく撫《な》でてくれている。

その温かさに勇気をもらってだんだんと気持ちが落ち着いてくると、アクィラ殿下のその手が小さく震えているのに気がついた。

はっとして顔をあげれば、私を見つめる表情にもどこか余裕のない色が滲《にじ》んでいた。

ああ、アクィラ殿下も不安なのだ。それなのに私を急《せ》かすようなことも聞かずに、ずっとこうして私が自分から話すのを待ってくれている。

こくん、と息をのみ込み、添えてくれていたアクィラ殿下の手を逆の手で握り返す。

どんな言葉でもいい、自分でちゃんと話さなきゃいけない。だから――。

「聞いていただけますか、アクィラ殿下。私の……リリコット・カシュケールの話を。少し、長くなるかもしれませんが」

ようやく探し出した言葉をアクィラ殿下に伝えれば、彼はわかっていると言うようにゆっくりと頷いた。金色の前髪が、きらきらと跳ね上がる。

「勿論。私はね、リリー。君がそう言ってくれるのをずっと待っていた」

そうして満面の笑みを浮かべ答えてくれた。

一つ一つ、私が思い出したことを、順を追って話し始めた。

メリリッサが私の婚約者となったロックス様に横恋慕《よこれんぼ》をして、私に成り代わり、リリコットとしてガランドーダへと旅立ってしまったこと。

その折に、私を悪公女として断罪し、トラザイドとの結婚のために用意されていた持参金や宝飾品、家具やドレスなど全て持っていってしまったこと。

そして入れ替わりを全て知りつつも、私をメリリッサとしてトラザイドのアクィラ殿下の元へと送り出したモンシラの大公と大公妃、つまり私たち双子の両親のことを、全部包み隠さずに伝えた。

続けて、そんな事情で何も持ってこられなかったはずの私に、以前からしつこく何かを引き渡すようにとノバリエス外交官がハンナを通じて要請していたことも話す。

それがたまたま今日ナターリエ様を追っていて出くわし、彼の口からその渡すようにと言われていたものが、第一公女のためのスメリル鉱山の権利書であったことを知らされたのだと。

そこまで話し終えると思わず、ふうっとため息が零れ落ちた。それを機にアクィラ殿下がカリーゴ様へと目配せすると、手前のテーブルにさっと軽食とお茶が並べられる。

その香ばしく焼かれたパンや、甘く蕩《とろ》けそうな香りのカットフルーツの匂いをかいだ瞬間、くぅ、とお腹が音を立てた。

あー……そういえば、お昼前にハンナの見舞いへ行ってからの、大立ち回りだったのだ。日の傾き加減からいっても、お腹が空《す》いても仕方がない時間になる。

だけれども……ううっ、なんで、ここで鳴るの⁉

隣に座るアクィラ殿下へと横目を向ければ、握った手を口元へ置いて、堪《こら》えるように笑っていた。

やっぱり聞こえちゃっている……。でも、お腹の音なんて、聞かないふりをしてくれればいいのにな、もう。

そう思って、ぷいっと顔を背けた。するとすぐにお皿に取り分けられた軽食が差し出される。

「笑ったのは悪かった。だが体力も使っただろうから、少しでも食べておいたほうがいい」

そう素直に謝られてしまうと、つまらないことに腹を立てているほうがバカらしくなる。

そもそもお腹を鳴らしたのは私のほうなのだから、あまり文句も言えない。大人しくお皿を受け取ってフルーツを食べる。思っていた以上にお腹が空いていたようで、次々と口に運んでしまった。

それを、目を細めて見ていたアクィラ殿下だけれど、カリーゴ様の発した一言でその表情が曇る。

「しかし、アクィラ殿下。スメリル鉱山の権利書が見つからないのでは、あまり具合のいい話ではなくなりそうですね。結婚の儀に差しさわりがでるのは間違いありません」

「ああ。しかし逆に、それさえあれば全てうまく運ぶのだが……」

その言葉を聞いた途端、口に含んだフルーツを一気に飲み込んでしまった。

スメリル鉱山といえばトラザイドの追加融資を受けてようやく採掘が叶《かな》った鉱山なのは、リリコットの知識として理解している。ノバリエス外交官が権利書を狙う様子から見ても、とても重要なものなのだろう。

けれどもその鉱山がそれほど私の、というかこの結婚に関係しているだなんて、全く知らされていなかったのだ。

「それは、どういったことなのでしょうか？」

恐る恐る尋ねてみれば、眉根をひそめたアクィラ殿下が苦々しい口調で答えた。

「リリーは、大公殿下、もしくは大公妃殿下より知らされていなかったのかな？　スメリル鉱山の追加融資への条件というのが……まあ、色々とあった結果そうなってしまったのだが、私とスメリル鉱山の権利を持つ、モンシラ公国第一公女との結婚だった」

「それは……初耳です。今までにそのような話は聞いたことはありませんでした」

「まだ思い出していないということはない？」

「違う、と思います。それだけの事情があるのなら、見聞きした知識として覚えているはずです。思い出はまだ全て元に戻ったわけではありませんが、勉強したことの知識ならほとんど忘れてはいません」

そんな大事な知識ならば、ノバリエス外交官に聞かされた時に確実に気がついたはずだ。

そもそもメリリッサがその権利を持っているということもだが、メリリッサの身代わりとしてこの私をトラザイドへ送り出したにもかかわらず、結婚の必須条件であるスメリル鉱山の権利書の話を誰一人として一切してこなかった。

ということは、モンシラ側からすればこの結婚の儀は滞《とどこお》りなく進められるよりもむしろ、問題が起こり白紙になってしまうことを期待したものではなかったのだろうか。

そう考えれば、いやそう考えなければ私に知らせなかった理由がつかない。

あれ、これは……もしかしなくても私、もの凄《すご》く危ない立場にいるんじゃないの!?

このままでは契約不履行でそのままモンシラ公国へと強制送還もあり得る。そう考えて、背中にぞっとしたものが走る。やっと見つけた幸せの芽をまた摘み取られてしまう。

いやだいやだ、絶対にそれはいやだ。ぶるりと体が震えた。

そんな私の肩に手を置いたアクィラ殿下が、静かに、でも力強い言葉ではっきりと伝えてくれる。

「大丈夫だ、リリー。絶対に私がなんとかする。だから怖がらなくていい」

その瞳には少しの迷いもなく、私を慰《なぐさ》めるだけの言葉を口にしているのでないのがわかった。だから信じられる。あの日小さかった私たちが、理由なく未来を信じて交わした約束よりも、ずっと確かなものだと思うから。

「……では、怖がりません。私もアクィラ殿下と一緒に努力します」

そうだ、怖がって震えていても何もならない。リリコットは今までメリリッサにされてきたことを全て諦《あきら》めの気持ちで流してきた。避けて逃げるたびに、心に小さな傷を負っても、大きな傷ができなければそれでいいと思って。

でもそれだけではダメなのだ。それでは一生傷をつくっては、小さいからまだ大丈夫だと自分をごまかしているだけになる。

だから私はアクィラ殿下に頼るだけではなく、一緒に現状をなんとかする努力をしたい。

その思いを言葉にして伝えれば、アクィラ殿下はほんの少しだけ瞳を潤ませ泣きそうな顔をした。

そうしてアクィラ殿下は私の頬に両手を添える。

「ああ、リリー。その瞳、その強さ。全部、あのころのままだ」

もう一度お互いの額をこつんと合わせると、そのじんわりとした温かさに私は浸ってしまう。恥ずかしいという気持ちなどすっかりと忘れて、いつまでもこうしていたいと感じていた。

じんわりと優しい温かさを額に感じていると、ふっとどこからか外の空気が入り込んだような気がして顔を上げる。

するといつの間にか部屋に入ってきていたヨゼフの少し呆《あき》れたような顔が見てとれた。

「うっ……ヨゼフ。い、いつの間に？」

「いつの間もなにも。ちゃんとノックもして、カリーゴ殿に入れてもらいましたよ」

皆がいる中で二人の世界に入っていたことが急に恥ずかしくなり、アクィラ殿下の手をそっと離すと突然、私の顔の横を何かがすり抜けるように飛んでいった。

「きゃっ⁉」

その何かは、ぱしっ、と音を立ててアクィラ殿下の手の中に納まる。

「やっぱりさっきの場所に落ちてました。ただ、あそこまでもろに水に浸かったら、油紙も役に立ちません。無駄でしょうが、まあ一応」

「かまわんさ。リリーを助けるのが第一だったからな。それに比べれば何だってたいしたことじゃない」

その言葉に肩を竦《すく》める仕草で返すと、ヨゼフはつかつかと歩き出し、さっと私の座っているソファーの後ろに立つ。その時に小さく「ならこの六日間返せ」と呟きが聞こえたけど、なんか恐ろしかったので聞かなかったことにした。

絶対に私の隣に座るアクィラ殿下にも、その横に立つカリーゴ様にも聞こえているだろうけど、誰も突っ込まないから多分それで正解だろう、うん。

「それで、ヨゼフ殿。モンシラの外交官はどうでした。意識は戻りましたか？」

不満顔で黙るヨゼフに向かってカリーゴ様が話しかけると、ああと、今思い出したように一言前置きをして話し出した。

「俺が寄った時にちょうど気がついたようだったから少し話をしたが、ありゃあダメだ」

「ダメとは？　何かおかしなことを口にしていたとか」

「スメリルがとか、こんなことあってはならないだの、焦点のあわない目でぶつぶつ言ってるだけだった。あと姫様の名前を口にしてはニヤニヤして気持ち悪かったんで、猿ぐつわかまして転がしてきてやった」

拳をさすりながら話すヨゼフを見て、あんた絶対に一発入れてきたでしょうと思った。

「しかしそこまでおかしくなっているとなると、スメリル鉱山の権利書をどうするつもりだったのかなど、ノバリエス外交官からの自供はかなり難しいでしょうね。リリコット殿下とメリリッサ殿下の入れ替わりを知っている人物だけに、私かヨゼフ殿以外の者が彼に接触することは避けたいですし、医者に診《み》せるのすらためらわれます」

「そうだな。さすがにその話はこれ以上知っている人数を増やすわけにはいけない。二人とも悪いが、時間を見つけて様子を見てきてくれ」

はっ！　と力強く答えるカリーゴ様とは対照的に、は？　とすっとんきょうな返事をするヨゼフ。

ちょっと、敬意を払いなさいって、言ったよね。なんだかボスバへ行く前よりもくだけているような気がするんですけど。そしてそれをアクィラ殿下も許しているように見えるから余計に質《たち》が悪い。

「あー……はいはい。入れ替わりの話はしたんですね、姫様。でも、スメリルは何があるんですか？」

そういえば、そこの説明の時にはヨゼフはまだここにいなかった。だから簡単にその経緯をかいつまんで話す。

　まず一つ、以前からノバリエス外交官が私によこせと言ってきていたのは、第一公女のものであるスメリル鉱山の権利書。そしてもう一つ、それが条件であるために、結婚の儀に契約書がないとまずいことになるということ。

　その二つを説明すると、なぜかヨゼフは眉間《みけん》に皺《しわ》を寄せて私とアクィラ殿下の顔を見比べた。そうするとツリ目が余計に上がっていっそう人相が悪くなる。

「ヨゼフ……なにかあるの？　眉間が凄いことになっているのだけれど」

　あまりの酷さにおずおずと声をかけると、ヨゼフは自分の指で眉間をぎゅっと押して目をつぶりながら大きく息を吐きだした。

「その契約書？　いや、権利書？　まあどっちでもいいか。それって、ぺらぺらの紙一枚ですかね？」

「所有権の明記のみされた権利書ですからそのはずです。鉱山採掘のための融資の件やその他の取り決めなどは、細かく文書化され分厚い束になったものが、それぞれの国に保管されていますので」

　カリーゴ様のその説明を黙って聞き終えると、ヨゼフは私とアクィラ殿下に向かい、いつもの口調で話し始めた。

「その権利書、多分ですが、俺が持ってるんだと思いますよ。姫様、アクィラ殿下」

　…………は？

「ごめんなさい、ヨゼフ。ちょっとよく聞こえなかったのだけれど……今なんと言ったの？」

「だから、俺がその権利書を持ってるらしいってことです」

大丈夫ですか、ちゃんと聞いていましたか？　と言わんばかりに呆れた目を私に向けるヨゼフ。

いや、呆れるのはこっちのほうだよ。あまりの急展開に頭が追いついていかないんですけど。

「ヨゼフ、詳しく頼む」

いつもの余裕のある態度とは違う、少し焦《あせ》るような響きが混じる声でアクィラ殿下が尋ねると、ヨゼフは黙ったまま自分の剣を鞘《さや》ごとベルトから外す。初めてじっくりとその剣を見てみたが、柄頭《つかがしら》に狼《おおかみ》が遠吠《とおぼ》えをしているような彫りがあってなかなかに格好いい。そのうえ彼の剣の柄は、他の騎士たちが腰に下げている剣よりも太めだった。ヨゼフは背も高く手のひらも大きいから握る分に不都合はないだろう。

「こいつは元騎士副団長から、こっちへ来る前に持っていけと渡されたものです。元……ああ面倒くさい、まあそのセル親父がいざという時のために鍛えてもらった剣だとも言っていました」

そういえば元騎士副団長の名前は、セルビオ・ダイナーズ子爵だったことを思い出す。

だから、セル親父か。確かにヨゼフからしたら、両親が亡くなってモンシラで一人きりになった時に拾い育ててもらったのだから父親みたいなものかもしれない。

ヨゼフは柄頭を回し終えると、柄の中から丸められた何かを取り出す。

「だから多分そうなんだと思いますよ。俺はセル親父からこれのことを、姫様の結婚の儀の直前に手渡すお守りだと聞かされてました。必ず直前に渡せ、と」

パッと見て二十センチくらいだろうか、細いリボンでくくられたそれを一度手の中で回したヨゼフは、なんでもないもののようにポンっと私の手の中に落とした。

「でもまあ、もう構わないでしょう」

スメリル鉱山の権利書……これが？

そう思うと、軽いはずのその紙が妙にずしりと重みを感じてしまう。もし本当にヨゼフが言う通りにこれがスメリル鉱山の権利書なのだとしたら、全てが丸く収まるのだろうか？

あくまでメリリッサとしてだけれど、初恋の相手のアクィラ殿下と結婚できるのなら、私としては願ってもやまないことではある。

「確認しても？　リリー」

「あ……はい。お願いします、アクィラ殿下」

私が答えると、アクィラ殿下は私の手からその用紙を受け取り、迷いなくそのリボンを解き中身を確認し始める。

真剣な表情で視線を動かし読み進めていく姿がなんともインテリっぽくていいな、なんて思ってぽうっと見《み》惚《と》れていると、紙の一番下のところまで移ったところでその動きが止まった。

それからふっと息を吐き出すと、その用紙をカリーゴ様に手渡した。

「本物、だと思う。スメリル鉱山の所有がモンシラ公国の第一公女にあると、確かに明記されている」

「そのようですね。一度念のために、モンシラ公国のバリオ三世大公殿下のサインと照らし合わせてみなければなりませんが、間違いないでしょう」

「ではカリーゴ、確認は任せた。だが、保管は今まで通りヨゼフに頼む。これに関して言えば、お前が一番信用できるからな」

そう言って、権利書を最初と同じようにリボンでくくると、私の後ろに立つヨゼフへと手渡した。

ヨゼフもそれに対して当然のように受け取り、剣の柄の中へとしまい込む。

ノバリエス外交官が部屋を荒らし誘拐未遂まで企《くわだ》て探したはずの権利書が、実にあっさりと見つかってしまった。いや実際にその隠し場所がわかったとしても、このヨゼフが持ち歩いていたのなら、彼にはまず手に入れることは難しかっただろうけど。

とにもかくにもスメリル鉱山の権利書は見つかり、この私の手元にある。

なぜこの権利書を元騎士副団長が持っていて、そしてヨゼフへと手渡したのかなど、疑問に思うことはまだまだ多いのだけれど、少なくともこの状況は私にとっては悪いことではない。

つまり……私がアクィラ殿下と結婚の儀を行うにあたって、一番の障害となるものがなくなったということになるのよね。

アクィラ殿下に顔を向けると、ばっちりと目が合ってしまった。

「どうした？　リリー」

「え、あの……いいえ。その、特に……急ぐこと、では何も……」

私が思い出したことを、メリリッサのやらかしを中心に一通り説明はしたし、スメリル鉱山の件はあっという間になんとかなってしまった。けれど、まだ伝えていない大事なことがある。

アクィラ殿下との思い出。リーディエナの約束について――。

どうしようか……言ってもいいかな？　一体どのタイミングで話をすればいいのかと判断に苦しんでいると、アクィラ殿下が私の両手をそっと優しく包み込む。

「何も、じゃないだろう？　君は全て話をしてくれると言ったじゃないか。さあ、まだ話していないことがあるなら教えてほしい」

もの凄くいい笑顔でそう促《うなが》され、思い切りぎゅっと握られた。

「リリーが話し始めるまでは逃がすつもりはない。けれど……」

そう一言だけ前置きをしたかと思うと、アクィラ殿下はいきなり体を反転させソファーの肘《ひじ》掛け部分に脚を投げ出した。

それと同時に、私の膝の上にアクィラ殿下は頭を乗せた。

「え、え？　っ、ええ？」

「さすがに六日でボスバ往復は疲れた。私は少し休むから、その間に考えをまとめておいてくれ」

え、え、え？　……って、膝枕ーっ！

ばふっと音が立つほど顔の熱が一気に上がる。

周りに助けを求めようとしたけど、皆静かに扉から出ていこうと動き出した。

いや待ってよ！　口パクでそう伝えたが、唯一返って来たのはミヨからのピースサインだった。

違う、違うと腰を浮かそうとしたが、アクィラ殿下の頭に押しとどめられる。

う、うう。なんていう拷問《ごうもん》？　これじゃあ何にも考えられるわけないじゃない……。

アクィラ殿下の頭の重みを足に感じながら、ずっと私は手を頬にあてて悩んでいる。

十年前の出会いを思い出しました。その時の約束通り、リーディエナの花の刺繍デザインを作り、いつか一緒に見に行こうという言葉を信じて、ボスバ領の言葉まで習ってきました。

なんて……どう言い繕《つくろ》ってもこれ、ほとんど愛の告白だよね。

めちゃくちゃ恥ずかしい。でも、やっぱりちゃんと伝えておきたい。そんな正反対の感情のせいで気持ちがどっちつかずになってしまう。

大体、肝心のアクィラ殿下の気持ちがわからないし……。

　そもそもリストカット後に私が覚醒してから初めて会った時のアクィラ殿下の印象といえば、正直いって良くなかった。いや、心の中で舌を出すくらいムカついていたというほうが正しい。

　横になっている私に向かい、明らかにムッとした表情で、なぜ自殺なんかしてくれるんだと言い放ったくらいだ。その後の晩餐《ばんさん》だって、こちらを観察するような態度で接してきていた。

　まあそれも、私がリリコットではなくメリリッサだと思われていたのだから仕方がないのだけれども。

　そんなことを考えながら、私の膝の上で目を閉じているアクィラ殿下の顔をじっと見つめる。

　仰向《あおむ》けになっているアクィラ殿下の目の下には、うっすらとくまがのっていた。急いでも片道三日はかかるというボスバへ、往復六日で用事を済ませるというのは相当な強行軍だったのだろう。

「ん、ん……」

　軽くアクィラ殿下が頭を揺らすと、美しい金髪がさらりと頬にかかる。なんとなく邪魔そうだなと思い、そっと指で払った。

　するとアクィラ殿下の顔に細かいきり傷のようなものがいくつか見てとれた。多分馬に乗って走っているうちに葉っぱや枝なんかが当たってできたものだと思うのだけど、そんな傷の手当ても惜しんで帰ってきたのだろうか。

　これではお湯は染みただろうなと、そっと傷の横に指を当てた。そうするとアクィラ殿下の頬の温かさに、ドキリと胸が跳ね上がる。

「こんなにお疲れになるくらい急いで帰ってきて、それでもご自分で助けてくれたのですね」

その眠る姿に、ありがとうございますとあらためてお礼を告げようとしたその時、頬に当てていた指を捕まえられた。

「さっきも言っただろう？　君が第一だと」

目覚めたアクィラ殿下はそう言って私の指先を自分の唇へと押し当てた。

「お、起きていたのですかっ⁉」

「たった今だよ。おはよう、リリー」

すでに夕方近い時間にもかかわらず、アクィラ殿下はそれは嬉しそうにおはようの挨拶《あいさつ》をした。

「おはようございます……アクィラ殿下」

気恥ずかしい感じもしたが、一応アクィラ殿下に倣《なら》って挨拶を返すと、機嫌よく体を起こしてソファーに座り直した。そうして池の水で濡れた時のように、無造作に髪を掻きあげる。

「こういうのは、いいな」

「……どう、いった意味でしょうか？」

「君におはようと言えることだ。あと二十日も待たずともそう言えると思うと、この騒動も悪くはなかったな」

うぐっ！　にこやかに笑っているけど、それって……もしかしなくても、そういう意味だよね。

うわぁああっ！　いやその、どうしよう。

百合香としては、生きるのに忙しくて恋愛をする気持ちになったことがなかった。つまり恋愛初心者の私としては、とてもではないけれどこの状況にすぐには対応できない。それこそ、まだまだリリコットとしての心の準備だって調《ととの》っていないのだ。

そういえばアクィラ殿下の部屋と続き間のここが、私の新しい部屋だとかいうミヨの話は本当なのだろうか？　そこも確認したいけれど、そうだと言われてしまっても対応に困る。

「アクィラ殿下、あの……その、私の新しい部屋なのですが……もしかして」

ここ？　と言う代わりに指で下を指した。

「ああ。調度品は私のほうで勝手に選んでしまったが、何か気に入らないものでも？　急いで揃えさせたものだから、リリーの好みに合わないものは教えてくれ」

「いいえ、素敵な家具ばかりですから、それは。ただ、そうではなくてですね……」

「そうか、よかった。それからあの扉が私たちの寝室になっている。その向こう側が私の部屋だ」

さっきアクィラ殿下とヨゼフが消えた扉を指してそう教えられると、びきっと体が固まった。わ、私たちの寝室……!?　そんな気はしていたけれど、あらためて言われると破壊力がある。

「その、まだ私がここに入るのは……早いのでは？」

「リリー、この部屋ならばもうあんなことは起こらないし、起こさせない。それに後たった二十日だ。誰にも文句など言わせん」

それでも、ねえ。

「それにいくらノバリエスを捕獲してあるとはいえ、スメリル鉱山の権利書を狙っている者が他にいないとも限らないだろう。私は、リリーには万に一つも危ない目にはあってほしくない」

真剣な瞳でそう伝えられてしまえば、とてもではないけれど断ることは難しい。

「……では、その、よ、よ……、は……」

言いよどんでいる私の言葉を察し、アクィラ殿下から先に提案をしてくれた。

「寝室はそのままにしておけばいい。リリーのベッドはここに入れるよう今から手配するし、私は別段ベッドなどなくてもどこでも寝られる」

「そこまで、おっしゃってくださるのなら……」

「ああ、約束する。それよりも、リリー」

アクィラ殿下が私の名を呼んだ時、ふっと空気が変わったと思った。それくらいはわかる。

どことなく甘やかで、それでいて少し重い。

ゆっくりと私にのしかかるようなそれに、押し潰されないようにと、ぎゅっと膝に置いた手に力を込める。

「リリー……？」

もう一度呼ばれた名前に、次に何がくるのかと一人戦々恐々とした。

が、思いがけず私にかけられた言葉は、少し緊張の色合いを含んだ懇願だった。

「そんなに震えるな。……いや、頼む。リリー、私に怯《おび》えないでくれ」

「………アクィラ殿下？」

そんな言葉とはうらはらにアクィラ殿下のほうこそ何かを恐れているような口調だ。

不思議に思い窺い見れば、いつもの輝くようなエメラルドではなく、酷く固く鈍《にぶ》って見える。

「急いで君を囲い込んでいる自覚はある。君がこうしてここにいる幸運に浮かれつつも、それが夢ではないかと考えてしまうんだ。だからこそ、どうしても離したくない」

「で、んか……」

離したくないと言われて大きく胸が高鳴った。アクィラ殿下の熱のこもった瞳を見ていると、もしかして？　そう心が勝手に期待してしまう。目がそらせない。

「聞いてくれ、リリー。私はあの日出会った時から……ずっと君のことだけを好きだった」

その台詞《せりふ》が何度も頭の中でリピートされる。

本当に？　アクィラ殿下もそう思っていてくれたの？

まるで都合のいい夢を見ているんじゃないかと、つい疑ってしまう。

アクィラ殿下はそんなふうに呆《ほう》けている私の手を取り、ゆっくりと胸のあたりまで上げた。

「あの日のリリーは、一方的に虐《いじ》められているように見えても、心は全く屈していなかった。そんな君を私はとても強くて美しいと思ったんだ」

「そんな……。随分お転婆《てんば》だと思ったでしょう？」

タイを探しに行って窓から飛び降りたり、ドレスで走ったり、ともかく公女らしくないことをやらかした記憶が鮮やかに思い出される。

「いや。こんなに可愛い人となら、ずっと一緒に笑っていけると思って嬉しくなった。しかも隣国の第二公女ならば、私の妃にと願っても叶《かな》えられると信じて疑わなかった。……事実、そう陛下に願いでた」

突然の告白に驚いた。アクィラ殿下は、ちゃんと私との約束を守ろうとしてくれていた！

アクィラ殿下の眉がふっというため息と共に下がった。

「……しかしそうはならなかった。それどころか国のために、君を蔑《さげす》む姉との婚約が成ったと聞かされたんだ。トラザイドとしてスメリル鉱山の利権は絶対に手放せない。私にはこの国の王太子として国益をみすみす捨てることは許されなかった」

——だからその代わりに心を捨てることにした。

そう小さな声で呟いたアクィラ殿下の瞳が揺れている。

ああ、殿下もリリコットと同じだったのだ。あの日の約束を大事にしてくれていた。

そう思うだけで胸がぎゅっ、と締めつけられる。そしてそれまで頭の中でぐるぐると回って着地できなかったアクィラ殿下の告白が、その時初めて私の心の中に降りてきて染み渡った。

「私も、です」

気がついたら、そう口から零れていた。

一瞬何を言っているのか、言われているのか、お互いわからなかった。けれども一度言葉に出してしまえば、もう壊れた蛇口のようにあとからあとから気持ちが溢れて止まらなくなってしまう。

胸の前で握られた手を、アクィラ殿下の手ごと自分の胸へと押し付ける。

アクィラ殿下は驚いた顔をしているし、胸の鼓動がばくばくとうるさいくらい耳につくけど、もうそんなことはどうでもいい。

「私も、好きです。……アクィラ殿下」

あの日の、そして今の気持ちを言葉にすれば、あれだけ色々と悩んでいたのが嘘《うそ》のように消えていった。胸は痛いくらいに鳴り響いているのに、とても幸せな気分だ。

なのになぜか目の前のアクィラ殿下の顔が歪んでいく。

なんだろう？　そんなふうに考えていると、握った手をそっと放したアクィラ殿下の指先が私の目元を拭《ぬぐ》っていた。

「リリー、リリー。泣くな。愛している」

その指が頬にすべっていくのと同時に、アクィラ殿下の顔が近づいてきた。

泣かないでなんて言っているくせに、殿下だって目が潤んでいるじゃない。

そう思ったのは一瞬で、すぐにアクィラ殿下の瞳に捕らわれた。そのエメラルドの中に映る私が、ゆっくりと瞼《まぶた》の中に隠れていくように、私の瞳も閉じられていく。

そうしてアクィラ殿下の唇が私の唇へと重なった。

ふれるだけのキスで気持ちを確かめ合うと、これ以上ないと思った気持ちがさらに膨れ上がってくる。相変わらず胸は痛いくらい鳴っているけれど、同時に溢れるほどの幸せも感じていた。

静かに唇が離れていくと、アクィラ殿下の蕩けるような笑みが見える。

あまりにも色っぽい目元にいたたまれず、思わず顔を背けてしまうと、アクィラ殿下が私の髪を触り耳元でからかうように囁いた。

「やっぱりリリーはあのころのように可愛いままだな」

「っ、また、そんなことを……！」

「本心だというのに、随分と私は信用がないようだ」

肘《ひじ》でコツンと押し返すと、そう言って笑うアクィラ殿下。悔しいけれど、その姿は不思議と今日一番楽しそうに見えた。

「その……アクィラ殿下は、いつから私がリリコットだと気がついていらっしゃいましたか？」

アクィラ殿下が私の髪を嬉しそうに撫でている時、手持ち無沙汰な私は、気になっていたことを思い切って尋ねてみることにした。するとアクィラ殿下の動きがぴたりと止まり、一つ息を吐き出すと静かに話し出した。

「私はテーブルクロスに刺繍されたリーディエナの花を見つけた時、ここにいるのがメリリッサではなく、リリーだと確信した。ただその時点では君はまだ記憶の大半を失っていたようだし、あまり問い詰めては逆効果だと考えたんだ」

今思えば、確かにアクィラ殿下の態度ががらりと変わったのは、模様替えをした後の私の部屋へと入った時からだった。

「元々違和感もあったのだ。挨拶で顔を合わせた時、このおどおどとして私の顔を見ようともしない人物は本当にメリリッサなのかと思うくらいには」

「え……。それって？」

「まあそれも、一時だけ。本性が暴かれ、悪公女と呼ばれるほどに評判の落ちたメリリッサが、ほんの少しだけ大人しくしているだけだ。どうせすぐにあれこれ難癖をつけて回るものだと。だから家具が用意でき次第、早々に離宮へ押し込んでしまおうと思っていた。ところが――」

「私は部屋からは一歩も出ずに、引きこもったまま。そのうえ手首を切って倒れてしまった……」

いや、一度だけ外に出たんだっけ？　でもほんの少しだと聞いたからノーカンかな。

「あの日、私は自分のことしか考えず、ただ八つ当たりのように責め立てた。たとえそれが本物のメリリッサであっても、自死未遂を起こした者にかける言葉ではなかったと今になって思う」

そう吐き出すと、アクィラ殿下は小さな声ですまなかったと謝罪した。

「いえ、それは私のほうにも非がありましたから」

トラザイドへ来てからリストカット直後までの記憶は全く思い出せていないからなんとも言いきれないのだけれど、入れ替わりの話まではともかく、リリコットはもう少しアクィラ殿下に歩み寄る努力をするべきだったと思う。

「とにかく、あそこで君に思い切りやり込められたおかげで、私は一筋の希望を掴むことができたんだ。リリー、どんな形でも私の元へ来てくれて、本当にありがとう」

こちらこそ、ありがとうと言いたい。私を、リリコットのことを忘れないでくれてありがとう、と。

「それで？　リリー」

「えっ……？」

「私のほうは今一通り話したような事情なのだが、君は？　手首を切った時のことも非常に気にはなるが、それよりもまず私のことをいつ思い出したのかな？　できれば教えてくれないか」

思いが通じ合ったアクィラ殿下は、これまでほとんど突っ込んでこなかったことにも遠慮なくぐいぐいと食い込んでくる。

私としては、思い出せていないリストカットのことはともかく、十年前の出会いを思い出したきっかけなど話してもなにも問題はない。

「そう、ですね……。最初はアウローラ殿下たちに、アクィラ殿下のお小さいころのお話を聞かせてもらったことがきっかけでした。それからイービス殿下に、あのテーブルクロスの刺繍がリーディエナの花だと教えてもらったおかげで……その、大体のことを思い出しました」

つまりは私の初恋とその失恋の思い出をということだ。

そこまで告げるとアクィラ殿下は、むぅ、と小さく唸って少しだけむくれた。

「どうなされましたか、殿下？」

「いや、やっぱりそれかと思ったのだが……」

そう答えると、「せっかく、だが、思い出したのだから」などとぶつぶつ呟き始めた。

なんだろう？　と首を捻っていると、ソファーの座面から床へと落ちたものに気がついた。

「アクィラ殿下、何か落とされましたよ……あら、それは？」

私の指摘に、アクィラ殿下が油紙に包まれたものを拾い上げる。

それって、ヨゼフが投げてよこしたものだったよね。私を助けた時に水没したから、水弾《はじ》きのための油紙も役に立たなかったと言っていたけれど、何だったのだろう？

ちょっと興味津々《しんしん》といった顔で眺めていると、アクィラ殿下の長い指がその包みを剥《は》がし始めた。

「土産《みやげ》を楽しみにするよう言っただろう？」

油紙の中から取り出された紙は水を大量に含んでべったりと張り付いていた。アクィラ殿下はその紙をゆっくりと剥がし出す。

「……リーディエナ？」

水で膨張した台紙の中では、リーディエナの花の形はすでに成されていなかった。

ただ、確かにそこには青色が染みのように残っていたのだ。

十年前にアクィラ殿下が私に教えてくれた深く、高い、空のような青ではないが、私にはそんな青の一部に見えた。

「そうは見えないがな」

少し苦笑いするアクィラ殿下の顔を驚き見つめる。

「あ……まさか、このために、ボスバ領に、え……？」

「いいや、ボスバ領での別の用は確かにあった。母上……王妃殿下よりの大至急とご用命でね。同じ場所なのだから、そこに私の用事を組み込んだだけだ」

慌《あわ》てて尋ねる私に、なんでもないように答えるアクィラ殿下。

でも本来ならば持ち出しを禁じられているはずのリーディエナの花を、こうして持って帰ってくるのにはきっとなんらかの話を通さなければならなかっただろう。

王妃殿下の用事と同時に済ませながらあれだけ急いで帰ってきてくれたアクィラ殿下に対して、申し訳ないという気持ちと同じくらい、嬉しいという気持ちも感じてしまう。

「ありがとうございます、アクィラ殿下。もしお許しをいただけるのでしたら、これを私に譲ってもらえますでしょうか？」

花の形なんて残ってもない。色だってきっと本物には遠く及ばないだろう。どう見ても他人が見れば、ぐちゃぐちゃになった花の残骸だ。

それでもアクィラ殿下が私を、私の記憶を元に戻そうとして持ってきてくれた押し花だと思えば愛《いと》おしくてたまらない。だからその押し花を私の新しい思い出にしたいと願い出たのだ。

そうだ、これからいっぱいの思い出をここで作っていく、その第一歩にしたいと思った。

一瞬、大きく瞳を開いたアクィラ殿下だったが、その言葉の意味を察してくれたのだろう。ゆっくりと瞳を細めながらそっと私の耳元へと唇を運ぶ。ふっとかかる息が熱い。

「喜んで捧《ささ》げよう、私の可愛いリリコットへ」

そう優しく囁きながら、私の頬へキスをした。

第四章　仮面舞踏会

コンコンと規則正しいノックの音が聞こえると、二人の世界にどっぷりと浸っていたところから急に我に返った。

「殿下、アクィラ殿下っ！　ほら、きっとカリーゴ様です。早く入れてあげましょう」

少しだけ不満そうな顔を見せつつも、やるべきことを優先したアクィラ殿下は「入れ」と許可を出した。許しを得たカリーゴ様が扉を開けて部屋に入るのと一緒に、後ろに続いてハンナ、ミヨ、そしてヨゼフも揃《そろ》って入室してきた。

いつものメンバーを目にすると、甘ったるい空気が途端に日常のものへと変化する。しかし未だアクィラ殿下にべったりと張り付かれたままの姿はそれなりに恥ずかしい。

カリーゴ様とハンナは何事もありませんといった顔で定位置に付いたが、ヨゼフの呆《あき》れ顔やミヨのニヤニヤした表情がいたたまれなくてつい体を縮めて小さくなる。

「それで、アクィラ殿下。公女殿下とは満足いくお話し合いはできましたでしょうか？」

「勿論《もちろん》だ。なあ、リリー」

カリーゴ様の質問に照れもなく堂々と答える殿下とは違って、私のほうはといえばまだまだこの体勢には慣れそうにもない。黙ってコクコクと頷《うなず》く姿は自分でも何かのおもちゃのようだと思ってしまう。

それでもアクィラ殿下と想いは同じなのだということは伝わったようで、皆の祝福の空気がじんわりと漂ってくるようだ。

……なんとなく生温かい気もするけど。

そんな微妙な間を一気に詰めるように、アクィラ殿下は皆に向かって言った。

「さあ、そろそろこれからの予定を進めていくぞ」

アクィラ殿下の凛《りん》と通る声に、思わず背筋が伸びる。周りの皆も同じように感じたのだろう。自然と皆の顔つきがきゅっと引き締まった。さすがはトラザイドの王太子殿下、一言発しただけでさっと空気を変えてしまうのだなと感心してしまう。

「カリーゴ、お前にはまずはあの外交官の取り調べを優先してもらう。ただし、リリーの入れ替わりのことが公になっては元も子もないので慎重にするように。それからリリーの警護には第二騎士団のパッサーを長にあてて編成しろ。以後は彼に任せておけばいい」

カリーゴ様の「はっ！」という軽快な返事に少しだけ驚いた。

「え、私の警護って……ボスバ領から戻《もど》ったのだから、ヨゼフが付くのでは？」

突然のことについ声を荒げてしまえば、私とアクィラ殿下が座るソファーの後ろにいつの間にか立っていたヨゼフが静かに口を開く。

「姫様、パッサー殿は第二騎士団長で、アクィラ殿下配下の騎士の中では一番腕の立つおっさんです。ボスバールへの道中で、そこは十分に確認しましたのでご安心を」

いや強いとか強くないとか、心配しているのはそこじゃなくて、ヨゼフのことなんだけど。

「リリー、パッサーは騎士爵を持つ、信頼できる男だ。どうか彼に任せてはくれないだろうか」

納得できない私へ、アクィラ殿下が噛《か》んで含めるように言い聞かせる。パッサー様は騎士爵を受けているということだから、実力もさることながら、殿下や王家からの信頼は厚いのだろう。

でもだからといってどうして、私の護衛騎士であるヨゼフが外され、そのパッサー様が警護に付くことになるの？　もしかしてボスバへの往復の間、アクィラ殿下へ対して何か不敬なことをしでかしたのだろうか？

だからあれほど口を酸っぱくして注意したのに。

それで解雇とか……いやいや、そもそもヨゼフは私の護衛騎士だから、その権限は私のものだ。

そうじゃなくても、この話にヨゼフも納得しているような口ぶりでいるのが不思議でならない。

ヨゼフ自ら、私から離れる？　嘘《うそ》でしょ？

後ろを振り返り問い詰めようとしたところ、アクィラ殿下の手のひらが私の手の上にのせられた。

「ヨゼフには少しだけやるべきことができたため、今まで通りにリリーにだけ張り付いていればいいというわけにはいかなくなった。その間、パッサーが警護の指揮をとるだけだよ」

大丈夫だと言う代わりに、アクィラ殿下の手のひらに力が入る。

本当なのだろうか？　どうしても本人に確かめずにはいられない。首を動かしてヨゼフのほうへ顔を向けると、飄々《ひょうひょう》とした様子で肩を竦《すく》めている。

「用のない時はいつも通り姫様の近くに控《ひか》えていますよ。呼んでくれればすぐにでも。ただまあ、年寄りの願いを聞いてやらないうちに死なれるのも、寝覚めの悪いことになりそうですんでね」

そう言ってうっすらと口角を上げた。珍しいヨゼフの笑い顔を見てほっとする。

「では、解雇ではないのね？」

「たとえ追い出されても、姫様の部屋の前に陣取りますよ。俺がそういうの得意なのは知ってるでしょう？」

そうそう、ボスバ語を習っている時に沢山《たくさん》色んな馬鹿話をした。元騎士副団長に散々稽古でやられた意趣返しに、三日三晩食事にお風呂にトイレにその他どこにでも、音《ね》を上げるまでくっついてやったと大いばりしていたっけ。

「ええ、ええ。思い出したわ。覚えているわよ」

込みあげる笑いを止められずに、クスっ、と声が漏《も》れた。

うん、大丈夫だ。ヨゼフはどこにもいかないと、初めてそこで納得ができた。ならば信頼して任せることも、主として大事なことなのだと自分に言い聞かせる。

「ごめんなさい、アクィラ殿下。余計な心配をしてしまって」

そうして私の警護のことを心配して差配してくれたアクィラ殿下に対して、申し訳なかったと声をかければ、ほんの少しだけ眉を下げて答えてくれた。

「いや、ヨゼフは君の騎士だから気になるのはわかる。しかし……」

「しかし？」

何を言われるのかと思い首を捻《ひね》ると、私の手の上にのせられていたアクィラ殿下の手のひらがふわりと浮き上がり、優しく頬を包み込んだ。

「側《そば》にいないと心配だと、早く私も言われてみたいものだと思っただけだ」

きらきらに輝くような瞳でそんな言葉を伝えられたら、一番心配なのは私の心臓です。

きゅうっと締め付けられる胸に手を置きながら、「善処します」と政治家のような言葉を捻りだす。

それに満足してくれたのかはわからないけれど、アクィラ殿下はふっと笑ったように息を吐くと、今度はヨゼフに向かい指示を出す。

「では今言った通りだ。ヨゼフは成すべきことを成すように心得よ。それからカリーゴの補佐として外交官の取り調べも手伝ってほしい。勿論時間があれば、リリーの警護も頼む」

「……は」

あまり乗り気に見えないけれど、ヨゼフ自身がそうすると決めたことなら私がとやかく言うことではないだろう。

それに、アクィラ殿下とも随分仲良くなったように思える。なんとなくだけど、お互いを認め合っているというか……どこか気にかけているというか、そんなふうに感じる。

やや、睨《にら》み合っているような気がしないでもないけど……まあ見なかったことにしよう。

「それから、リリーの着替えや化粧を担当している侍女は……」

すると待ってましたとばかりに、しゅばっと手を高々と上げてミヨは直立不動の姿勢をとった。

「ミヨルカ・コザックです。彼女が公女殿下のお手伝いを」

「ああ、その侍女が、か……」

カリーゴ様が一言そう耳打ちすると、アクィラ殿下は面白がるような顔をしてミヨを上から下まで見分すると、ふむと軽く頷いた。

「モンシラ公国、ルーク・コザック男爵の娘ミヨルカだな」

「はい、アクィラ殿下」

ミヨは奇妙な立ち姿を直したかと思えば、柔らかな仕草でスカートの裾を持って膝《ひざ》を深く折った。

まるで淑女のようなその動作に、やればできるんだ！　と感心した。ミヨは自分のことを貴族の庶《しょ》子《し》で田舎《いなか》育ちだと言っていたが、隣国の王太子相手に堂々と淑女の礼をして見せた。

けらけらと笑いながらコザック男爵のことを語っていたから、親子といえどもお金だけを渡されるような冷めた関係性かと思っていたけれど、思っていたよりもずっと、しっかりとした貴族令嬢の教育がなされているのではないだろうか。

「お前には衣装方との調整を任せる。先日の結婚の儀の衣装合わせからドレスに少々変更があり、現在あちらは戦場状態だ。細かいところまで詰めるように。わかったな、ミヨルカ」

「はい、喜んでぇ！　あ、どうぞミヨとお呼びくださいませ、アクィラ殿下」

一瞬で普段通りに戻ったミヨの言葉に頭がクラっとした。けれどアクィラ殿下はそんなミヨのものの言い方には頓着《とんちゃく》せず、そのままハンナのほうへと声をかけたから驚きだ。

いいの？　それでいいの？

私も大概だけれど、アクィラ殿下のスルースキルも高いものがあると思う。後ろに立つカリーゴ様のほうがよほど苛《いら》ついているように見えた。

「それでは、残るお前、名はなんという？」

「ハンナ・バーリと申します」

侍女としての枠を決してはみ出さないハンナは、アクィラ殿下の問いにも静かに答えるだけにとどまる。それ以上でもそれ以下でもない、いかにも優等生の応答だった。

「殿下、ハンナはとても優秀な侍女で、私とメリリッサの乳姉妹《ちきょうだい》でもあります」

一言横から付け加えれば、アクィラ殿下はわかっていると答える代わりに私の肩に手を置く。

「乳姉妹のハンナか。よくリリーに付き従ってきてくれたな。その献身に感謝しよう」

お母様の侍女頭レイサが私とメリリッサの乳母《うば》となったため、私たち姉妹二人とハンナはものごろつく前からずっと一緒だった。

私がメリリッサに川へ落とされた時にもずっと看病してくれていたハンナ。私たちのどちらへ付いてもいい立場だったのにもかかわらず、彼女は私のほうを選び一緒にトラザイドへ来てくれたのだから、アクィラ殿下が言った通り本当に感謝しかない。

「……勿体《もったい》ないお言葉でございます」

ハンナはいつも通り淡々と受け答えする。基本ハンナは私のことを心配すること以外はあまり声を荒げない。たまにミヨに向かって怒ることもあるが、それも大抵《たいてい》の場合は私絡《がら》みの時だけだった。

「ではハンナには宮殿内で働く者たちから、リリーの……いや、この場合はメリリッサ公女の、だな。その悪い噂《うわさ》を広めている者が誰か調べ、報告を入れるように」

は、それは難しくない？

そもそも私がトラザイドへ来る前からメリリッサの悪公女の噂は届いていたらしいから、それこそ私の悪評を話していない人なんていないと思うんですけど……と、そこまで自分で分析したらちょっとへこみたくなった。

きゅっと奥歯を噛《か》んでうつむくと、肩に置かれたアクィラ殿下の手に力が入る。

「どうもリリーが宮殿に入ってからの噂の回り方が早い。しかもアウローラに嫌がらせをしただの、騎士たちを叱責《しっせき》しただの、ありもしない話を作られて吹聴《ふいちょう》されているようだ」

「それは……確かにアウローラ殿下は泣きながら私の部屋を出ていかれましたし、見習い騎士たちの訓練所で大きな声も出しましたから、ありもしないとは言い切れませんけれど」

そういえばあの侯爵令嬢ナターリエ様とドーラというアウローラ殿下付きの侍女が話していた私の噂も、全くの事実無根というわけでもなかったのを思い出す。

そうすると、やっぱりどこからか私の事情が漏れているのだろうか。逐一《ちくいち》見張られて、何かあれば悪い噂として広められる。

……それってかなり気分悪いよね。

そうでなくても入れ替わりやらスメリル鉱山の権利書など、他人に知られたら非常に大変な事情もある。

「他の者にも調べを申し渡している。ただ、ハンナはリリーの侍女だろう？　特に接触してくる者がいるかもしれないからな、そこを含めて探りを入れてほしいと考えている」

リリーのために。アクィラ殿下がそう一言付け加えると、ハンナの眉がピクリと上がった。

「確かに承《うけたまわ》りました。リリー様のため、微力ながら務めさせていただきたいと思います」

ハンナが静かに臣下の礼をしてみせると、アクィラ殿下は満足そうに頷いた。

「それでは皆、各々の仕事をしっかりとこなすように。結婚の儀まであと二十日ほどしかないのだから、間違いは許されない、わかったな」

アクィラ殿下の凛とした声が響く。部屋の中にいる者たち全員がぴしっと気を引き締めた。

よし、やるぞー……って、あれ？　私だけ何にも役目を振り分けられていなかったよね。

「あ、あの……アクィラ殿下。私は一体、何をすればよろしいでしょうか？」

皆がやるべきことをしようと動きかけた時に、そんな間の抜けたことを聞くのも恥ずかしかったけれども仕方がない。

殿下の顔を覗《のぞ》き込みながら首を傾ければ、アクィラ殿下は美しい瞳を細めて大げさに手を広げた。

「勿論、リリーには今から大事な役目をお願いするつもりだ」

おお、仕事があるよ、よかった。

皆が忙しそうに働く中で一人だけぼけっとするのは嫌だものね。

さて、一体なにをすればいいのだろうかと期待していると、全く想像していなかったお願いがアクィラ殿下の口から飛び出してきた。

「急がせて悪いが、リリーには今すぐ華やかに艶《あで》やかに着飾ってほしい」

ん、んん、んー？　なぜどうして私は今ここにいるのだろうか。一度落ち着こう。

コルセットをぎゅっと締められているので深呼吸はできないが、その代わりに浅く息を吐き出してからゆっくりと顔をあげて、自分が今ある状況を考えてみる。

『今すぐ華やかに艶やかに着飾ってほしい』

そうアクィラ殿下に頼まれると、いつの間にか新しい部屋に用意されていた新しいドレスを見つけて狂喜乱舞したミヨに着せ替えさせられた。

そうして上から下までそれはもう見事に飾り立てられたと思えば、あれよあれよという間にアクィラ殿下と共に馬車に乗せられていたのだった。

えーと、これはもしかしてどこかの夜会にでも顔を出すためなのかな？

宮殿の本館の馬車溜《だ》まりに駐《と》められた馬車は小さめのもので、対面に座席が備えられて二人ずつ座れるものの、四人フルで乗車すれば結構きつきつだ。

そこに、私とアクィラ殿下が並び座り、前にはカリーゴ様とミヨが座る。

こういった場合は普通男同士、女同士で席を一緒にするものではないかと尋ねてみれば、あっさりとスルーされてしまい、ぴったりとアクィラ殿下に張り付かれたまま馬車は出発し街を駆け出した。

そう長くもない時間揺られた後、とある屋敷の表玄関へと横付けされる。

王室の紋章の入っていない馬車から降りる寸前、アクィラ殿下の両手が私の頬にかかったかと思うと、ひやりとする硬質的なものが肌を覆《おお》った。

え、何？　思ったのと同時に「いってらっしゃーいませっ！」というセリフと共にミヨの白い歯が零《こぼ》れた。

考えがまとまらないまま連れ出されたのが、つるつると磨き上げられた大理石が敷かれた大広間。

壁一面には巨大なレリーフがまるで物語の一部を切り取って彫られているような豪華さだ。さらにはその大広間に光るシャンデリアにはいくつもの蝋燭《ろうそく》が立ち、芸術的なガラス細工がきらきらと反射している。

そこから零れ落ちる光のシャワーの中、色とりどりのドレスで着飾った令嬢たちと、それをエスコートする正装に身を包んだ紳士たちで賑《にぎ》わっていた。

それだけならばただの夜会ということで済むわけなのだが、明らかにそうじゃない。一目見ただけでわかる、その理由というのが――。

「どうした、リリー？　さっきから口が開いたままだぞ」

私のあごを指で持ち上げたアクィラ殿下の顔には、大きな鷲《わし》の両羽根を広げたような形をした金色の仮面が付けられていた。

「か、仮面舞踏会……っ⁉」

ばっと、自分の顔に両手を当てる。そうすれば目元は当然ながら、左半分までも固い材質の仮面で覆われていた。

ちょっと……なんだか目元だけのアクィラ殿下と違って随分と物々しい気がしない？

そう口にしようとしたところ、あごに置かれていた指が私の唇をぴたっと縫い留めた。

「言いたいことはあるだろうがそれは後にして」

私の返事を待たずに口元の指を離すと、するり手のひらを差し出しダンスホールへと誘う。

「せっかくしがらみの少ない場に来られたんだ。私とダンスを踊っていただけますか？」

「……あっ」

トラザイドへ来てからの初めてのパーティーで、三回連続踊らされたダンスを振り返る。妙に挑戦的で優しさの欠片《かけら》もなかったあのダンスを。

確かに上手だったけれど、エスコートするというよりも、このステップについてこられるかという、まるでバトルのようだったのだ。

「すまない。あの時は私の気持ちもはっきりしないまま、君を試すようにダンスを仕掛けてしまった。無茶をさせたな」

そうそう。もの凄《すご》く足が膨れ上がったっけ。自業自得とは言え、結構きつかったな、あれ。

それを思い出し、アクィラ殿下を睨んでやるが、そんな私を彼はすっと目を細めて見つめ返す。

「さあ、リリー。今度こそダンスのやり直しをさせてくれないか？」

そう言われてしまえば降参するしかない。

結婚の儀や入れ替わりについて、これからのことに全く憂いがないとは言えないが、ようやくリリコットとしてこの手を取ることができたのだ。

一番初めからやり直したいと思うのは私も一緒。そうしてにっこりと笑い合うと、すぐにアクィラ殿下の腕に絡みなおした。

ゆっくりと足をホールへと進める中、ふと気がつきそっと尋ねることにした。

「その、まずいですよね。ここでお名前を呼ぶのは……」

仮面舞踏会という場で、私のリリーという呼び名はともかく、アクィラ殿下の名前を呼ぶのはよくないだろうと思った。ここへ乗ってきた馬車も王太子だとわからないようなもので、完全にお忍びとしてやって来たはず。

軽く首を傾けた殿下は、そうだなと一言呟《つぶや》いた後で私の耳元へと唇を近づける。

「では、アークと呼んでくれ。ここでは、ただのアークと、リリーだ」

触れる寸前の唇にドキリとしながらも、ゆっくりと頷く。

「アーク……様」

「リリー、あの時の続きだ。ここから始めよう」

優しい手のひらが私の腰に添えられる。音楽がゆったりとしたワルツを奏でだすと金色の仮面の内側から蕩《とろ》けるようなエメラルド色が瞬《またた》いた。

私はその色に包まれながら、アクィラ殿下のステップに自分のステップを重ねていった。

ただひたすらアクィラ殿下に体をゆだねてダンスホールを泳ぎ切ると、ワルツの静かな余韻を掻《か》き消すような歓声が上がる。その声に驚き我に返れば、いつの間にか私たちの周りには輪のような空間ができていた。遠巻きにこちらを見つめる仮面の数の多さに頬がヒクつく。

う……わお。なんだか凄く注目されてない!?

初披露のパーティーですらこんなにも不躾《ぶしつけ》な視線は向けられなかった。一応あの日の出席者は主だった貴族とその同伴者だけということだったらしいので、参加者の年齢層も高めのため落ち着いていたのだろう。

しかし今日のこの仮面舞踏会は若い世代の方々も多い。だからといってこんなふうに遠慮のない感じで見られると、ちょっと落ち着かない気分にさせられる。

早くこのシチュエーションから抜け出したいと、向き合うアクィラ殿下の袖をつんっと引っ張る。

「なに、リリー？」

「あの、喉っ……喉が渇きました。何か飲み物をいただきたいのですが」

ここから離れるための思いつきを言葉にすれば、アクィラ殿下はすぐに私の腰に手を当てて壮大なレリーフの下へと歩き出す。その間に給仕から炭酸のお酒を一つ受け取り手渡してくれた。

あまりにもなめらかで静かな動きに、こちらへ向けられていた視線の多くが行き場を失ったようにうろつき、そのざわめきが徐々に鎮《しず》まっていく。次の演奏曲がそれを掻き消そうと頑張ったおかげで、会場の中にいる仮面の紳士とご令嬢たちの興味は次の話題へと引き継がれていったようだ。

しかしそんな状況を露《つゆ》ほども気にしないアクィラ殿下は、炭酸酒のグラスに口づけようとしている私を心配そうな顔をして見つめながらそっと話しかけてきた。

「さすがに今日はまずかったか」

「え？」

「一曲踊っただけだが、息が切れている」

……あれ？　自分の呼吸に耳を澄ませてみれば、確かに普段よりも荒いような気がする。さらに言えばグラスを持つ手も心なしか震えている。

あまりにも大勢の人に見られすぎたせいで居心地が悪いだけかと思っていたけれど、それだけではなかった。確かに今日は朝から尾行に追いかけっこ、それから池で溺《おぼ》れたり助けてもらったりとなかなか体力的にハードな一日だったのだ。

ははは、それは疲れていないわけがないよね。

「色々とあったばかりだから疲労が溜まっているだろう？　いくらこの仮面舞踏会がリリーと踊るのに都合がいいからといって、気が急《せ》きすぎたようだ」

すまないと、小さな声で謝られたがそれについては私自身も自分の疲れに気がついていなかったから同罪だろう。少なくとも気持ちが通じ合った今日、あのダンスのやり直しができたことは私にとっても嬉《うれ》しいことだったのだから。

「一人だけここで約束がある。名残惜《なごりお》しいけれどもそれを終えたらすぐに帰ろう」

アクィラ殿下の提案に頷き、炭酸酒をあおった。どうせこれからこういった機会は山ほどあるのだ。今ここで無理をすることはない。

そこへゆったりとした、それでいて無視のできないような力強い声がかけられた。

「大空のお方、ようこそいらっしゃいました。楽しんでいらっしゃいますか？」

その挨拶《あいさつ》にアクィラ殿下は、私だけに聞こえるような小さな声で囁《ささや》く。

「噂をすれば、だな。約束した、主催のラゼロ辺境伯だ」

なるほど。仮面舞踏会という性質上、誰が誰であると言うのは無粋なので、そこはそれあくまでも一招待客への挨拶といった体《てい》で話しかけてきたようだった。

「ええ、楽しませていただいています。けれども連れのレディの具合がよくないので、残念ですが早々にお暇《いとま》させていただこうと思っていたところです」

「そうですか、それは残念です。私も先週王都に着いたばかりでしてね。最近の情勢をお聞きしたいと思っていたのですが……」

先週王都に来たのだというなら、この間のお披露目パーティーには参加していないらしい。だからこそアクィラ殿下もラゼロ辺境伯とここで会う約束をしたのだろう。

「あの……アーク様。私、帰る前に一度、身なりを整えてきたいと思いますの。こちらで少しお待ちになってくださいますか？」

いくら早めに帰ると言っても、少しくらい話す時間が欲しいだろう。あえて自分からそう言って軽く会釈をすれば、ラゼロ辺境伯が興味深そうな顔を私に向けた。

「しかし、リリー一人では……」

慌《あわ》てて私を引き留めようとしたアクィラ殿下の言葉を遮《さえぎ》るようにラゼロ辺境伯が動く。

「我が屋敷内でお客様に不埒《ふらち》なことを仕掛ける者はおらぬと考えますが、念のためご令嬢には侍女を一人付けますゆえ、しばし会話をお許しいただけますか？」

ラゼロ辺境伯が指を鳴らすと、侍女服の女性が一人静かに近づいてきた。

「シーファ、こちらのご令嬢を案内して差し上げるように」

「はい旦那様」

抑揚のない声で答えるシーファと呼ばれた侍女が丁寧な仕草で礼をした。

今日のこの仮面舞踏会では、招待客は勿論凝《こ》った仮面を付けているが、侍女や給仕たちもお揃いの仮面を付けている。そのせいでちょっと年がわかり辛《づら》いうえに、目元が見えないため機械的にも思える。しかしこういった場では馴《な》れ馴《な》れしいよりはそっけないくらいのほうがいいのだろう。

「では少しだけ離れます。すぐに戻りますのでお待ちいただけますか」

私の腰に回していたアクィラ殿下の手をそっと離してくるりとドレスの裾をひるがえす。なんとなく殿下が不機嫌そうに見えるけれども、それは見なかったことにしよう。

そうしてシーファの案内に従い、重い扉の一つを抜けていった。

「少々疲れてしまったので、人気《ひとけ》の少ないところを案内してもらえるかしら？」

そうお願いをすると、黙ったまま頷いたシーファはとてもいい仕事をしてくれた。

賑わう大広間からどこをどう通ったのかわからないが、全くといっていいほど他の人に会うことなく静かな休憩《きゅうけい》室の前に出ることができた。思わず拍手をしたくなったけれど、さすがにそれは思いとどまる。

「ありがとう。とても助かりました」

にっこりと笑って感謝の言葉を伝えれば、シーファの引き締めた口の端が微《かす》かに上がった気がした。

どこの世界でもありがとうという言葉は、心を開かせるための共通ツールなのだとあらためて思う。

一人で休憩室に入ると、中は思っていたよりも広く、備え付けの姿見の他、ゆったりと座れるソファーにテーブル、そしてとても大きな花瓶《かびん》に花が飾られていた。

私は鏡の前に立ってドレスや髪の崩れがないかをチェックした。そこで初めて自分の仮面が、蝶《ちょう》が花の蜜を吸っている姿だと気がつく。繊細でいてゴージャスなシルバーの仮面。それはとても美しく、これなら確かに目を引くわね、と自画自賛した。

よし完了！　としたところで、きゃあきゃあとはしゃぐ妙に甲高い声が聞こえてくる。それだけであまり近づきたくないタイプだなと考えた私は、鏡の前から離れ、大きな花瓶の陰にそっと隠れた。

アクィラ殿下だってお忍びでここへ来ているのだから、私だって目立たないほうがいいわよね。

そうして息を潜めていたのだが、可愛《かわい》らしいドレスに身を包み趣向を凝らした仮面を付けた令嬢たち三人組の第一声を聞いてひっくり返りそうになるくらい驚いた。

「ねえ、アクィラ殿下へべったりと張り付いたあの蝶の仮面の方、一体どちらのご令嬢か知っていらして？」

……殿下、速攻でバレてますよ。でもまあ、目立つから仕方がないね。

「アウローラ殿下ではないのは確かだわ。わたくし春の園遊会でご挨拶したことがありますの」

「そうね。それにどう見てもあの蝶の方は成人されているようですし」

「まあそれでしたら一体どなたなのかしら？　確かラゼロ辺境伯には御領地に引きこもりの、私と同じ年のご長女がいらっしゃったと記憶しておりますが」

ソファーに陣取った令嬢たちが、思い思いの言葉をまき散らす。

思わぬところでアクィラ殿下がお忍びで参加しているのを見つけてしまったのだから、年頃のご令嬢たちならば気持ちが浮足立っても当然だろう。

それについて、ああでもない、こうでもないと井戸端会議よろしくさえずりあうのは前世の百合香《ゆりか》にだって少なからず身に覚えもある。けれども、一つ気に入らないこともある。

口を尖《とが》らしつつ彼女たちの話に耳を澄ませていると、くすくすと嫌な笑い声が聞こえた。

「あらあら皆様、一人お忘れではございません？　ほら、あの……」

「いやですわ。まさか、ねえ……？」

「ふふっ。お噂の悪公女など、公式でない場所にアクィラ殿下がお連れになられるはずがありませんでしょうよ」

いやそのまさかなんですよ、お嬢様方。

ほほほ、と笑いながら喜んでいる彼女たちには悪いけれども心の中でそう突っ込ませていただいた。

どうしてアクィラ殿下のお相手に、真っ先に挙がるはずの私の名前が出ないかと思っていたらこんなことか。全くもってバカにしている。

今までだったら、「あーまたですか、はいはい」と流すところだけれど、いくら非公式とは言え正式にエスコートされた身としてはさすがにムッとして、本音がぽろりと口から零れだしてしまった。

「普通ならエスコートは婚約者に決まっているじゃない」

「ええ、その通りですわ」

………ん？

「王太子殿下の御婚約者を蔑《ないがし》ろにするとは、トラザイド貴族として大変嘆かわしいことです」

いつの間にか私の真横に立っていたシーファが、私の独り言に淡々と答えていた。

な、な、なんでっ？　え、確かに一人で休憩室に入ったわよね、私。その後できゃぴきゃぴ騒ぐ三人組が入ってきて……その間、誰も入ってきたような音も気配もしなかったのに、何故っ……!?

口をあんぐりと開けて驚く私に向かい、当然のように礼をするシーファ。

「大切な貴人をお一人にするわけにもいきませんので、隙《すき》を見て入室させていただきました」

どこからよっ!?

そう事も無げに言う彼女に慌てて後ずさる。すると隠れていた花瓶の置台にスカートの広がった裾が当たり、カタッと音を立ててしまった。ちょうど運悪く三人組のお喋《しゃべ》りの息継ぎのタイミングだったらしく「誰かそこにいるの？」と、険のある声が飛んできた。

やってしまった……。この蝶の仮面は言い訳がきかないほど目立っていたようだし、どうしようかな。しつこく質問されても面倒だ。

仮面越しに額《ひたい》に手を当てて考えていると、シーファの体がずうっと前へ飛び出していた。

「ただいまこちらは清掃中にございます。よろしければ、西側の休憩室をお使いくださいませ」

それはさっきまでの私に向かって話す控えめな言葉遣いとは違い、丁寧ではあるけれどもかなり威圧感のある口調だった。そんな声を聞かされた令嬢たちは一瞬のまれそうになったものの、すぐにその言葉を発したのが侍女姿の若い女性だと気がついて居丈高《いたけだか》に言い放つ。

「あら、なにか羽音が聞こえませんこと？　いやだわ、虫がいるのかしら」

「そんな、虫など気になさらなくてもよろしいですわよ」

「もう一度お願いいたします。どうぞ、あちらを、お使いください」

二度目の言葉は最初のものよりもさらに強く、さすがのお嬢様たちも一瞬静かになった。それでも一番気の強そうなリーダー格のお嬢様が食い下がる。

「侍女風情が私たちに向かって、よくもそんな態度に出られるものね……いいこと？　このことは後ほどラゼロ辺境伯へとお伝えするわ」

明らかに見下した台詞《せりふ》を吐き、ツンッと顔を上げる。しかしシーファはそんな彼女たちに対し恐れることなく冷静に対応した。

「はい。私も先ほどのお嬢様方の会話は、一言一句違わないようご報告させていただきます。……私、辺境伯より『虫退治』を一任されておりますので」

そこまで言い切ったところで、三人組がきゃぁああ！　と叫びながら走り出していった。

ええと……何があったの？　見てはいけないものでも見てしまったようなあの声は？

そんなことを考えていると、ゆっくりとした足取りでシーファが私の前へと戻ってきた。貴族のお嬢様をものともしないのは、ラゼロ辺境伯からの絶大な信頼があるおかげなのかもしれない。

しかし予想外の出来事のせいで、アクィラ殿下を随分と待たせてしまった。シーファには感謝の言葉を伝えて、急ぎ案内をお願いする。

そうしてシーファの先導通り、裏の道をすいすいと通っていけば、大広間の前の扉に立ちながら話をしているアクィラ殿下とラゼロ辺境伯二人の姿を見つけることができた。

「アクィ……とと、アーク様。お待たせいたしました」

なるべくおしとやかに横に立つと、それまで少し険しい顔をしていたアクィラ殿下がホッとしたような顔つきになり私の腰に手を添えた。

「そうだな、少し時間がかかったようだが……何事もなかったか、リリー？」

何事もなかったとは言い切れないけれども、わざわざあったというほどのことでもない。全部シーファが上手《うま》いことさばいてくれた。

帰りの挨拶を交わし、表玄関へ回された馬車まで歩いていけば、私たちの後ろにはさりげなくカリーゴ様とミヨが控えている。さらにその奥、私たちが見えるか見えないかギリギリのところで、シーファが見送ってくれていた。

私は右手を胸元まで上げて彼女に向けてバイバイと手を振ると、アクィラ殿下に促《うなが》され、来た時と同じくちょっと窮屈な馬車に乗り込んでラゼロ辺境伯の屋敷を後にした。

帰りの馬車の中は行きと同じようにアクィラ殿下の隣に座らされたものの、少しばかり雰囲気が違っていた。

どことなく重い空気のアクィラ殿下に、ラゼロ辺境伯との話で何か気にかかることがあったのではないかと勘繰《かんぐ》ってしまう。珍しくミヨも空気を読んで黙っているから余計に息が詰まりそうだ。

このまま帰り道を過ごしても後で気になって仕方がないだろうから、思い切って直接尋ねてみる。

「アクィラ殿下、ラゼロ辺境伯と何か難しいお話があったのでしょうか？」

「ん？　難しいというわけではない……いや違うな」

一度口を濁そうとしたアクィラ殿下だったけれど、じっと見つめて尋ねた私の頭にぽんっと手を置いて言い直す。

「リリーに関係ない話ではないのだから、きちんと話した方がいいと思っている。……けれど今日のところはこれ以上疲れさせたくはない。だから明日あらためて話をしよう」

「はい。わかりました」

ああ、やっぱり。内容はさっぱり見当がつかないが、私に対して何か言われたのだろうか。

そういえばあの令嬢三人組の話題の中で、ラゼロ辺境伯には同じ年頃のご令嬢がいるらしいということを聞いた覚えがある。

私にも関係ある話ということは、もしかしたらラゼロ辺境伯からそのご令嬢を薦められたなんて話とか？　……いや、本当にないよね？

少しだけもやもやとした気持ちで帰途についた。それから寝室のベッドに滑り込むと、それまでうだうだ考えていたことも忘れ、あっという間に睡魔の虜《とりこ》になる。

翌朝起こしに来たハンナとミヨに呆れられるほど惰眠《だみん》を貪《むさぼ》ってしまったのは言うまでもない。


「実は、ラゼロ辺境伯の長女を私の妃《きさき》にと薦められた……らしい」

「…………は？」

昨日の馬車の中で、あらためて話すと約束してくれた通り、午後になってから執務の時間をぬってアクィラ殿下が私の部屋へと寄ってくれた。しかしそこでの第一声に私は手に取ったカップを思わず落としそうになる。

まさか、昨日の嫌な考えがズバリ的中してしまうなんて……。

驚きのあまり無意識のうちに、ぎりりと奥歯を強く噛んでいた。そんな私を見ると、慌ててアクィラ殿下が言葉を続ける。

「いや、正確に言うならば『長女を王太子妃にしましょうと、ラゼロ辺境伯に言い募《つの》った者がいた』という話だ」

ん、んんん？　ああそうか。ラゼロ辺境伯がアクィラ殿下へご令嬢を売り込んだわけではなく、売り込みましょうと、しつこく言ってきた者がいたよという話なのだ、これは。

　噂の悪公女が王太子妃になるよりも、自国の高位貴族のご令嬢が王太子妃に相応《ふさわ》しいと考える人間がいてもおかしくはない。スメリル鉱山の利権の話を知る立場の者でないならなおさらだろう。

「ラゼロ辺境伯の領地は王都より馬で飛ばしても半月かかる北東の守りの砦《とりで》だ。とはいえ現在は近隣諸国にも目立った諍《いさか》いの種はなく、主だった仕事といえば兵の訓練と情報収集、そしてまあ友好国との付き合いなのだが……」

「そちらから薦められたのでしょうか？　その、ご令嬢のお話を」

「そういうことらしい。悪公女の噂を聞き及んだ善意の第三者らしいが、気に入らない」

　もの凄く機嫌が悪そうに、気に入らないと言い切ってくれたアクィラ殿下の姿にホッとした。

　リリコットとして気持ちが通じ合った今、そんなふうに他の女性を薦められたという話を聞けば私も気分がいいものではない。

「でも、噂が随分と独り歩きしているのですから、そういった話が出るのは仕方がないところもあります」

　それもこれも全部あのメリリッサのせいだけど。思い出してちょっとイラっとしたところ、アクィラ殿下が苦々しく声を落とした。

「一番気に入らないのは、ラゼロ辺境伯へとその話があったのが『三ヶ月前』だということだ」

　あの断罪パーティーのあった日が今から四ヶ月くらい前だから、それはあまりにも早すぎる。

「王都にいた私がその噂を耳にしたのですら事件から十日は過ぎたところだ。それがたったひと月で辺境伯の領地近くまで伝わるわけがないだろう。どう考えても善意どころか悪意しかない」

つまり、私たちの結婚を妨害したいと思っている人間が少なからずいるということになる。

メリリッサがとんでもない悪女だという話が出てからすぐに行動に移さない限り、たったひと月でラゼロ辺境伯の領地近辺まではその噂が届かない。百合香の世界のように、ＳＮＳであっという間に噂が飛び交うようなところではないからこそ、このタイムラグの短さがとてつもなく怪しいのだ。

うーん、これは確かにアクィラ殿下の機嫌が悪くなるのはわかる。

どこの誰かはわからないが、わざと噂をまき散らした人間がいて、その人は私が王太子妃になるのをいたく嫌っているのだけは確実だ。

スメリル鉱山のほうがなんとかなりそうだと思えばまた問題が起こるとは、本当にリリコットは知らず知らずのうちに踏みつけられやすい体質だ。そこまで考えて、いいやと首を振る。

ぐっと力を入れて顔を上げれば、目の前には大好きな人の顔があった。

私はこれからこの人と幸せになる。絶対に、見知らぬ悪意なんかに傷つけられてなんかやらない。

私の気持ちが伝わったのか、アクィラ殿下の厳しい表情がふっと緩んだ。そうして私の頬へと優しく指を添える。

「また何かお転婆《てんば》なことを考えたのかい？」

「っ、そんな……負けるものかって気合を入れただけです」

別にケンカを売ろうとか考えたわけではない。そう答えれば殿下が、ははっと声を上げて笑う。

「そうだな。私たちの結婚の儀を邪魔しようと考えるような奴らに負けるわけにはいかないな。うん、だったら少しこちらから揺さぶってみようか」

「……それは、どういったことでしょう」

私は喧嘩《けんか》を売る気はなかったが、アクィラ殿下のほうはそうではなかったらしい。

「せっかくのお膳立てのようだから、ラゼロ辺境伯の長女を宮殿へと呼んでみようと考えている」

「は？　いえ、そんなこと……え？」

「辺境伯にも了解は取ってある。あちらもその気は全くないからな。リリーの友人としてでも呼べばいいだろう。何か仕掛けてくるならば対応するし、なくてもリリーの話し相手になればいい」

宮殿へ呼び出すって、そんなのアクィラ殿下やラゼロ辺境伯にその気がなくても、もしかしてご令嬢本人が王太子妃になる気満々だったらどうするのだろう。

ちょっと、いいえ、もの凄くもやもやするんですけど……。

「どうだい？」

「そんなこと聞かれても、友人でもないのに……」

つい口を尖らして不満を口にすると、何故かアクィラ殿下はきょとんとした表情を見せた。

「ラゼロ辺境伯家のファルシーファ嬢。昨日会っているだろう？」

………え、誰？

「帰り際に手を振っていたからてっきり打ち解けたのかと思っていたが」

ファルシーファ……ファル？　……シーファ……って？

シーファ、シーファ、シーファぁああ？　なんで辺境伯のご令嬢が、侍女服着てるのっ⁉

「このたびは公女殿下に再びお目文字《めもじ》叶《かな》いまする機会を頂戴《ちょうだい》いたしまして、恐悦至極《きょうえつしごく》に存じ上げます」

　感情の起伏の少ない声で私に向かいそう挨拶をするのは、一昨日の夜にそうとは知らずに対面したラゼロ辺境伯家のご令嬢ファルシーファ様だ。

　ラゼロ辺境伯邸では髪をひっつめたうえに顔には仮面、そして侍女服という姿であったため気がつかなかったのだけれど、こうしてドレス姿を見せられると高位貴族のご令嬢なのだということがわかる。

　銀糸のような真っすぐな髪に、落ち着きのあるブルーグレーの瞳、きりっとした眉は意志の強さを感じ、肌は抜けるような白さだけれども健康的な張りがある。全くもって非の打ち所のない美女だ。

　うん、少しものの言い方が古風な感じがしないでもないけれど……あと、なんというか、その……アイスドールみたいっていうか、表情が真顔で、怖い？

　いやいや、きっとシーファ……違う、ファルシーファ様だっていきなり私の友人って扱いで宮殿に呼ばれて緊張しているのよね。私だってどきどきしている。

　いくら一昨日は好意的に接してくれたとはいえ、あくまでもあの時は客として付き合ってくれただけかもしれないし。

　だから、どことなく探るような気持ちで彼女を見てしまう。

「ファルシーファ様、王都は久しぶりなのでしょう？　急にお呼びだてしてしまって、ご友人とのお付き合いの時間をお邪魔したのでなければよろしいのですが」

「いいえ我がラゼロ家は王家の盾であり剣でございます。宮殿からのお召しがありますれば何を置いても駆けつけるのが家訓と心得ます。加えて申し上げさせていただければ――」

やっぱり固い、固すぎる。その冷たい印象の整った顔と相まって、かちかちのごりごりだ……って、え、今ファルシーファ様はなんて言った？

首を傾けて反芻《はんすう》していると、気を利《き》かせて言い直してくれた。

「友人と呼んで差し支えのない方は一人もおりませんので、問題もございません」

うっ……なんか余計なこと言わせてごめんなさい。そうでなくても、ぼっちはお互い様だったわ。

思いっきり跳ね返った言葉に耳が痛い。心の中で手を合わせ謝るものの、ファルシーファ様は全くなんでもないことのような顔をしている。

私のほうこそモンシラにいた時の記憶を掘り起こしても友人と呼べる人はいなかった。

ハンナはハンナで侍女としての職分を外さないし、ミヨのほうはといえば口は馴れ馴れしいが肝心のところでは一線を引いているように思える。この二人はきっと私のためだと思えば平気で嘘もつけるはずだ。

だからこそ逆に、ファルシーファ様の裏表がない言葉になんだかとても癒やされる。

「ええと、だったら私と本当のお友だちになってもらえるかしら？」

私自身も驚いたが、その言葉を聞いたファルシーファ様もびっくりしたようで、片眉がぴくりと上がる。

「……それは、ご命令でしょうか？」

あくまでも仮の友人としての顔合わせのつもりだったからだろう。命令なら即頷きますと確認を取ってきた。

「いいえ、お願い、よ。だって私……あなたと一緒で友人が一人もいないのですもの」

だから、そうではないということをはっきりと口にすると、今度はファルシーファ様の瞳が大きく見開いた。両手を顔の前で合わせてもう一度お願いをすれば、きゅっと唇を噛みしめたファルシーファ様がゆっくりと自分から口を開き始めた。

「私は田舎育ち故、王都には慣れておりません」

「私もトラザイドに来てから、まだひと月も経《た》っていないの。同じよ」

「趣味の一つもない武骨者です」

「私にだって偉そうにいえるものはないわ。ほんの少し手芸が好きなだけ」

「愛想笑いすらできません。できることと申せば、馬に乗って害獣を狩り、剣で敵を斬ることくらいしかないのです」

…………それはできない。

「で、でもね、それでもファルシーファ様と友だちになりたいと思ったのよ。だから、ね。お願いできるかしら」

そう言って微笑《ほほえ》むと、ファルシーファ様の口元が初めて弧を描くのを見た。

「ありがとうございます。ぜひとも公女殿下の申し入れを受けさせていただきます」

堅苦しい了解の言葉を答えるファルシーファ様の渾身《こんしん》の笑みは、目元は一切動かさずに、口元だけがニタァっと上がるものだった。

怖っ！　ええと、なんか思っていたのと違う……。

こう、美人に笑いかけられるって胸がどきどきするものだと思ったんだけど、逆に背筋に冷汗が流れたわ。

本気で喜んでくれているのはわかるけれど、それがかえって不気味に見える。

もしかしてファルシーファ様に友人がいないのって、この笑顔のせいじゃないかな？　そういえば、一昨日も三人組が突然叫びながら去っていったけれども、多分そのせいかと……。悪魔が笑ったらこんなふうに笑いそうだと不謹慎なことを考えながら、私はファルシーファ様の手を握った。

それからの一週間はほぼ毎日といっていいほどの頻度《ひんど》で、ファルシーファ様には宮殿に来てもらうこととなった。

私のところへ遊びにくるようになってから、下位貴族である宮殿への出仕人が何人かファルシーファ様へと渡りをつけてきたようだったが、それもどうやら話を聞くと私への仲立ちを頼みたかったということだったらしい。なんとも肩透かしを食った気分になってしまう。

こういったおとり捜査的なものは思う通りにいかなくてなかなかに難しい。

そんなこんなで、私とファルシーファ様といえば、最初の企《たくら》みってなんだったかな？　と思うくらい普通に友人として過ごしていた。

「リリー公女殿下、ご機嫌よろしく存じ上げます」

相変わらず丁寧で固い言葉のファルシーファ様だけれども、私のことをリリーと愛称で呼んでくれとお願いしたら二つ返事で頷いてくれた。勿論、アウローラ殿下や近しい人にも同様に頼んだ。メリリッサなのだから、そう呼んでやってほしいと、アクィラ殿下が口添えしてくれたのだ。

公的な場でそう呼ばれることは叶わないけれども、愛称だけでも私自身の名を使っていいと言われ、とても嬉しかった。

結婚の儀まで残り十日となった日の夕方、アクィラ殿下がノックもそこそこに部屋へと入ってきた。私の座っているソファーの隣に、どさりと勢いよく腰を落とす。

いつもならば紳士的なアクィラ殿下の乱暴な仕草に、何かがあったのだと直感した。

「アクィラ殿下……何かありましたか？」

一つの滞りも許されない時期になっているのにどうしたのだろうか。恐る恐る尋ねると、ふうと息を吐いたアクィラ殿下が私のほうを向いた。

「さっき早馬が届いた。良い話と悪い話のワンセットだが、どちらから聞きたい？」

「では、良い方をお願いします」

ワンセットの良い話と悪い話というのが想像できないが、私は元々好きなほうを先に取る癖がある。

「ああ。良い話というのは、三日ほど前になるか、大公妃殿下が結婚の儀に参列してくださるためにモンシラを出発されたという話だ。予定ではあと七日ほどでこちらへ到着されるそうだ」

「お母様がこちらへ来てくださるのですね……！」

隣国とはいえ大公妃であるお母様が来てくれるとは思わなかった。悪公女メリリッサという評判が立ちすぎたため、下手《へた》をすると今は牢獄《ろうごく》に入っているあの外交官だけが参列予定者だったのかもしれないと思っていたのだ。

これは確かに良い話だと、一瞬手放しで喜ぼうとしたところで体が動きを止める。

悪い話とワンセットだと、アクィラ殿下はそう言った。だったら？　悪い話とは、なんだろう。

ちらりと覗《のぞ》き見るように窺えば、アクィラ殿下が苦虫を噛み潰したような表情で私を見返し、こう言った。

「時を同じくして大公妃殿下と共にモンシラを発《た》った男女の二人組がいる」

「え？」

「ガランドーダの王太子とその婚約者だと。……双子の姉の結婚の儀にぜひとも参列をして直接祝いたいのだと、里帰りしてまでこちらへ向かってくるそうだ。これが悪い話」

ガランドーダの王太子とその婚約者とは……ロックス殿下と、メリリッサ……っ！

大きく目を見開き驚く私の肩を抱き、アクィラ殿下が静かに呟いた。

「一体何を仕掛けにくるつもりか知らないが、絶対に守ってやる。心配するな、リリー」

冷たく燃える火のような言葉に励まされ頷くけれど、それでも不安は大きくのしかかる。

嵐の種が私の気がつかないところでどんどん大きくなって全てを巻き込んでいく。そんな嫌な予感に押しつぶされそうで、気がつけば酷《ひど》く足が震えていた。

第五章　騎士は誓う

アクィラ殿下から告げられた『悪い話』の後で、私は体調をがくっと崩してしまった。

少し頭が重くなったと感じた時にはすでに遅く、自力では満足に立ち上がることができなくなっていた。お風呂の支度途中でハンナの腕に縋るように抱きついたのは覚えているが、目が覚めた時にはもう広いベッドの中で横になっている自分がいた。

口を開けて声を出そうとしてもからからに乾いた喉からは、ひび割れた音しか出てこない。ひゅっ、と大きく息を吸い込めば、突然の空気に驚いた喉がまるで異物を追い出すかのように大きく咳《せ》き込んでしまう。

「リリー様！　……目を覚まされたのですね」

私の咳の音を聞き取ったハンナが、真っ赤に充血させた目を向けた。

「んっ……ハ、ンナ？　あ……私、ど、した……の」

思っていた以上に掠《かす》れた声しか出てこなかったが、なんとかハンナの名前を呼び、今現在の自分が一体どんな状態なのかを教えてほしいと訴える。

するとハンナの口元がゆっくりと弧を描いて持ち上がった。

「ビューゼル宮廷医に診《み》ていただきました。過労との診断です。特に心配するような病気ではないとおっしゃっていましたが……お加減はいかがでしょうか？」

ではこの喉の痛みは風邪のための炎症ではなくて、単に喉が渇きすぎているためなのか。とりあえず少しの倦怠《けんたい》感はあるものの、それほどどこが悪いといった感じはしない。

そういえば今の時間は何時になるのだろう？　明かり取りから入る光は朝のものに感じるのだけれど、喉が掠《かす》れるほど寝ていたのなら一晩程度のはずがない。

「今、は……？」

喉を押さえながらゆっくりと声を絞り出せば、ハンナが静かに答える。

「リリー様が倒れられてから、二日目の朝になります。昨日丸一日、目も覚まさずにお休みになられていたのですよ、リリー様」

そんなに？　どうりで喉が痛いわけだ。

一日半を寝て過ごしたのだから体中で水分を欲している。まずは飲み物を欲しいとお願いして、簡単な身づくろいをした。絶対にベッドの上からは出せないとハンナにきつく言われてしまったので、ベッドのヘッドボードに枕を立てかけてもらい、そこにもたれかかったままお茶を飲む。

ほんのりと甘いシナモンに似た香りがどこか記憶の扉をノックするように鼻腔《びこう》をくすぐった。

「これ……って、なんだか覚えがあるのだけれど」

一口飲み込んでからそう伝えると、珍しく全身で喜びを露《あら》わにしながら、ええ、ええ、と頷《うなず》くハンナ。

「リリー様のお身体の調子が良くない時には、いつも私がこのお茶を淹《い》れて差し上げてました」

「ええ。そうね、ハンナ……思い出してきたわ。いつもありがとう」

確かに何度か飲んだことがあるはずのそのお茶は、甘い香りながらもほんのりとスパイシーな味で、本当にシナモンティーにそっくりだ。けれども百合香《ゆりか》であったころの私は、そのシナモンがどうにも受け付けられなかった。それはリリコットになった今でも同じように思う。

せっかく淹れてくれたハンナには悪いんだけど、どうにか他の飲み物を……と考えていたところ、バタバタっと大きな音を立ててミヨが勢いよく扉を開けて飛び込んできた。

「あ、姫様！　起きられたんですねぇ。良かった、良かったですぅ！」

「ミヨ……心配かけたわ、ね？　って……」

「殿下ぁー、姫様が起きましたよーっ！」

その勢いのまま、反対側の扉へと大きな声でアクィラ殿下を呼びつける。

ミヨー……！　どうしてそう不敬なことをするのっ！

そう声をかける間もなく、アクィラ殿下の私室へと繋《つな》がる部屋——つまり王太子夫婦のための寝室の扉が開いた。そして、シャツとズボンだけの軽装な姿の殿下が慌《あわ》てて入ってきた。

「アクィラ殿下……」

「リリー、具合は？」

心配そうに声をかけ近寄るアクィラ殿下の目の下には、酷《ひど》いクマがのっていた。

こんなにも忙しい時に余計な心配までさせてしまったことに申し訳なくなってしまい、私を呼ぶ声に返事もせずに顔を下げてしまう。

するとヘッドボードに寄りかかるように座る私の横にアクィラ殿下が腰を下ろした。

「リリー」

そう私の名前を呼ぶと、上げた両手を私の両頬に勢いよく添えて、むぎゅっと顔が変形するくらい力を入れて押し上げた。

う……は？　タコさん口みたいになった顔で、アクィラ殿下の顔を見つめれば、クマがのっていてもお構いなしのような綺麗《きれい》な緑の瞳が輝いている。

「変な顔だが、熱もないな」

「へ、変な顔って……殿下がさせたんじゃありませんかっ……」

アクィラ殿下へと噛《か》みついてしまってから手に持っていたお茶の存在を思い出す。

気がつけば半分以上を布団の上に零《こぼ》してしまっていた。カップを持ち替え、あっちゃーと心の中で叫ぶ。すでにだいぶ温《ぬる》くなっていたのと、厚くふかふかの布団をかけていたため、私には全く被害はないが、掛布団はしっかりとお茶を吸い込んでしまっていた。

「ご、ごめんなさい」

「構わない。カリーゴ、急ぎ替えのものを用意してくれ」

アクィラ殿下のその言葉と同時に動いたカリーゴ様は、一旦殿下の私室側の扉へと向かうとふわふわの掛布団を手にして戻《もど》ってきた。

「もう起き上がれますから、これは」

さっと取り換えられた布団を返そうとしても、この場にいる全員の目、つまりはアクィラ殿下に、ハンナ、ミヨ、それからカリーゴ様までもが黙って横になれと言っている。

さすがに起きぬけでこれだけの人数を押し切る気力はないので、ここは黙って従うことにした。

そのうえで、私が倒れたことに対して謝ろうとすると、アクィラ殿下はすぐにその謝罪を遮《さえぎ》ってこう言った。

「私が守ると言ったろう、リリー。逆に倒れるまで君の疲労に気がつくことができなかった私に非があると思うが？」

「そんな……アクィラ殿下に非など、あるわけがありません。ただ私、っ……メリーの話を聞いたから……」

たとえ本当に体が疲れていたとしても、決定的だったのはおそらくメリリッサが私の結婚の儀のためにトラザイドへ向かっていると聞いたからだ。

一昨日そう知らされた時に感じた、嫌悪にも似た恐怖が物語っている。

私自身はメリリッサに対して怒りばかりが先行していたから気がつかなかったけれど、刷り込みされた恐怖心はリリコットの中にしっかりと根付いていたらしい。

……怖い。会いたくない。

そう。確かに私はあの瞬間、メリリッサがここへやって来るという事実に恐れをなしたのだ。その結果が、疲労という形で体全体に出てしまった。

「だったらなおのこと謝ろうとするな。私たちはこれから夫婦となるのだ。何があろうとリリーの手を離すことはない」

「殿下……」

ぎゅっと私の手を握り、何かを射抜くかのような瞳で強く言い放つ。

「たとえ死の螺旋《らせん》を描きながら私の空から落ちようとも、絶対に君と離れない」

思わず息をのむ。それは、アクィラ殿下の覚悟。

王太子としての地位がどうなろうとも私を選ぶのだと、彼は言ったのだ。

その強く激しい言葉に、胸の奥深くで傷ついて眠っていた可哀想《かわいそう》なリリコットが息を吹き返す。

私も、私も、私だって、と――。

頑張る、頑張れる。ぽこぽこと胸から湧《わ》き上がるこの気持ちが、アクィラ殿下の手のひらに伝わるようにと力を込めて握り返す。そうすると、ふっと空気を和《やわ》らげて労《いた》わるように優しい声が聞こえた。

「大丈夫だ。この私のテリトリーで、そう簡単に他の者を自由勝手に飛び回らせるような真似などはさせない。だから一緒に、リリー」

「はい、アクィラ殿下。私もずっと一緒にいると……そしてメリーには負けないと誓います」

そうだ。私が私であるために、メリリッサと向き合う。

一体何のためにここへ来るというのかわからないけれど、絶対に負けたりはしない。

アクィラ殿下との手を離さないで生きていくためにも――。


しばらくそうして手を握ってもらっていたのだけれど、忙しいアクィラ殿下の時間をいつまでも私一人で奪うわけにもいかない。

「もう私は大丈夫です。アクィラ殿下」

そう言っても、アクィラ殿下はなかなか手を離そうとしなかった。

「あの……まだ何か？　あるのなら話してください」

これ以上驚くことはそうないだろう。本当に大丈夫だからと伝えると、アクィラ殿下は「そうだな、先にリリーの了承をとらないと」と言って言葉を続けた。

「結婚の儀のリリーの介添人はファルシーファ嬢に頼もうと考えているのだが、どう思う？」

「介添……人、ですか？　ええと、それは……」

なんといっても花嫁はいつも以上に着飾り、やることも多い。だから介添人が必要になるのはわかる。けれども……。

「ハンナやミヨではダメなのでしょうか？」

言ってみればこの世界では、普段は侍女のするような仕事だ。だったら慣れているほうがいいのではと思い二人へ尋ねれば、当然のように首を横に振られてしまった。

「私では結婚の儀にて介添人をさせていただくには身分が足りません」

「以下同文でぇす」

え、介添にも身分が必要なの？

一瞬驚いたけれど、参列する方々も相当な高位貴族ばかりだ。その中で花嫁の手伝いをするというのならば最低でも貴族令嬢としての身分は必要なのだろう。

「ミヨルカも……立場だけならば一応は男爵令嬢ではありますが、あくまでもそれはモンシラの中でだけですから」

カリーゴ様が発した言葉に若干《じゃっかん》不満そうなミヨが口を尖《とが》らしたけれど、さすがにこの場では反論しなかった。

「その点ファルシーファ嬢ならば問題ない。花嫁の後見といった意味でもラゼロ辺境伯の名は有用だ。それに……」

「それに？　何でしょうか」

どことなく含みのあるアクィラ殿下の言葉に、オウム返しのように尋ねれば意外にもなんてことはない返事が返ってくる。

「……彼女はリリーの友人だろう？　気を使わなくて済むのならそれに越したことはないしな。実は叔母《おば》のペレボット公爵夫人に内々に頼んであったのだが、腰の容態がよくないと昨日になって聞かされたところだ。急な変更になるが、リリーには彼女を介添人として了承してほしい」

アクィラ殿下が言う通り、ファルシーファ様ならば私も全く異論はない。それどころか彼女が常に側《そば》に付いていてくれるのならば緊張も和らぐだろう。

それほど口数が多いほうではないが、常に自然体のファルシーファ様なのでこちらも変に気を使わなくて済む。

「ええ、ファルシーファ様がよろしいのであれば、ぜひお願いしたいと思います」

「そうか、ならば明日から三日間のリハーサルには彼女も呼ぶことにしよう。今日はゆっくりと休んで、明日に備えるようにしてくれ」

あー……そうだ、そう言えば結婚の儀のためのリハーサルがあったよね。

丸一日以上寝込んでしまっていたためすっかりと忘れていたけれど、三日間は本番さながらのリハーサルを行い、儀式の流れから手順の全てを頭の中に叩《たた》き込まなければいけないと言われていた。

アクィラ殿下と一緒になって生きていくのだと決めたからには、絶対に結婚の儀で失敗などできない。ただでさえ悪公女の二つ名がついて回っている私なだけに、完璧に、それでいて噂《うわさ》を撥《は》ね退《の》けるくらいの姿を見せなければ。

それに、メリリッサの問題もある。彼女たちの意図がわからないけれど、何が起こってもいいように対策を考えていかなければならないのだ。

「でも、それでしたら余計にゆっくりなどしてはいられません。明日のための準備もありますし、皆の話も聞いておきたいのですが」

　つまり、このまま寝てなどいられないから起きてもいいよね、とできるだけ大人《おとな》しめにお願いをすれば、仕方がないなと前置きのうえでＯＫをもらった。

　ただし、部屋からは一歩も出ないでという約束はしっかりとさせられたけれど。

　そんなわけで明日からのリハーサルを前にして一度、今の状況を皆に報告してもらうことになり、午後からハンナ、ミヨに加えて久しぶりにヨゼフの顔を見ることができたのだけれど……。

「ええと、ヨゼフ……随分と疲れているみたいね」

　どよんと濁った目に、力の入りきらない姿勢、何よりも動きに鋭さの欠片《かけら》もない。正直ここまで疲れ切ったヨゼフを見たのは初めてだった。

　そう口にすれば、初めてヨゼフが私にボスバ語を教えにきてくれた時のぶすくれた表情から、元騎士副団長にがっつり鍛えられて傷を負った顔、そして騎士となってトラザイドに付いてきてくれた現在までのヨゼフとの思い出が、今の私の記憶の中にまるで水が染み込むように入り込んできた。

　ああ、今までのように断片的な過去を思い出すのではなく、確かにリリコットと私が重なり合っていく気がする。

　やはりメリリッサと直接向き合うことを決めたせいだろうか？

　だとしたら何かのきっかけがあれば、きっとそれ以外の大事なことだって思い出せるに違いない。

　よし、とあらためてやる気を入れ直していると、ぶへぇええと何故かその気をそぐ魂の抜けるような音が聞こえた。

「疲れたなんてものじゃありませんよ、姫様。セル親父にダイガン山頂へ二ヶ月雪中行軍に連れていかれた時の方がよっぽど楽でした」

うん、ダイガン山ってあれだよね。モンシラ公国北方の一番高い山で年の半分が雪に覆《おお》われていて、熊や雪豹《ゆきひょう》みたいのが闊歩《かっぽ》しているところだよね。

いちいち思い出そうとしなくてもすらすらと記憶が出てくるようになったことに感動する。そのうえ、そもそも騎士団は雪中行軍なんてしたことがないだろうっていうことまで頭に浮かんできた。

絶対に独断で訓練をやったんだろうな……まあいいか。

そんなことよりも、普段訓練まみれでも涼しい顔をしているヨゼフが一体何をしてそこまで疲労困《こん》憊《ぱい》中なのか、そっちのほうが気になる。

成すべきことと、アクィラ殿下に濁されてしまった時から気になっていたのだ。あれから顔を合わすことがなかったのでいい機会だと思い尋ねようとしたところ、きっちりとお目付けの邪魔が入ってしまった。

「ヨゼフ、お前の決めたことだろう。公女殿下の御前で愚痴るな、みっともない」

そう怒られると、不機嫌そうながらも口をつぐんでしまった、残念。

「そんなことよりも、今日は公女殿下へ調査の結果をお知らせにきたのだから、きっちりとお伝えしろ」

ずばっと、ヨゼフへと言い放つのは、第二騎士団長のパッサー様だ。忙しくてこの報告会に参加できないアクィラ殿下の代わりにと参加してくれている。

　パッサー様は殿下に信頼の置ける人物と言われるだけあって、見るからに強く頭がとても良さそうに見える、三十代後半の騎士爵を持つお方。しかもそれでいて堅苦しさは感じさせない気さくな性格をしている。

　パッサー様には入れ替わりまでは話していないものの、リリコットとメリリッサの評判が取り違えられているとだけは伝えてあると、アクィラ殿下は言っていた。

　今からの報告会ではその内容に少し気をつける必要があるけれども、気になることはきっちりと話し合っておくようにしよう。

　では報告をお願いしますと促《うなが》せば、ミヨがはーいと元気よく手を挙げる。

「まずは私のご報告からですねぇ。姫様のドレスの変更点ですが、ぶっちゃけますと明日のリハーサルには間に合いません」

　本当にぶっちゃけちゃったよ、この娘。

「それは……大丈夫なのかしら？　ミヨ」

「ええと、ただいま衣装方が不眠不休で頑張ってますのでぇ、前日までにはいけるはずです、多分」

　あと残り一週間となったところでドレスが間に合ってないとか本当に大丈夫なのだろうか、早くも心に秘めたやる気がくじけそうになる。

　とりあえず衣装方の皆が体をこわさないためにも、休みだけはしっかりと取るように伝えておく。

「なので、明日からの三日間はフィッティングの時の旧型のドレスを着るようにとのことでーす。まあ、ドレスの基本部分は同じですから、着心地だのってのは変わっていませんよ」

　じゃあ何が変わったのかと確認したかったのだけれど、それは内緒とばかりにミヨは口の両端を人差し指でぎゅっと押さえた。口チャックのつもりらしい。

　どちらにしても本番に間に合えばわかることなので、それ以上は突っ込むのは止めておこう。どうせミヨのことだ、自分から言い出さないことは誘導しても口を割らないのはわかっている。

　今はもっと話すべきことがあるのだからと、次にハンナへと顔を向ければ控《ひか》えていた場所から一歩前に出て静かに口を開いた。

「リリー様のご様子などについて、私へ尋ねてきた者に関しては、名前とその内容に日付、覚えている範囲で書き出しておきました。こちらに来てから思い出せる限りのもの全てでございます」

　渡された用紙は、几帳面《きちょうめん》なハンナらしい丁寧な字でびっちりと隙間《すきま》なく埋め尽くされていた。

　しかも、細かっ！　あんまり細かすぎて一瞬なにかの暗号かと思ったくらいだ。

　いくら人数が多いからと言っても、もう少し何枚かに分けて書いてもよかったんじゃないかな？

　頬の筋肉がひくひくするのを抑えながら、そこに書かれている名前を簡単にチェックしていくが、私にわかるほどの貴族の名前はあまりなかった。

「パッサー様、こちらに書かれている名前ですが、おわかりになりますか？」

「そう、ですね。ざっと目を通したところ、あのノバリエス元外交官ほど何度も接触してきた者はいないように思います」

「貴族の方々の名前は、案外とないものなのね」

「何かの意図がある者ならば、直接侍女に話を振るよりも誰かしら繋ぎを取るでしょう。こちらをお借りしてもよろしいでしょうか？　私どもの調べと照合して裏を探っていきたいと思います」

　なるほど。私の動向を気にしていないから名前がないという簡単な問題ではなかった。ハンナへ顔を向ければ、軽く目を閉じて会釈をしたので了解ととっていいだろう。

「どうぞ、お使いください。パッサー様」

私がそう答えを返すと、パッサー様は少し大げさなくらいの敬礼をした。

「パッサー様？」

「公女殿下、私のことはどうかパッサーと、呼び捨てにしていただきますよう」

うっ……言われてしまった……。いや、わかっているのよ。公女という身分、その上王太子であるアクィラ殿下の婚約者という立場で、配下の者に敬称付きで呼ぶのはどうかって。

でも知識ではわかっていても、二十近く年上の人を呼び捨てにし辛《づら》い。

あー、と考えた上で妥協策を申し出る。

「では、パッサー第二騎士団長と呼ばせていただきます」

役職なら大丈夫だ、ちょっと長いけどこれからそう呼ぼう。

これなら問題はないだろうと口にすれば、なんだか笑いを我慢しているような顔で頷かれた。

「…………はい。まあ、なんというか、いえ、わかりました」

え、なに？　大丈夫だよね。別に変な呼び方しているわけでもないはずだ、うん。ここは堂々としておこうと胸を張る。

そんな私の様子を見て、また少しパッサー第二騎士団長の顔が緩む。

「我々騎士団総員、アクィラ殿下と公女殿下の御身を守ることを誓います。公女殿下におかれましては憂いなく結婚の儀にあたられるよう誠心誠意努《つと》めさせていただきます、どうぞおまかせください」

「え、ええ……お願いしますね」

突然の宣言にちょっと驚いてしまった。元々パッサー第二騎士団長は私に好意的だとは思っていたけれども、勝手に騎士団全員分を誓っちゃっても大丈夫なのかと心配してしまう。

　まあそれだけの人望もあるのだろう。あのヨゼフだって信用できると言っていたし、ねえと顔を向けるとなんともブスくれた表情のヨゼフと目が合った。

「ヨゼフ？」

「はい、姫様。俺の番でよろしいでしょうか」

　そういうつもりで見たわけじゃなかったけれど、まあいいか。

　どっちにしてもヨゼフの話、つまり現在では『元』がついた外交官の話も聞かなければならない。お願いするわと声をかけると、姿勢を正したヨゼフが報告をしだす。

「ノバリエスはあれ以降一言も口を開いてはいません。ですから拷問《ごうもん》に……」

「ご……拷問って⁉　や……それは待って、待ちましょう、ね、ヨゼフ」

　いきなり怖い話になった。さすがにそれは百合香の記憶を持つ私としては了承できない。ぶるっと震える体を抑えて、ヨゼフの顔を見つめる。

「まだそう酷いものはしていませんよ。それに、一昨日アクィラ殿下よりストップがかかりました。何か考えがおありだそうで、後は指示待ちです」

　ああ、よかった。そう酷いものはという言葉には引っかかるけれども多少は仕方がない。少なくとも肉体的にも精神的にも追い詰められるということはないのだろう。

「それから、例のコレについてですが」

　そう言ってヨゼフは自分の剣を握った。つまりコレというのはヨゼフの剣の柄《つか》の中に隠してあるスメリル鉱山の権利書のことだ。

何かわかったことがあるのだろうかと身を乗り出すと、思いがけない言葉が返ってきた。

「もうすぐセル親父が来るんで、その時に詳《くわ》しく聞こうと思っています」

ん……なんて言った？　ヨゼフが言うセル親父って、セルビオ・ダイナーズ元騎士副団長のことよね。病気療養中なんじゃないの？　来るって、いつ!?

首を捻《ひね》る私に、ヨゼフは淡々と答える。

「結婚の儀に大公妃殿下が参列なされるんですよね。アクィラ殿下より、そう聞かされました」

「ええ、連絡があったわ」

「ですから、来ます」

だから、なんで？　という疑問は次のヨゼフの言葉に掻き消された。

「セル親父は元々が大公妃殿下の護衛騎士ですから、外遊ともなれば必ず付いてきますよ。たとえ本当に瀕死《ひんし》になろうとも、絶対です」

ん、ん？　モンシラ公国の元騎士副団長が、お母様の元護衛騎士!?

ええと、そんな話は聞いたことがなかったけれども…………いや待て待て、落ち着こう自分。リリコットとの記憶が融合し始めた今ならばちゃんと考えれば思い出せるはずだ。

十年前の外遊の時はどうだっただろうか。あの時は確か、海洋国家レフラソールの建国百周年記念式典の祝賀のための外遊で、お母様の生国《しょうごく》であるユレイシア王国と密な関係でもある上にレフラソールの元王女と友人関係でもあったことから、娘である私とメリリッサもモンシラの公女として初めての外遊公務に参加させてもらえたのだ。

深呼吸してゆっくりとあの時のことを振り返る。

生まれて初めて大きな客船に乗り訪問した国でメリリッサにつまらない意地悪をしかけられたこと、そしてそれがきっかけでアクィラ殿下と出会ったことが頭の中に浮かんできた。

それから深く記憶を手繰っていくと、レフラソールの元王女、つまりアクィラ殿下のお母様でもあるトラザイドの王妃殿下とお茶会をした時のことを思い出す。

……いた。そうだ確かに、お母様の後ろに影のように寄りそうセルビオ・ダイナーズ元騎士副団長の姿を、その思い出の中に見つけてしまった。彼はいつもの騒がしく楽しい副団長の顔を封印し、一《いち》分《ぶ》の隙もなく騎士服を身に付け、ただお母様だけを守るための剣となっていた。

初めての外遊とアクィラ殿下に浮かれていた私は、その時の元騎士副団長の様子についておかしいと思うどころか、全く何も気にしていなかった。

もし、ヨゼフの言っていた通りに病気の体を押してまでお母様に従ってくるということならば？

あのスメリル鉱山の権利書をヨゼフに渡したのは、元騎士副団長の意思というよりも、それはきっと――。

「お母様……？」

ぽつりと漏《も》らした自分の言葉に自分で驚いてしまった。けれども同時にそれが正解なのではないかとも思う。

いくら爵位を持つ騎士だとはいえ、私さえ知ることのなかったスメリル鉱山の権利の所在という公国の機密を知ったうえで、権利書そのものを手に入れるなどは不可能に近いはずだ。

しかしそれを渡したのが、大公妃という立場のお母様だったら？　ああ、そんなもの深く考えなくてもわかる。

事情を知っているハンナたちは、私が口に出した言葉で察したかもしれない。けれどもそこまでは知らされていないだろうパッサー第二騎士団長が何事かといった様子で声をかけてきた。

「公女殿下、何かありましたでしょうか？」

「いいえ。あ、そうね……今のヨゼフの話を、パッサー第二騎士団長からアクィラ殿下へと伝えてもらえる？」

「……よろしいのですか？」

私から話さなくていいのかと言外に含めるパッサー第二騎士団長は、やはり頭の回転が速い。

入れ替わりのことは聞かされてないにしても、悪評の押し付け以外にも何か事情があるだろうことを感じていながらも余計なことは言ってこない。

「ええ。パッサー第二騎士団長を信用していますし、できるだけ早く伝えてほしいの」

アクィラ殿下には今の話を伝えてもらえれば、それだけで十分理解されるだろう。そうお願いすれば、再度敬礼をすると私の部屋から足早に出ていった。

それが合図になったかのように報告会は終わり、各々自分たちの持ち場へと動き出す。ハンナがお茶をいかがでしょうかとすすめてくれたがそれを断り、一人にしてくれるように頼んだ。

どことなくそわそわとしたように見えたがあまり今は余計なことを考えたくない。

ただ、鉱山の権利書とお母様のことだけが頭の中でぐるぐると渦を巻いてそれに流されないようにするのが精一杯だった。

どうにかそれについて余計な考えに惑わされないようにと、やりかけの刺《し》繍《しゅう》枠を手に取ってみたものの、気がつけば勝手に手は止まってしまう。そうして窓の外をぼうっと見ているだけの時間を過ごしていた。どのくらい経《た》ったのだろうか。気がつけば部屋の中はとっくに薄暗くなり、指の中で動くことのない刺繍針の糸の色さえ見分けがつかなくなっていた。

ふっと息を吐き出して針山に糸を戻していると、寝室のほうから扉の開く微《かす》かな音が聞こえた。

振り向くと、銀糸の刺繍が施されたジャケットをきっちりと羽織ったアクィラ殿下の姿があった。

「アクィラ殿下……今日一日で約束を二回破られましたよ」

寝室側の扉を使って入ってきたことを少し茶化すように咎《とが》めると、アクィラ殿下は表情を緩めながら私の座るソファーへと近づいてきた。

「約束をしたのは、結婚の儀までは一緒の寝室を使わないということだけだろう？　部屋の行き来をしないと約束した覚えはないな」

「それは屁理屈《へりくつ》というものです。事実、今日までは一度も開かなかったではありませんか」

唇を尖らして言い返せば、そこにリップ音を立てて軽く合わせるだけのキスをしてきた。

「それは勿論《もちろん》、開いてしまえばいつでもこういうことがしたくなるからな」

あ、と思った時にはすでに殿下の顔は離れ、私の隣へと腰を下ろしている。本当に気障《きざ》な仕草だけど、それがまた凄《すご》く似合っている。下唇をきゅっと噛んで照れていると、そっと私の肩に殿下の手のひらが置かれた。

「パッサーから報告をもらい、ヨゼフの話も全て聞いた」

「そう、ですか。……申し訳ありません。ヨゼフもお母様がいらっしゃるという話を聞かされた時に、直接アクィラ殿下へお伝えすればもっと早く知ることができたのでしょうが……」

私の謝罪に首を振り、静かに言葉を続ける。

「いや、ヨゼフはリリーの護衛騎士だ。君の許しがなければ危険の回避以外は自ら動かないだろう。そうだな、恐らくは……ヨゼフの師と同じように」

その言葉に、胸がどきんと跳ね上がった。

ああ、やっぱりアクィラ殿下にもわかってしまったのだ。スメリル鉱山の権利書は、お母様からセルビオ元騎士副団長を通してヨゼフへ託されたのだということが。

肩に置かれた手に力が入る。何か言わなければと思いながら、何を言っていいのかわからないまま、自分自身の不安な心がぽつりと零れ落ちてしまった。

「お母様は、いいえ大公妃殿下は、一体何がしたいのでしょうか？」

「うん？」

「メリリッサが私に成り代わってロックス様と共にガランドーダへと行ってしまった時も、私が代わりにトラザイドへ来ることになった時すらなにも言わなかったのに。どうしてこんな、全て内密に済ましておくかのように権利書をヨゼフに持たせて……そんな、まるで、これでは……」

私はただの駒の一つじゃない……。

母親を知らない孤児の百合香と、母親は存在するが自分を見てもらえないリリコットの気持ちが絡《から》まり合う。

そうしてお母様への疑いの念を一つ言葉にしてみれば、どんどんと溢《あふ》れ出す思いが止まらなくなった。お母様のしていることは全てモンシラのためであり決して私のためではないのだと、薄々感じていたことが現実味を帯びてくる。

勢いのあまり、気持ちを吐き出そうとした私の唇にアクィラ殿下の指が重なりそれを縫い留めた。

「リリー、君がそう思うのも仕方がないとは思うが、私は逆だよ」

え？　アクィラ殿下のその言葉に耳を疑う。だって、だって……。

「確かに大公妃殿下は君たちの入れ替わりを見て見ぬふりをした。けれどもそのおかげで私はリリーとこうして再会して、結婚の儀を迎えることができる。しかも大公妃はここへ祝福にも来てくれるのだろう？」

「それは、そうだけれど……。でも、メリリッサだって一緒にここへ来てしまうし、そうなればそんな単純な話では……」

「私は、メリリッサの行動理念は案外単純なのではないかと思っている。周りの思惑がどうであれね」

それって一体……？

アクィラ殿下の言った言葉の意味を考えていると、殿下は空いている手で私のあごに手をかけてくいっと持ち上げる。

「何があっても大丈夫だと言っただろう？　だから、あまり変なことを考えすぎないように休んでいてほしかったのだけれどな」

「あ……それは、申し訳ありません」

そういえば本当は、今日は静かに休めと言われていたのにもかかわらず、自分からお願いをして報告会を開いていたのだった。それがもとで、こんなふうに思い悩んでしまったのだから怒られても仕方がない。

あごをアクィラ殿下の手で支えられているので、仕方なしに肩を竦《すく》めて謝れば、小さくくすりと笑いそのままおでこをこつんと当ててきた。

「では、このまま誓いのキスのリハーサルをしてくれれば許そう」

「は？」

「三日間のリハーサルではできないことだ。リリー、いいかな？」

なんとなく上手にごまかされているような気もしないでもないけれど、殿下の蕩《とろ》けるような瞳を向けられれば頷くしかない。

大丈夫、アクィラ殿下やみんながいれば、何があってもきっと大丈夫だ。

そんなふうに思いながらゆっくりと、アクィラ殿下が望むようにその唇へと自分の唇を重ねていった。


三日間のリハーサルの一日目を終えてからの感想と言えば『マジで倒れそう』に尽きる。

前日に知ってしまったお母様の企《くわだ》てのことは一旦置いて、気持ちを新たに頑張ろうと決めて起床したのだが、戦いはもうそこから始まっていたのだ。

自分では早起きのほうだと思っていたけれど、そんないつもの起床時間よりも三時間早く起こされ、『あれ？　まだ夜だよね』と思ったのも束《つか》の間《ま》、ミヨとハンナに大浴室へと連れ込まれて上から下まで磨き上げられた。

いやお風呂は好きだから、百歩譲ってそれはいい。それはいいけれどもそこから続き間の部屋のベッドに寝かされ、いつの間にか勢ぞろいしていた精鋭侍女たちによってエステメニューを全身に施される。ここで初めて、エステというものは受ける側も体力勝負なのだと知った。

それが終わると、はい次！　と悲鳴のようなかけ声と共に次の部屋に用意されていた化粧＆ヘアメイクの道具とミヨの出番となる。

周りをせわしなく動き回る侍女たちをアシスタントに、手早く美しく仕上げてくれるのはわかるのだが、私はすでにこの辺りで青息吐息と成り果てていた。

しかしまだまだ続くよと、ベルトコンベアの流れ作業のように、ミヨに連れられた着付け部屋でウエディングドレス（仮）とのご対面。ぎゅうぎゅうに締め付けられたコルセットにドレスやら後付けのレースやら宝飾品やらが重ねられていくのを見ながら、まるで自分が合体ロボットにでもなっているんじゃないかと考えるくらいには疲れていたようだ。

そして、その侍女たちによる四時間半の努力によって、元々可憐《かれん》な美少女であるリリコットはこれ以上ないくらいゴージャスな美人へと進化したのだった。

侍女たちのうっとりとしたため息の中、その瞳と同じ薄いブルーグレーのドレスに身を包んだファルシーファ様が私を迎えに来た。

「今から儀式のためのリハーサルとなります。準備はよろしいでしょうか」

その一言と共にあっという間に連れ出された私は、この後の流れを考えながら、朝ごはんっていつ食べられるのだろうかと、どうしようもないことを考えていた。

結果だけ言えば、私のその切実な思い、けれども私以外の皆からは優先順位の一番低い行為は夕方近くになって叶《かな》えられた。途中で砂糖入りのお茶は数回飲ませてもらえたのだけれども、咀嚼《そしゃく》がいるような食べ物は一切出してもらえなかった。

トライアスロンでも途中の補給食があるというのに、こんなに体力に自信のない私に補給食がないのはどう考えてもおかしい。そこは何かしら考えてもらいたいと切実に思ったのだった。

なんとか怒涛《どとう》の一日目を終えた私は、疲れ果てて何もしたくないとソファーへなだれ込む。

正直ドレス姿でソファーに横になるなど、この世界の淑女としてどうなのよと自分に突っ込みを入れながらも我慢ができなかった。

「姫様ぁ、とてもアクィラ殿下には見せられませんね。それ百年の恋も冷めますもん」

「ほっといてちょうだい、もう本当にダメ。足も腰も動かないから座れないわ」

宮殿内、あちらこちらを移動させられて本当にくたくただ。途中から急ぎすぎて競歩でもしている気分になった。明日明後日もこんな具合だったら、もう一度寝込みそうと首を振る。

「まあまあ、今日は姫様のリハーサルというよりも、実際はその準備や仕切りの人たちのリハーサルみたいなもんですからねぇ。ふぁいとぉー」

まるで気合の入らない応援をするミヨに注意する気も起こらない。

そう、今日のリハーサルは主にその流れを掴《つか》むためのものだったので、主役そっちのけでその段取りに皆やっきになっていたのだ。

そりゃあ王太子殿下の結婚の儀なんて一大イベント、宮殿で働いていても一生に一度あるかないかの大ごとだろうから、真剣になるのはわかるけどねえ。

なんて、寝転びながら考えていると、くくっ、と喉を押さえつけるような笑い声が聞こえた。

「悪いな、リリー。私が急に張り切り出したものだから、皆準備が追い付いていなかったようだ」

「で、殿下っ！　また、そこから」

一度部屋の間にある寝室の扉をくぐったせいで、あれから気安く入り込む癖がつきだしたアクィラ殿下が笑いながら私のところへと向かってくる。

痛む体を我慢しつつ慌てて姿勢を正してソファーに座ったけれど時すでに遅しだ。だらしない姿を全部見られたことに頭を抱えつつも気になったことを問いただす。

「準備が追い付いていないとは、どういうことですか？」

確かに皆やる気はあるものの、手際はあまりいいものではなかったかなと思っていた。

「本物のメリリッサ公女殿下が相手ならば、型通りだけ済ませておけばいいと考えていたのですよ、アクィラ殿下は」

一緒に付いてきたカリーゴ様がそんな説明をすると、アクィラ殿下はそっぽを向いた。

つまり本気でメリリッサとの結婚は形だけしかするつもりがなかったらしい。それなら、突然の指示に皆が張りきるわけだ。

じろりと非難するような目を向けると、わざとらしく咳払いしたアクィラ殿下がいたずらっぽく笑って私の手を取った。

「ところで、リリー。そこまで疲れているようならば、結婚の儀の披露の宴《うたげ》が終わり次第、二人で離宮へ向かうというのはどうだろうか？」

「離宮へ……ですか？」

離宮という言葉を聞くと、ハンナの顔が一瞬歪《ゆが》んだ。元々離宮はメリリッサを押し込めるための建物だったと聞いているからだろう。ハンナにとっては、あまりいい気分がしないのはわからないでもない。

「騎士たちの静養所にしたいというリリーの意向のことは聞いた。すでに陛下には内々に話も通してある。正式に許可が下りれば進めるつもりではあるのだが、その前に……」

医療改善の一環として、離宮をリハビリスペースとして使用できるようにお願いしたが、その後で温泉があると聞かされたのだ。それを聞いた時よっぽど、じゃあ取り消しますと口にしそうだった。

しかし、そこへ行くとなると……。

「もしかしなくても……温泉、ですか？」

期待を込めてアクィラ殿下の顔を覗《のぞ》き込めば、笑いを堪《こら》えるように口元を押さえながら頷く。

「ああ、静養所として使用し始める前に、一度ゆっくりと温泉に浸《つ》かりたいのではないかと思ってね。リリーはお風呂が好きだろう？」

「ええ、ええ。嬉《うれ》しいです、アクィラ殿下！」

ぶわっと気分が舞い上がる。それだけで一日の疲れがぐっと軽くなるようだった。

温泉！　ああ、懐《なつ》かしの温泉！

「ぜひお願いします。ふふ、凄く楽しみだわ。ねえ、アクィラ殿下」

勢いよく立ちあがりアクィラ殿下の両手を握り締める。

温泉！　温泉！　もう頭の中にはそれしかない。

ウキウキとした気分で返事をすると、アクィラ殿下もきらきらの笑顔を返してくれる。

「そうか、私も二人でゆっくりと温泉に浸かれるのを楽しみにしているよ、リリー。では急ぎ予定を調整しよう」

「はい！」

そう思い切り元気よく返事をした。

「本日はお加減がよろしいようで安心いたしました」

ファルシーファ様が昨日と同じ時間に着付け部屋へ私を迎えに来た。

うん、昨日の夕方とは違って、自分でもかなりいい調子だと思う。

まず、今日からエステマッサージは取りやめてもらった。お肌を毎日刺激しすぎるのは良くないし、直前に施術して肌に異常が出たら困るんじゃないかと言ってみたら、ミヨが賛同してくれた。

とりあえずエステ一式は結婚の儀の三日前に済ませるということで決着がついた。だからその分ゆっくりと眠れたし、体力も温存できた。それに何と言っても昨日あれからアクィラ殿下と約束をしたご褒美が気持ちを浮き立たせている。

「そうね、あれからしっかりと休みましたから」

ほほと笑って返すと、ほんの少しだけファルシーファ様の口元が持ち上がる。

「それでしたら、昨日はアクィラ殿下の御都合で流してしまった、儀式の細かい動作のチェックをいたしますね。本番でお間違えないように頑張りましょう」

相変わらず笑顔が怖い。鬼軍曹の笑顔だ。

……もしかしなくてもファルシーファ様って特訓とかに張り切るタイプだったのかな。ちょっと背中に冷たいものが走った。

うう、失敗するわけにはいかないから頑張りますとも。

時間通り儀式の流れにのっとって、着付け部屋から私を連れ出すと、まず予定通り最初の部屋へと入る。ここは昨日も一応入るには入ったけれども特にやるべきことはなかった。

というのも、本来ここで行われるのは引き渡しの儀という、衣装の着替えだったからだ。

「古くからの習わし通りならば、王族の方を立会人とされて、こちらにてお国の衣装からこちらで用意した結婚の儀の衣装に取り換えさせていただくのですけれども」

昨日そう説明を受けた。しかしとっくにトラザイドへと入ってきている私には今さらなうえ、現在の王妃であるアクィラ殿下たちのお母様やさらに先代王妃も狭いこの部屋でなど着替えをしていないという。あくまでも古式ゆかしき習わしであり、形骸化された儀式だった。

となれば単なる時間つぶしの控えの間みたいなものねと思いながらその扉をくぐる。すると何故だかその部屋から昨日はなかった、きゃあ！　と妙にはしゃいだ声が聞こえた。

「リリーお義姉《ねえ》様っ……いえ、公女殿下、とっても素敵ですわ」

頬を赤らめながら薄いピンクの可愛《かわい》らしいドレスに身を包んだアウローラ殿下がうっとりとした表情でこちらを見つめている。

「アウローラ殿下、なぜこちらに？」

「習わしにのっとりまして、王族の立会人をアウローラ殿下にお願いしております」

「お兄様がお帰りになってから、なかなか公女殿下にお会いできる機会がありませんでしたでしょう？　ですからわたし、立会人に立候補しましたの」

得意げなアウローラ殿下の言葉に頬が緩む。なるほど、特にやるべきことはないのだけれども慣例にのっとっているというわけか。昨日とは違い、今日は随分と本番に近いものを想定しているらしい。

それならば、それ相応の対応をするべく、姿勢を正す。

あらためて公女として挨拶《あいさつ》をするため、アウローラ殿下へと向かい合ったところで、その後ろにぴったりと立つ、首元をショールで覆っている地味な色のドレス姿の人物に目が釘付《くぎづ》けになった。

「イ、イ……イービス殿下？　何をしてらっしゃるのですかっ⁉」

「あ、もうバレた。やっぱり師匠の主人だけあって、目が肥えてるよね」

いやだって、かつらの髪型は女性のもので衣装もドレスを身につけているけれど顔がまんまだもの、そりゃあわかるって。

ねえ、と同意を求め振り返れば、珍しく呆気《あっけ》にとられたような顔をしたファルシーファ様がいた。

あれ、もしかしてわかってなかったのかな？　うーん、ミヨが指南しただけあって、確かに女性っぽくは見えるけど。

「化粧軽めでも、他は誰にも気がつかれなかったんだけどなあ。やっぱり師匠が言っていた通りに、色付き眼鏡を付ければよかったか。でもそれだとかえって目立ちそうで止めたんだよね、公女殿下はどう思、い……まぅえっ？」

アウローラ殿下がくすくすと笑いだし、イービス殿下が反省を語り出したのと同時に、ファルシーファ様がいきなり飛び出した。

え？　と思った瞬間にはすでにイービス殿下の首根っこを掴んで壁にドン状態だ。

「……そなたがイービス殿下だという証拠は？　リリー公女殿下やアウローラ殿下を騙《かた》ったとあれば万死に値するが、どうだ？」

そしてどこに隠してあって、どこから出したのかもわからない棒状の武器を目の前に見せつけた。

切れ長の美しいブルーグレーの瞳があやしく光る。

「ファルシーファ様っ！　いや、違う……違いますっ！　それ……そ、その方、本当にイービス殿下だから！　しまって、その物騒なの、ね、ね」

慌てて近寄ろうとしたけれど、ドスの利《き》いたファルシーファ様の「確認が取れるまでお待ちください」の言葉につい引いてしまった。

いや、本当にイービス殿下なんだけどなあ。

「待って、ファルシーファ嬢っ……これは、ちゃんと、兄上の許可を得ているから……う、苦し……離して」

「……アクィラ殿下の、ですか？」

喉に食い込むショールを掴み、息苦しそうなイービス殿下がなんとかそう伝えると、ファルシーファ様の腕が緩んだ。

「うっぷ……あー、そう、そう……。ここ一応名目上、介添人以外は王族しか入れないだろう？」

咳き込みながら話を続けるイービス殿下を見つめるファルシーファ様の瞳が怖い。

「外に護衛騎士は勿論配置されるけれども、最後の披露の儀式に使われる大広間以外はやっぱり手が少ないし。それだけに、公女殿下やアウローラに何かあっちゃいけないなって、オルロ兄上が言うからさあ、じゃあ俺がちょっと手伝おうかなって、思って……」

うーん、気持ちは買うけれども、さすがに女性であるファルシーファ様にもやられるようではお話にならない。というか、ファルシーファ様が素早すぎたのもあるけれどねえ。

うすうす感じてはいたけれど、かなり武芸をやっていたんだろうな。なんてのんきに考えていると、ベキッと何かが割れる音がした。

「つまり、アクィラ殿下の御指示ではないのですね」

手に持っていた武器が真っ二つになり、それを目《ま》の当たりにしたイービス殿下はこくこくと首を上下にただただ動かす。

「どうりで、頭でっかちな人間の考えそうなことです。オルロ殿下にお伝えくださいませ。ラゼロ家は王家の盾であり剣でございます。この私が抜かれるようなことがあれば、辺境伯の爵位と領地の全てをお返しいたしますと」

にっこりと笑うその姿は、まるで悪魔だった。

ええと、なにこれ？　表情だけじゃなくて言っていることも怖いんですけど。

「ファルシーファ様はラゼロ辺境伯家の跡継ぎでございます。ですが、なぜか昔から同じ年のオルロ兄上とは仲が大変悪くて……」

つつっと私の横に寄ってきたアウローラ殿下がこっそりと教えてくれた。なるほど、跡取りだからこそファルシーファ様はこんなにも強いのだろう。

オルロ殿下との仲の良し悪《あ》しは知らない、まあそこは今どうでもいい。

けれど絶対に、介添人っていうよりも護衛のつもりでファルシーファ様へ依頼したでしょう、アクィラ殿下ってば！

ファルシーファ様を護衛代わりの介添人役にと依頼したアクィラ殿下に言いたいこともあるけれども、今はとりあえず次の予定をこなすことに集中する。

引き渡しの儀の部屋を出て、次の部屋では用意された装飾品を飾り付けた。

真っ白な絹に、また白の絹糸で刺繍の施されたその装飾は、胸下はきっちりと、そこから腰にかけては緩やかにと巻きつけられる。

総レースではあるが形はシンプルなマーメイドラインのドレスのため、ちょっとしたアクセントというレベルではなく、結構目立つ代物《しろもの》だ。けれどもこれも必須の装飾だということは昨日の段階で知っていたので、されるがままにしておく。

それが終わりいよいよ次の懐剣《かいけん》の儀のための部屋に入ると、そこには先ほどまでの話題の人、オルロ殿下が一人で待っていたのだった。

懐剣の儀の名の通り、本来ここで短刀を渡される予定なのだが、昨日の流れの中ではこの部屋にも人はいなかった。ただ、模擬の短刀だけがぽつんと置かれてあっただけ。

しかし今、オルロ殿下がここにいるということは、引き渡しの儀と同じで王族の立会人が必要なのかもしれない。刀を渡すという儀式の内容から考えても、それだけ重要なのだと思う。

なんて考えつつファルシーファ様を覗き込めば、それはそれは苦虫を噛んでしまったような顔をしていた。オルロ殿下はといえば、それとは正反対にうっすらと微笑すらたたえている。

「公女殿下、お待ちしておりました。どうぞこちらへ」

「はい、オルロ殿下」

その呼びかけに答えると、はっとしたようにファルシーファ様が無表情に戻る。

またそれに気がついたオルロ殿下が鼻で笑うような仕草をするので、一瞬で般若《はんにゃ》の顔になるファルシーファ様……絶対にこれ、オルロ殿下に遊ばれている。

知的で真面目《まじめ》そうなイメージしかなかったんだけど、こんなふうに人をからかったりするんだね。

対応する人によって随分違うものだ。

って、これ仲が悪いんじゃなくって多分あれだよ、ねえ？

まあ、今ここで余計なことを言って波風を立てている暇はないので知らないふりをしておこう。

こほん、と咳を一つしてからゆっくりとオルロ殿下に向き直る。そうして念のためにと、この懐剣の儀でのやるべきこととその意味をもう一度振り返る。

「では、オルロ殿下。こちらでの懐剣の儀についてですが、間違いがないようにおさらいしてもよろしいでしょうか？」

「ええ、公女殿下。僭越《せんえつ》ながら私が今一度説明させていただきます。まず建国以来の習わしにより、我々トラザイド王国の王族は皆、公式行事の正装時には帯剣すべしと決められております。勿論それは男子だけでなく、女子も同じです」

神前結婚式なんかでも着物の装飾品としてあったよね、帯にさしている、あれ。

つまり、いざという時はそれで身を守れるようにっていうことだと思うけど。やっぱりこっちの世界ってその辺りはシビアなんだろうな。

「男子王族は長剣を腰に、女子王族は懐剣を胸の下に携えるのですよね」

「はい。ですから結婚の儀にて新しく王族となられる公女殿下には、この儀にて新しく懐剣を王国よりお渡しいたします」

そう言って静々と差し出された懐剣は、真っ赤なビロードで内張りされた箱の中で銀色に光り輝いていた。

「この鳥は……」

　懐剣の柄と鞘《さや》の彫刻は、あのプレゼントされた糸切り指輪や、アクィラ殿下がつけた仮面と同じ、鷲《わし》の模様だった。まさにアクィラ殿下らしい、大空の王者。

「兄上……アクィラ王太子殿下の紋です。公女殿下には、結婚の儀以降同じ紋を使用していただけることをお望みですから」

　ん？　なんだかその言い方だと普通じゃないように聞こえるんですけど？

「……もしかして、紋は一人一人違うものなのかしら？」

　恐る恐る質問をすると、変に息の合ったオルロ殿下とファルシーファ様が顔を見合わせて苦笑いする。なんで、そこだけ意気投合するかな？

「公女殿下のおっしゃる通りです。国王陛下と王妃殿下の紋は違うものですし、同時期に同紋の御方というのは、王国の歴史上ただお一組しかおりませんでした」

　ええと、はい。つまり普通じゃない、と。

　あんまり目立つことはしたくないのだけれど……と考えていると、オルロ殿下がとんでもないことを言い出した。

「紋は末期《まつご》の棺《ひつぎ》まで使用されますから、きっとそれが兄上の答えかと」

「…………は？」

「つまり、同じ棺に入るという覚悟、と言い直せばよいのでしょうか」

　同じ棺って……つまり、その……

「死せる時は同じに。と、同紋に決められた初代国王陛下とその王妃殿下のお言葉です」

　アクィラ殿下重いよっ！　重い、重すぎる。気持ちがもの凄く、ずしっとのしかかる。

死ぬときは一緒とか、どんな心中ものよ。……でも、やっぱりその重さが熱くてたまらなく嬉しくて頬が赤くなってくる。

茶化すようなことを考えても、全然その気持ちは萎《な》えることはない。

あー、ダメだなあ。私もう、本当にアクィラ殿下のことが好きで好きで、どうしようもないみたい。

当然、私も簡単に死ぬつもりもないし、絶対にアクィラ殿下にはそうなってほしくない。けれども、もしもそんな状況へ陥《おちい》った時には、この鷲の紋を思い出すだろう。

私の痛みは、アクィラ殿下の痛みとなる。

だからこそ、もう二度と傷ついてなんていられない。この私たちの紋に誓って、絶対に――。

ぎゅっと力を入れた拳《こぶし》をほどき、その差し出された懐剣を手に取ろうとしたところ、するっと目の前から消え去った。

「その……オルロ殿下？」

ん？　と一拍置いて前に立つオルロ殿下を見れば、懐剣の入った箱を両手で上げている。

渡してくれるんじゃなかったの？　と首を傾けると、申し訳ありませんと声がかかる。

「こちらは当日まではご内密に。公女殿下におきましても、あまり騒々しく取り沙汰されるのはお好みではないでしょう？」

まあ確かに。まだまだこれからあちらの部屋こちらの部屋と移動していかなければならないのに、この懐剣を身に付けていけばきっとなんやかんやと噂されるのは間違いない。噂好きな人ほど細かいところまでよく見ているものなのだ。

「ですから、今日のところは昨日と同じ模擬刀をお渡しいたします。こちらをどうぞ」

「わかりました。ありがとうございます」

そう言って渡された模擬の懐剣を、先ほどの部屋で飾り付けた絹の装飾にくくり付ける。

懐剣に巻いてある組み紐《ひも》を絡ませ外れないようにしっかりと胸の左下に付けていると、ファルシーファ様の険のある声がオルロ殿下を襲う。

「模擬刀でよいのならば、何ゆえこの場に運んで来られたのでしょうか。説明ならば口ですればよろしいです。まるで見せびらかすだけといった振る舞いは随分と幼稚に見えます」

うわぁ、トゲトゲしい。そんなわざわざ言わなくてもいいことを言ってしまうところは、あまりファルシーファ様らしくない。

どうもオルロ殿下のやることなすことが気に入らない様子だ。オルロ殿下のほうはといえば、そんな彼女の言葉にも全く気にすることなく懐剣の箱を閉じた。

「仕方がありませんね、ファルシーファ殿。これも、同紋の懐剣が仕上がったからには、すぐにでも公女殿下へ見せたいと言った、兄上の幼稚な独占欲の賜物《たまもの》ですから」

うっぐ……うん。そう、なんだよね。こうやって懐剣の紋の話を聞いて、現物を見せられれば、アクィラ殿下の気持ちを痛いほどに感じてしまう。

私も胸がじわりと熱くなり、その熱が頬まで上がってくるのがわかる。

だがしかし、ファルシーファ様には今一つピンとこないようだ。

「いや、私はアクィラ殿下のなさることが幼稚などというつもりはなく、あなたのその取り上げるような行動に苦言を呈しているのですよ、オルロ殿下」

いやそこ今はあんまり関係ないよね？　というか特に突っかかるようなところじゃないから。

落ち着かせようと口を挟もうとしたところで、オルロ殿下の呆《あき》れたような息がはーっと吐き出された。

「相変わらず人の心の内の機微に触れるのが苦手なようで、お変わりがないことですね。ラゼロ辺境伯の心境お察しいたします」

「なっ……！」

だーっ！　待て、待って！　ファルシーファ様がまたドレスのどこからか武器のようなものを取り出そうとした気配を感じて慌てて間に入る。

多分……恐らく、いや絶対に、ファルシーファ様のほうがオルロ殿下より強いよね。こんな結婚の儀を前にして、リハーサルで第二王子にケガさせることになったらマズいでしょ。

「ファ、ファルシーファ様っ！　ほら、そろそろ次に参りましょう。時間、ね。オルロ殿下、それではまた……ええと、当日よろしくお願いいたします。ではっ……」

両手を上下に振りまくって今何をするべきかを思い出させる。時間通りの練習大事！　と言い聞かせれば、さすがにファルシーファ様も姿勢を正した。

そうして失礼いたしますと静かにオルロ殿下へ伝え腰を折る。まあ最後にぎろりと一睨《ひとにら》みするのは忘れなかったようだけど、なんとか懐剣の儀の部屋からは無事退出することができた。

その後は、昨日と同様の道筋を辿《たど》りつつ、粛々《しゅくしゅく》と儀式をこなしていく。

神馬の像への礼拝だの、そのための神水での手を洗う禊《みそぎ》だの、トラザイド王国独自の儀式だが、その理由などを教えてもらいながらやってみると、なかなか感慨深いものがある。こうして一つ一つこなすことによって、徐々に気持ちがしっかりと固まってくるのがわかるのだ。

リハーサルの今でさえそう思う。きっと本番の結婚の儀ともなれば、その思いもひとしおだろう。

そうして最後の部屋まで辿り着くと、その扉の前で立ち止まる。

この部屋は、花嫁のお母様、つまりはモンシラ公国の大公妃殿下の控室だ。この部屋に入り、最後の語らいをして、そのエスコートによって大聖堂へと向かうことになる。

「リリー公女殿下？」

扉に手をかけたファルシーファ様が、動こうとしない私に向かい気遣うような声をかける。私はそれに軽く手を挙げて遮った。昨日入ってみたこの部屋は、一国の正妃を迎えるに相応《ふさわ》しく豪奢《ごうしゃ》で華やかに整えられていた。でも、今はまだそこに誰もいない。寒々しいだけの部屋だった。

お母様とここで対峙《たいじ》する日、その時、一体どういった話をするのか、話をしたいのか、まだ何一つ私の中では決まっていない。

お母様が私をただの駒の一つだと言い切られたら？　もしかしたら、メリリッサだけが幸せであればいいと言われてしまったら？　そんな想像だけでもぶるりと体が震えてしまう。

けれども、私は決めたのだ。たとえどんなことを言われようとも、私はトラザイドで、アクィラ殿下と一緒に生きると、生きていくと。

左胸の下に付けた模擬の懐剣に手を置き、ドレスの裾をひるがえして、くるりと扉に背を向けた。

「行きましょう、今日はここには入る必要はありません」

私のその言葉に、ドレスの裾を丁寧に直しながらファルシーファ様も何かを感じ取ってくれた。

「お時間にはまだ早いのですが……いいえ。アクィラ殿下は首を長くしてお待ちでしょう」

「ええ、私も早く会いたいわ」

そう言って私は、アクィラ殿下の隣に立つために大聖堂へ向かって足を進めていった。

宮殿の正面扉を抜ければ、そこには王家の紋章が付けられた馬車が用意されていた。

結婚の儀における誓いの儀が行われる大聖堂は宮殿の敷地内にあるとはいえ、裾の長いウエディングドレスを身につけて徒歩で向かうにはちょっときつい距離だから、これは大変に助かる。

乗り込む前にじっくりと眺めてみると、離宮へ視察に行った時のものとは違い、これでもかというほどに装飾が施された華美な馬車だった。

幌《ほろ》のようなものが付いているけれども、今はそれもかかっておらず屋根のないオープンな形になっていて、その大きさのわりに中はどう見ても二人乗り。そしてそれを引く二頭の馬たちも房のいっぱいついた鞍《くら》や手綱《たづな》など、随分と大げさに飾り立てられていた。

……なんかこれ、パレード仕様なんだけれど……大聖堂への移動用よね？

少しだけ嫌な予兆を覚えつつも、ファルシーファ様に促されるようにしてその馬車に乗り込む。

ふかふかの白いクッションが敷き詰められた座席は、思っていた以上に乗り心地がよくて大聖堂までの短い道のりでも、ゆっくりと足を伸ばせることにほっとした。

そうして所々に配置されている騎士や、仕事の合間に覗き込む下働きの顔を尻目に、私は大聖堂へと辿り着いた。

古く重厚なその大聖堂は、トラザイドの宮殿と同時期に建てられたという。つまりは、トラザイドの歴史と共にある、由緒正しい聖堂だと聞いている。

太陽の光を受けてきらきらと光るステンドグラスに目をやりながら、ゆっくりと馬車を降りればそこには、紺色のジャケットに身を包んだアクィラ殿下が悠然と立っていた。

「リリー」

「お待たせいたしました、アクィラ殿下」

緑の瞳を優しく細めながらリリーと呼ぶ声に、思わず私の頬も緩んでしまう。

差し出されたその手にそっと手を重ねれば、今日も美しいなと褒《ほ》めてくれた。殿下こそ、と返しながら大聖堂の中へと入る。

そうしてどこか懐かしいような香りに包まれた厳《おごそ》かな建物の中、祭壇正面に待つ聖司教様の前へ静かに進んでいった。

「本日のところはあくまでも予行ですので、お気を楽にしてくださいませ」

「ありがとうございます、聖司教様。なにぶんにも慣れぬ身ですが、精進したいと思いますので、ご教示のほどよろしくお願いいたします」

私が静々と教えを請《こ》うと、優しい笑顔を返してくれた。それからアクィラ殿下へと顔を向ける。

「王太子殿下におかれましては、良き伴侶をお迎えすること喜ばしく存じます」

「ああ、その台詞《せりふ》以上に私の心を表すものはないな。聖司教殿、よろしく頼む」

白く長いひげの聖司教様が笑顔を見せ、「それでは」の一言で儀式のリハーサルが始まった。

「では、大聖堂での誓いの儀の後は、アクィラ殿下もこちらの馬車に乗っていかれるのですか？」

「そのつもりだが、何か？」

聖司教様から教えをいただいた誓いの儀のリハーサルが終わり、さていよいよ最後に披露の宴が行われる、宮殿の大広間へ戻る段になって、そう伝えられ驚いた。

そもそも昨日のリハーサルではアクィラ殿下は参加しておらず、大聖堂も宮殿内から場所を教えてもらっただけにとどまっていたから、その辺りの予定は全く知らなかった。

やっぱりこうやって一回通しでやってみることって大事よね、うん。

そんなふうに頷いていると、アクィラ殿下はさくさくと私をエスコートして二人乗りの馬車に乗せる。

あれ？　これでは介添人として付いてきてくれたファルシーファ様はどうやって戻るのだろうか？

私の疑問は口に出さずとも、察してくれたファルシーファ様が口を開く。

「本日も当日も、私はカリーゴ殿と共に、他に用意した馬車にて後ろを付いていきます。ですから公女殿下には心置きなくパレードへご出発くださいませ」

あー、そうか。結婚の儀の当日は、誓いの儀が行われるこの大聖堂には他国の招待客や王国内の高位貴族が参列する。当然その中にはファルシーファ様の父親であるラゼロ辺境伯もいるわけだから、そこまで心配することもなかったんだよね……って、出発？　え……え？

パレードぉおっ⁉

「き、き、聞いてないんですけれど⁉　殿下、まさか……？」

あんぐりと開いた口がふさがらない。予定では、誓いの儀が終わり次第、大広間へ移って披露の宴が始まるはずだ。そう尋ねようとして、口をぱくぱくと動かしていると、私の頬をむにっと掴んだアクィラ殿下が、ごまかすように肩を竦めた。

いやいや、何しているのよと、袖を引っ張るが、全く気にしていない。

それどころか「そのためのリハーサルだ」とうそぶく。そんなアクィラ殿下の代わりに、今日もしっかりと付いてきているカリーゴ様が答えてくれた。

「王族の結婚の儀では皆、王都へのパレードを行うのが慣例なのです。ですから、公女殿下にもぜひ前例に倣《なら》ってほしいとのことです」

つまりこれも、相手がメリリッサの予定だったから入れずにすっ飛ばしていた慣例らしい。

ああ、もう。なんて現金で、それでいて……可愛い人なのだろう。

相手が私だからこそ、きちんと全てを執り行いたいと好きな人に言われてしまえば、嬉しくないわけがない。

ただあまりにも急な変更はこっちも心臓が持たないので、そこは一言だけでも言っておく。

「もう他には、私を驚かせるようなことはありませんね？」

「おそらくは……ないな」

にやりと笑いかけウインクするアクィラ殿下の姿は、胸がぐっと詰まるほど格好いい。

アクィラ殿下が手を軽く挙げると、それを合図に馬車が走り出す。しばらくの間私たちは、宮殿の敷地内でリハーサルと称した馬車のドライブデートを楽しむことにした。

「……三日間のリハーサルではなかったのでしょうか？」

「リリーのやるべきことは、もう一通りは済んだだろう？　最後の一日は、主に料理人たちが披露の宴で出すための料理や、騎士たちの警備の配置訓練のために当てられているだけだから、ゆっくり休むといい」

宮殿敷地内を回る馬車の中で、明日も今日と同じような時間でいいのかと確認をすれば、明日はもういいから休めと言われた。なんで？　と食いつくと、まあそんな理由らしい。

　確かに実際に動くには一度本番と同じようにしてみるのが一番いいというのは身に染みてわかっているので、そういった時間が皆同じようにとられているのはいいことだと思う。

　けれども、警護はともかく、料理？　まさか全部本番通りにというわけじゃないよね？　だって、披露の宴ともなれば、私がトラザイドへ来て出席したパーティーの比じゃないはずだ。それをリハーサルだからというだけで全部作るの？

　私の口元が引きつったのを見て、アクィラ殿下は肩を竦めた。

「言っておくが、リハーサルと言うからには一通り本番同様に作らせるぞ。そうでないと意味はないからな」

　あ、やっぱり。でもなあ、さすがにそれは勿体《もったい》ないと、ぶつぶつとくさる。王族の面子《メンツ》があるのは十分承知している。しかも王太子の結婚の儀だし……でも、やっぱり勿体ない。

　そんな気持ちがだだ漏れしていただろう私の頬を、アクィラ殿下がまた軽く掴んでふにふにと揉《も》む。

　なんか最近、気に入ってない？　それ。

「実際に料理を作らせるが、日持ちのしないものは今晩から明日の食事として宮殿で働く者や警護の騎士たちに振る舞うことになっているし、日持ちのするものならば教会やその庇護下《ひごか》にある者たちへ王太子妃の名で送る手配をしたから心配しなくてもいい」

「あ……ありがとうございます……」

　なんだ、ちゃんと考えてくれていたんだ。しかも、私の名前……というか王太子妃として送ってくれるだなんて。私の気にしそうなことを、さらっとやってのけるアクィラ殿下の気持ちが嬉しくて腕にぎゅっと縋《すが》りついた。

珍しく私からくっついてきたことに、ちょっとだけ驚いたようなアクィラ殿下。

でもすぐに蕩けるような笑顔を向けてくれた。そうして木々に囲まれた木漏れ日の中で、啄《ついば》むようなキスをする。

「リリー……。可愛い。好きだ」

「私もです、アクィラ殿下」

ふふっと笑いあっていると、ふいに目の前が開け宮殿が姿を現した。そろそろこの馬車デートも終わりかと思うと少し寂しく思う。ドレスの様子を見て、どこもおかしくはないかと確認していると、隣のアクィラ殿下からも、はぁと小さなため息が零れた。

「残念だな、もう終わりか」

「そのようですね。でも楽しかったです。乗り心地も凄く良くて、風もとても気持ちよかった」

そういえば、この世界でこんなに風を切るような感じを受けたのは初めてだった。

今まで馬車といえば屋根のついた箱型のものばかりで、ここまでオープンな馬車は乗ったことがなかったからだ。

前世の世界だったら自転車でいつも感じていた風も、この世界では意外にも贅沢《ぜいたく》なものなんだななんて考えていると、ふと思い出した。

あの離宮でカリーゴ様に見せてもらった、二輪馬。あれならばそれなりに楽しめるんじゃないだろうか？

この結婚の儀のためのオープンカーならぬオープン馬車はそう簡単に乗ることはできないだろうけれど、あれなら頼み込めばいけるかもしれない。離宮に行った時にアクィラ殿下に聞いてみよう。

そんなことを考えているうちに宮殿の馬車溜《だ》まりに静かに馬車が停車した。アクィラ殿下のエスコートで馬車を降りれば、ぎゅっと手を握ったまま明日の予定を伝えられる。

「明日は会いに行けそうもないが、予定は先ほど言った通りだ。リリーはゆっくりと休むように」

「はい。あ、アクィラ殿下はお忙しいのでしょうか？」

「ああ、祝い事につきものの雑事が多くてな。軽微の受刑者への恩赦《おんしゃ》の手続きから、勲爵士《くんしゃくし》の授爵《じゅしゃく》もある。明後日からはそろそろ他国の招待客も集まり出すから、その前に全て終わらせなければ」

招待客という言葉にドキリとしたが、敢《あ》えて何もないように振る舞った。そんな私の虚勢などアクィラ殿下にはお見通しだろうが、それでもそうすることに意味があるのだと思う。

「そんなわけだから、体を休めておけ。体調を整えておくのも務めだ」

「わかりました。それでは殿下こそ、くれぐれもご無理をなさらぬように」

「勿論。リリーのためにも」

アクィラ殿下は握った私の手のひらを口元へ持っていくと、指先にキスをした。

名残惜《なごりお》しい気持ちもあるけれども仕方がない。私たちの後を他の馬車で付いてきたファルシーファ様に連れられて、今日最後のリハーサル、披露の宴のためのドレスへ着替えるために足を進めた。

「終わった……終わった、あー……足が、痛い」

「それではリリー公女殿下、私がおみ足をお揉みいたしましょう」

「え？　いいえ、それには及びません。ファルシーファ様は私の介添人なのですから、そんなことまでされなくてもよろしいのですよ」

　二日目のリハーサルが終わり自分の部屋に帰ると、ファルシーファ様がきっちりと後に付いてきてしまった。どうやら護衛代わりの介添人だということが私にバレてしまったので、カリーゴ様と相談して、結婚の儀までそのまま宮殿に泊まり込むことに決めたらしい。

「リリー公女殿下、私は王国の至宝を守るためにここにいることを許された身です。マッサージでも、目に余るものの排除でも、なんなりとお言いつけくださいませ」

　……ファルシーファ様、開き直ったな。

　さてどうしようか、と頭を捻っているとハンナとミヨが私たち二人分の夕食をワゴンに載せて戻ってきた。

「姫様ぁー！　今日も賄《まかな》い方では姫様のお噂でもちきりでしたよぉ」

　今日は馬車に乗って散々アクィラ殿下と一緒にいるところを見せて回ったのだ。色仕掛けだのなんだのと言われてもおかしくない。

　ははん、いい加減慣れたものだ。どんとこい、悪評！　そんな気分でぐいっと顔を上げた。

　……ら、思っていたのとなにか違った。

「姫様とアクィラ殿下のラブラブっぷりをー、最初は微笑《ほほえ》ましく見ていたんだけれど、いつまでもいちゃいちゃしてるもんだから、途中から痛々しくて見てられないって！」

　悪公女ではなくて？　……って、痛々しいってなに⁉

「あのね、ミヨ。それって本当に賄い方のほうでの噂なの……？」

「はーい。あんなところでちゅっちゅしてるもんだから、皆ちょっと呆れてましたぁ」

「え、待って……ちょっと、どこからどこまで見られていたのよっ!?」

「最初っから最後までじゃないですかねえ」

ひぃいいいい！　木々に遮られていたからこそ油断していた。

そうだよね。たいしたことでもないのに噂があっという間に広まるこの宮殿の、あんなオープンな場所でキスをしていれば見られても当然だった。

ん？　しかし、なんだかミヨの口調がニヤニヤしているし、なんとなく今の台詞の感じだと、あまり悪意は感じられないのだけど……。

「ねえ、微笑ましいって言っていたのは、本当かしら？　その、悪公女、とかって……」

「微笑ましかったのは最初だけですけどね！」

わかっているっていうの。そこまで強調しなくていいから。

「後はもう、甘さにあてられてたみたいですよぉ。皆、お腹《なか》いっぱいって顔してましたもん」

……悪公女が殿下を誑《たら》し込んでいるとは思われていないってことでいいのかしら、それって。

今までの噂の広まり方からしても、ちょっとだけ納得できない気持ちで目をつぶると、ファルシーファ様の冷たい声が聞こえた。

「元々そんな噂が蔓延《まんえん》するほうがおかしいのです。たとえモンシラ公国で何があろうとも、アクィラ王太子殿下のご伴侶としてリリー公女殿下が嫁《か》されることに対して、不満のごとき流言語るなどもってのほかです」

うん、全く根拠のない嘘《うそ》ではないのが否定しきれないところだ。

しかも、メリリッサが来ると思っていたアクィラ殿下のやる気のなさがその噂に拍車をかけていたようだったし……。

ファルシーファ様はついこの間まで王都から遠い辺境伯の領地にいたから、私の噂は全く聞いていなかった。勿論父親であるラゼロ辺境伯は他国の貴族から話だけは聞いていたようだけれども、実際王都に着き仮面舞踏会で私に会ってみるまでその話は一言もしなかったということだ。

つまり一切の情報なしに私と会い、その上で仲良くなってくれた友人なので、私の悪い噂にはもしかしたら私以上に腹を立てているかもしれない。

「ここまでそのくだらない噂が蔓延したのも恐らくは、アクィラ殿下の目に留まりたいという、どこぞの令嬢やそのおとり巻きの仕業でしょう」

そう言って、上手くノバリエス元外交官に使われたナターリエ様やドーラという侍女のことを暗に指した。それに関して言えば納得できるところもあるし、全てを安易に頷けるかといえばそうでもない部分もある。

そもそもナターリエ様は侯爵家の令嬢だから、貴族のご令嬢たちへ噂を広めるのは簡単だっただろう。実際、仮面舞踏会でのご令嬢たちの様子を見ても大体変わらない。

けれども宮殿内の下働きにといえば絶対に無理がある。

あのドーラという侍女も下位貴族の令嬢でありアウローラ殿下に付き従う以外の仕事はほとんどなかったらしい。そんな腰かけ侍女が、下働きのところへ行って噂をばら撒く？

ううん。うちのミヨみたいに貴族令嬢らしくない人間ならいざ知らず、なんとなくしっくりこない気がする。

……そういえば彼女たちはあれからどうなったのだろう。

部屋荒らしのことは聞いていたらしく、ファルシーファ様が彼女たちのその後の話を教えてくれた。

「ナターリエ嬢は、表向きは病気療養ということで、兄と共に領地に戻られたようです。初めはバスチフ侯爵が責任を取って連れていき謹慎されるとおっしゃっていたようですが、それは王太子殿下がお止めになられました。監督不行き届きの責を取るのならば、王国のために仕事をしろと」

確かに、結婚の儀を前にして侯爵に謹慎されては、何かがあったかと勘繰《かんぐ》られる。バスチフ侯爵が何も知らなかったのならなおさらだ。

「侍女は、確かゾイドー男爵家の三女でしたか。そちらは侯爵家ゆかりの修道院へ送られたと聞いております」

「そう、修道院へ……」

「リリー公女殿下のお部屋を荒らし、王太子殿下からの贈り物を盗んだとあっては、これ以上軽い刑になることはございません」

百合香の感覚ではちょっと厳しいかもという考えもよぎったが、それくらいで済んだのならば軽いほうだと、安堵《あんど》するリリコットもいる。徐々に二人の考え方もリンクしてきている気がする。

「ですからあまりお気になさらぬように」

「ええ、わかっているわ」

ファルシーファ様の労わるような声に、言葉を返す。けれどもやはり一つのことが頭に引っかかったままだった。

一体、誰が下働きのところにまで私の噂をばら撒きにいっていたのか？

ナターリエ様やノバリエス元外交官ほど実害があったわけではないのだけれども、妙に気になって仕方がなかった。

しかし一晩寝てしまえばまた慌《あわ》ただしい朝が始まる。

今日のリハーサルについて、私は特にやることはないとアクィラ殿下に言われてはいたものの、宮殿内で皆がばたばたと動き回っているのを見かけてしまうと、なんだか気分だけでもソワソワとしてしまう。

特に本番同様の料理を作る賄い方の忙しさは凄まじいものであったらしい。あのミヨでさえ、鬼気迫ってて皆ヤバいですと言っていた。

だとしたら、本当に今日は大人しく部屋にいたほうがいいのだろう。ここのところ忙しすぎる日々を送っていたから、急にそう言われてもなかなかゆっくりとできない気分だが仕方がない。

さあ、ゆっくりと……って、何をすればいいのかな？

そんな矛盾じみたことを考えていると、いつの間にかファルシーファ様やアウローラ王女殿下が私の部屋へと遊びにくることになり、気がつけば一緒にお茶をして昼ごはんまで食べていた。

それから散歩といって連れ歩かされた先にはオルロ殿下がいて、ファルシーファ様と険のある言葉で応酬し合う。本当にこの二人、どうにか節度を持って話し合ってほしい。

そこへイービス殿下までもが乱入してきて、俄然《がぜん》周りが騒がしくなってしまった。

……あれ、ゆっくりってなんだったっけ？

なんとか二人を引き離そうとしたがそう簡単にはいかなかった。そもそも護衛もできるほど強いファルシーファ様を非力な私が動かそうとするのが無理。

だからもうこの二人、いや三人は放っておいて、アウローラ殿下と二人で先を進むと、今度は訓練中の騎士見習いの子たちにどわどわっと囲まれた。

うわっ、なにこれ？　と一瞬腰が引けたのだけれども、彼らが「おめでとうございます！」と結婚のお祝いの言葉を一生懸命口にするのを聞いてぽかんとしてしまった。

こうして直接伝えられるだけでも、騎士見習いになった甲斐があっただの、僕らの特権です、家族に自慢しますだの、そんな言葉も一緒になって話すその顔は、繕《つくろ》ったり媚《こ》びたりするような表情ではなく、本当に心から喜んでくれているのがわかる。

　確かにこの子たちの中には、ヨゼフと派手騎士ルイードとの模擬戦や、診察室の視察の時に顔を合わせたことがあった子もいる。特に、ヨゼフの戦い方には騎士見習いの子の多くが興奮していたようだったから、その主である私のことも色眼鏡で見ないでくれたのだろう。

ええと……どうしよう。ちょっと涙が出そうになるくらい嬉しいんだけど。

悪公女と噂され、いくら自分では気にしないと強がってはいたものの、やっぱり心の中ではわかってもらえないことに寂しさや辛さも感じていたのだ。

それがそんな噂を知っているのにもかかわらず、こうして私へと優しい言葉をかけてくれる人も大勢いるのだと知って心が震えた。うん、凄く、凄く、嬉しい。

でも、こんな人前で泣くわけにはいかない。だって私は公女であり、そしてアクィラ殿下の元へと嫁《とつ》ぎ、この国の王太子妃となる。だからこそ、人前で泣いてはいけない。

ぐっと力を入れて我慢をする。……いや、違う。

我慢をするんじゃない。心に溜まったこの気持ちをそのまま皆に向けて返すのだ。

自分でも最上といえる笑顔をのせて、丁寧に、それでいて決して媚びることなく、与えるような気持ちで——。

「祝福をありがとう。あなた方も良き騎士となり、トラザイドと愛する全てのものを守る、力強きものとなるように祈ります」

そう伝えると、それまでガヤガヤと好きなように動き話していた彼ら騎士見習いの姿が一変した。私たちを取り囲むように立っていたのを止め、目の前に整列し直した。そうして全員が胸に手を置き、地面に片膝《かたひざ》をついた。

「え？」

ちょっと、そこまでしなくても、という気持ちで、立ち上がるようにと手を差し出すと、何故か私の後ろから声が響いた。

「公女殿下がそなたらの気持ちを受け取られた。その御手をそなたらの心に繋げよ。そして忠誠を誓うがよい」

「はっ！」

はあぁっ!?

一斉に声を上げ、恭《うやうや》しく頭を下げる騎士見習いたち。

え、忠誠とか、嘘でしょ？　何を言ってくれるの、この声は？

見たくないような気持ちでギギギと首を捻ると、そこには狩った獲物を美味《おい》しくいただいた猛獣のような笑顔のファルシーファ様と、半分呆れ顔のオルロ殿下が立っていた。

ついでに、オルロ殿下のその隣には面白いものを見たとでもいうようなイービス殿下もいる。

「ファルシーファ様っ！　い、一体、何を……」

「リリー公女殿下、よろしゅうございました。まだまだ若い騎士見習いなれども、彼ら全て公女殿下へ忠誠を誓うものです。これからは私が彼らを鍛え、一騎当千の騎士に育て上げます。どうぞお任せくださいませ」

何言っちゃってるんですかぁあ⁉

いや、おかしいでしょう？　だって、騎士見習いの子だよ？　これから騎士となって、色んなところに配属なり、貴族の専属となっていく、未来ある子どもたちでしょうに。

それを全員私の騎士にするとか冗談でしょ？

もし本気で言っているのだとしたら、ファルシーファ様ってとんだ脳筋だ。今日一番の笑顔のファルシーファ様に、私の冷や汗が止まらない。

おかしい、私はお祝いの言葉にありがとうと返しただけだったのに、どうしてこうなったのだろうか。

ここは派手にケンカになってもいいからオルロ殿下になんとかしてもらったほうがいいかもしれない。

期待半分、懇願半分の視線を向ければ、仕方がないですねと言いたげなため息を吐くのが見えた。

そうだよね、この子たち全員だなんてそんな無茶ぶりが通じるわけがない。さあ、言ってやってくださいと、心の中で両手を合わせた。

「ファルシーファ殿、この中の数名はすでに公女殿下の騎士として任務に就くことが決まっています。

ですが、その指揮を取るべき人物はあなたではありませんよ。そもそも騎士爵を持たないあなたに指揮権はございません」

「……辺境伯家の跡継ぎである私以上に相応しいものがいるとは思えませんが？　それに、現在騎士爵を持つ方々はすでに各団長、副団長の役職に就いており、兼務は難しいでしょう」

　強気に出るファルシーファ様。

　いや別に私のための騎士団なんていらないんですけど。

　そう口を開きかけたところで、ファルシーファ様と向かい合ったオルロ殿下からとんでもない言葉が飛び出した。

「ええ、ですから本日の勲爵士の授爵にて、新たな騎士爵が誕生いたしました。公女殿下もご存じの、ヨゼフ・マリス騎士は我がトラザイド王国の騎士爵を賜《たまわ》ったのです」

　…………え？

　オルロ殿下、今、何て？　ん？　んー……と、確か、ヨゼフが騎士爵を、とかどうとか？　あは、ははは、まさか……冗談でしょう。ねえ？

　思いっきり現実逃避に走っていると、なんとも釈然としないといった声でファルシーファ様がオルロ殿下に問いかけた。

「ヨゼフ殿？　公女殿下の護衛騎士の方ですね。確かですか、オルロ殿下」

「私は授爵について戯《たわむ》れなどは申しませんよ」

「……そうですか、わかりました」

　ああ、そういえばヨゼフはこれからのことで、成すべきことを成すようにと、アクィラ殿下にも言われていたっけ。

　でもまさか、それが騎士爵の授爵だなんて思いもよらなかった。

　そもそもいくら他の爵位と違って世襲制ではないと言っても、そんなに簡単にもらえるものなの、騎士爵って？　私の護衛騎士だけど、モンシラの騎士なんだよね。

　これはすぐにでも確認してみないといけない。私は、アウローラ殿下たちに断りを入れ部屋に戻ることにした。


「もう伝わってしまったらしいな、リリー」

「…………ええ、そのようですよ。殿下」

　今日は会えないと言っていたにもかかわらず、夕食の後でまた寝室側の続き扉からやって来たアクィラ殿下へ向かい、できるだけ感情を込めずに答えた。そうしてプイっと顔を背《そむ》ける。

　あれから部屋で色々考えてみると、ヨゼフが賜る騎士爵については正直私が関知できるものではないなということで落ち着いた。

　色々と制約がある中で認められたのだろうから、それはいい。けれども考えがまとまるのと同時に、授爵されるまで私に何も言ってこなかったということにはとても腹を立てたのだ。

　私がヨゼフの主なのに。主だったのに。

　それが授爵によって、正式にトラザイド王国の騎士となってしまった。それが悔しくて、アクィラ殿下への返事もそっけなく返してしまう。

「まったく……まさかオルロが口を滑らすとは思わなかった」

「それはあまり関係ございません」

ファルシーファ様との売り言葉に買い言葉で滑ってしまったことだ。でも私は、もっと早く、人からではなく直接教えてもらいたかった。そうであれば、今こんなにも寂しい思いはしなかったのに。

「しっかりとした場を持とうと思っていたのだが仕方がない。ヨゼフ――」

そう名を呼ばれ部屋に入って来たヨゼフの姿を見て、息が止まるレベルで驚いた。

金糸の飾りが付いた紺色の丈の長いジャケットに、同色のマント。肩にかけられた深緑のサッシュには騎士爵の称号である勲章が輝いている。

トレードマークの赤い髪も綺麗に櫛《くし》が入っているようでツヤツヤだ。モンシラから着ていた簡素で動きやすさだけが取り柄の騎士服を着ている時とは違って、三倍増しで格好よく見える。

「……ヨゼフ？」

化けるとでもいうような見事な騎士ぶりに、思わず首を捻ってしまった。

するとヨゼフは、つかつかと足音を立て私の前に出る。腰に下げていた剣を鞘ごと抜き取り、剣先を天に向けるように立ててマントをひるがえすと、ストンと軽い音を鳴らし、そのまま私の足元に片膝をついた。

そうして私の目をじっと見つめ、それから静かに、それでいてとても響く声で朗々《ろうろう》と宣誓の言葉を紡ぎ出した。

「騎士の誇りをここに捧《ささ》げます。億千万の敵を蹴散《けち》らし、還《かえ》るべきは我が主の元に――永遠の忠誠を誓うことをお許しください」

手首をくるりと回し、両手に持ち替えたヨゼフの剣が私の前に差し出される。

どうしよう。これはどうしたらいいのだろうか？　ああ、模擬戦の時、ルイードがナターリエ様へと似たようなことをしていたことを思い出す。

あの時、なんと言っていた？　……いえ、これは私――リリコット・カシュケールとヨゼフの誓いなのだ。私の言葉で私の思いを告げなければ意味がない。

すうっと息を吸い込んで、きゅっとお腹に力を入れる。そうして差し出された剣に右手を添えた。

「我が剣、我が騎士よ。永遠に守護することを許します――一生、側に仕えなさい、ヨゼフ」

そうして剣をぎゅっと握りしめると、固く引き締められたヨゼフの口の端が上がる。

「勿論。そうでなければあれだけ面倒くさい所作や、こ難しい口上など必死になって覚えてまで、わざわざ騎士爵など賜りませんよ」

そう言って、いつものように肩を竦め飄々《ひょうひょう》とした表情を見せた。

主従の誓いを済ませると、それまで静かに見守ってくれていたアクィラ殿下がいつの間にか私の横に付いていた。そこでこのヨゼフの授爵について話を聞かせてもらった。

この授爵にはヨゼフのお父さんのお兄さん、つまりボスバ領主、マリス卿《きょう》の意向があったということらしい。ボスバールがトラザイドに併合することになった時、ボスバ領は王であったヨゼフの伯父《おじ》さんが治め、ヨゼフのお父さんは男爵位を賜りボスバ領の窓口となって、徐々にボスバの閉鎖的な意識を変えていくという話がついていた。

しかし、それをよしと思わなかったヨゼフのお父さんの出奔《しゅっぽん》が状況を狂わせたという。

「まあ、そのツケを払えと、伯父貴に詰められたってわけです。親父が素直にお貴族様になっていれば、いつまでも閉じた世界にいなくてよかったんだからな、と」

つまり、まずはヨゼフに騎士爵を戴《いただ》かせておいて、王太子妃になる私の護衛をこなしているうちにおいおい男爵位あたりを授爵させようという魂胆らしい。

そこで、授爵に必要な後見人にはボスバ領主が、推薦人の貴族二名にはラゼロ辺境伯と、婚約披露のパーティーで私のことを妙に気に入ってくれた騎士団のヨーク総団長がなってくれたということだ。

トラザイドにおいての武の二大巨頭の推薦を受けたことにはかなり驚いたが、模擬戦において若手でも有望視されていたルイードに圧勝したこともそれなりに加味されたと聞いて、こうなると何が幸運に転ぶかわからないと思った。

つまり、これがヨゼフの言っていた『年寄りの願い』ということなのか。たった一人取り残されたヨゼフに、親戚との繋がりが残っていてよかった。

「それならば、今後ともマリス卿とよく連携し合って、よき方向へ運んでね」

「はいはい、わかりました。そのつもりです」

相変わらず適当な答えに、それでもうんうん、と頷きながら聞いていると、アクィラ殿下が嘘を吐くなとヨゼフを茶化す。

「お前は騎士爵がなければ、公の儀式でリリーの護衛に付けないと知ったからこそ必要になっただけだろう」

ん？　……そんな、まさか。

疑わしい気持ちでヨゼフを覗き見れば、こっそりと舌を出していた。

ヨゼフ……あんたって人は、本当に、ほんっとうに、残念な男だ。でも、悔しくなるくらい頼りになる男よね。

もうこうなったら、願い通りきっちりと守ってもらうから覚悟してちょうだい。

そうして騎士爵を賜ったヨゼフは、それに見合った責任も課せられたようで、今後は王太子妃となる私のための騎士団の長となることが決まった。オルロ殿下がフライングで伝えてしまった通り、騎士見習いから数人騎士に昇格させて配下に置くそうだ。

他にもアクィラ殿下のための第二騎士団より熟練者たち幾人かを移動させ、さらにはなんとあの派手騎士ルイードも療養から復帰した折には私の騎士団へ入団となる予定らしい。

わーお、ビックリ！

「カリーゴによれば、ルイード・バルクスは騎士の誇りを台無しにされたところをリリーに助けられ、随分と心酔しているようだからよく忠誠を誓うだろう。それに伯爵家の四男ということで貴族の事情にも明るいから、ヨゼフの補佐をさせるつもりだ」

「一回ぶちのめしましたから扱いやすいんじゃないかなと思って、拾ってやりました」

アクィラ殿下とヨゼフはうっすらと笑いながら、二人してなんとも酷い台詞を吐き出した。

つまり、あの模擬戦が原因で落ちた評判と、失った職に代わるものを与えるから働けよ、という意味だ。上司は脳筋で突拍子もないことをし出す恐れもあるので、その首輪でもあるらしい。

頑張れ、ルイード。……ちょっとだけ可哀想な気もするけれど、アクィラ殿下と私の期待に立派に応えてほしい。

私は、これから護衛をしてくれることになる騎士の健闘を祈っておいた。

全く思いがけないことの連続で驚くほど速く時間が過ぎ去っていき、とうとう結婚の儀まであと三日となった。

朝、私は今までになく落ち着かない気分でいつもよりもかなり早く目を覚ました。

今日の午後には、モンシラ公国の大公妃殿下であるお母様と、私の双子の姉、メリリッサがこのトラザイドへとやって来る。それも、第二公女リリコットとして。

そのことを考えれば考えるほど、何か重いものがのしかかるような気がしてどうしようもなく不安になる。

ハンナたちを呼び出すこともせずに、ゆっくりとベッドから起き上がり、部屋に備え付けられている大きな姿見の前に立った。寝間着姿の今、当然だが化粧っ気の一つもなく、きらびやかなドレスやアクセサリーなども身につけていない。それでもこのリリコットの姿は美しいと思った。

柔らかなピンクの髪がふんわりと肩にかかり、白い肌に潤《うる》んだ青い瞳、通った鼻筋からサクランボのような唇まで、どこをどう切り取っても目を見張るほどの美しさだ。

そのうえここへきてアクィラ殿下への想いを自覚し、恋の喜びを知った。

本来ならばその愛《いと》しい殿下との結婚の儀を控えて浮き立つはずの気持ちが、ふとした時に、しゅっと、音を立てて沈んでいく。それもこれも、全ては彼女のせいだ——。

「メリリッサ、あなたは一体何を考えているの？」

離れればなれになったとはいえ、たったの四ヶ月。相変わらず私たちは瓜二《うりふた》つのままだろう。

鏡に映る自分の姿にメリリッサを重ねてそう問いかけると、何故か自分の意思に反して顔を横に背けてしまう。

まるでメリリッサに対峙しているかのような不安に蓋《ふた》をして、ぐっと拳を握り締めもう一度鏡を覗けば、そこに映っているのは頼りなく泣き出しそうな顔をしたリリコットがいた。

『――怖いの。怖くて仕方がないの』

「そんなことない。毅然《きぜん》とした態度でいればいいのよ。この結婚に、メリリッサは異議を唱えられないわ。だって、そんなことをしたら自分だって身の破滅だもの」

『――違う……そうじゃない。でも』

「どうして？　八歳の私はそんなこと言わなかった。もっと気が強くて、私を虐《いじ》めるメリリッサのことを子ども扱いしていたじゃない。覚えてないの？　それでも怖い？」

『覚えているわ、でも、怖い。だって、あの、……、が――』

「え、何？　なんて言ったの？」

ただひたすらに怯《おび》えるリリコットが顔を歪めて消えていく。それと同時に目の前の鏡に映るのは、紛《まぎ》れもなく今の私の姿だった。

私にはまだまだ思い出せていない記憶が多いから、一体何があったのかわからない。けれども確かにリリコットの心に傷をつけた出来事はあったのだと確信をした。

そのためにリリコットはこうやって自分を追い詰めていったのだろう。ゆっくりと、自分の首を絞めていくように。

初めてこの世界で覚醒した私は、とてもメリリッサに腹を立てていた。

それはもう、リリコットに起こる全ての理不尽の元凶《げんきょう》がメリリッサだと知れば知るほどに、一発ぶん殴ってやりたいくらいに。公女？　淑女？　そんなことなんて気にしない、いつか絶対にやってやると、何かがあるごとに思っていた。

けれどもリリコットの記憶と同化し始めた私には、いつの間にかメリリッサのことを恐れる感情が確かに芽生え始めていたのだった。

　正直に言えば私だって、彼女と会うことには不安が付きまとう。それは、アクィラ殿下との結婚を邪魔されるかもしれないという明確な理由だけでなく、単純な恐怖も感じる。

　だから今は彼女の気持ちを否定はしない。ただ、それでも――。

「負けてなんていられない。傷ついてなんかやらない」

　大きく息を吸い込んで、自分自身に誓った。

　そうして鏡の中をもう一度見直す。少しフライング気味だけどいいだろう。

　ベッドの横に置いてある、普段鳴らしたことのないベルを鳴らせば、ハンナとミヨが慌てて寝室へと入って来た。

「さあ、今日は未来のトラザイド王国王太子妃に相応しいという装いをお願いするわ。完璧に仕上げてちょうだい」

　私のその言葉に、二人は大きく目を見張らせたが、やはりミヨが真っ先に食いついた。

「姫様！　やる気満々ですねっ！」

　勿論、ある意味今日が勝負の時でしょう？　だから、思いきり気張ってあげようじゃないの。

「先手必勝よ。まずは、私が以前の私じゃないことを、誰かさんに教えてあげないとね」

第六章　対決

特別豪奢《ごうしゃ》な馬車が二台といくつかの馬車が連なりこの宮殿の門をくぐったと連絡を受けたのは、昼食後の軽い休憩《きゅうけい》中だった。その報告を持ってきたヨゼフがアクィラ殿下の伝言と一緒に告げる。

「大公妃殿下のお出迎えは王弟ハトラー公爵が、宰相を伴ってなさるそうです」

「そう、無事に到着なさってなによりです。では、私は出迎える必要はないのね」

気合を入れて支度をしたのに、ちょっとだけ肩透かしを食らってしまった。

「まずは旅の埃《ほこり》を落としていただき、大公妃殿下を主賓《しゅひん》に迎え、王家と姫様によるささやかな晩餐会《ばんさんかい》を催すと」

「わかりました。それではそのように支度します。……あの、ヨゼフ？」

「なんでしょうか、姫様」

淡々と受け応えるヨゼフがあまりにも普段と変わらないので、もしかしてメリリッサがお母様に付いてくるといったのは誤報だったのかと思い聞いてしまった。

「……メリリッサたち、は？」

私のその言葉を聞くと、嫌そうに顔を歪《ゆが》めて「あー」と低い声で唸《うな》るような声を出す。

「ガランドーダのド派手な紋章つけた、ゴテゴテな馬車でくっついてきたみたいですね。アクィラ殿下は、姫様の姉と大国の王太子とはいえ、来賓でもない飛び入りに本日の晩餐会に席はつくらないと言っていましたよ」

それでいいの？　大丈夫なの？　メリリッサについてはまだいい。けれどもいくら予定にすらない招かれざる客だとしても、仮にも大国ガランドーダの王太子相手にその態度はどうなのか？

「ま、国王陛下が了承したのだから大丈夫でしょう。本日の晩餐会はごく内輪のものだとアクィラ殿下が説明に行くそうですから」

それはそれで少し心配だ。ガランドーダのロックス殿下は黒髪に青い瞳といった理知的な見た目に反して、結構な直情型だった。リリコットがメリリッサに迫害されると訴えられるや否や、真っ先に私に向かい糾弾《きゅうだん》してきたのだ。それもメリリッサに騙《だま》されているのも知らずに。

ふー、とため息が漏《も》れる。いくら好きでもなんでもない相手とはいえ、あの断罪パーティーのことは思い出しただけでも胸がキリリと痛みだす。

「とにかく今日のところはまず、お母様とだけ話をすればいいということね」

「そういうことです。いくらなんでも奴らと儀式前までに一度も会わずに済むというわけにはいかないと思いますけど。何か仕掛けてくるようなら全力で排除しますんで、姫様は見て見ぬふりしてくればいいですよ」

相も変わらない、いつも通りのヨゼフに笑ってしまった。たとえ大国の王太子であろうとも、本当にやりかねない。

さすがにそれは国家間問題に発展してしまうから、やりすぎには注視しておかないと。

「そうね、ただお手柔らかに。一応あれでもガランドーダの王太子殿下なのだから」

私の言葉にヨゼフが珍しく大きく目を見開いた。そうして、ぐふっ！　と吹き出すと、歯を見せて笑い出した。

「では姫様の言う通り、柔らかく絞めることにします」

続けて言う言葉がもの凄《すご》く不安だけど、一応意思は通じた……のよね？

「トラザイド王国の繁栄とモンシラ公国の興隆《こうりゅう》に」

「繁栄と興隆を」

晩餐会の席で国王陛下が杯《さかずき》を挙げると、テーブルに着いた全員が杯を手にして復唱する。

そのテーブルには、主催として国王陛下夫妻が上座と言うべき一番前の席に向かい合って座り、国王陛下の右隣に本日の主賓であるお母様が座った。

その向かい側、王妃殿下の左隣にはアクィラ殿下が、そしてその隣が私の席となる。

私の左隣にはオルロ殿下が座る。その向かい側にはアウローラ殿下が座り、右隣にはイービス殿下が座った。

ここまでは想像がついた。けれども驚くことに私が思ってもみなかった人物が一人参加していた。

その人物はモンシラ公国からの大使という立場でお母様と一緒にトラザイドへ入国してきたわけだけれども、正直「え、なんで？」そう思わずにはいられなかったのだ。

お母様の右隣に座り、私の真正面の席に着く人物、それは――。

「公女殿下におかれましては、大変ご健勝のことと存じます。モンシラ公国を代表いたしましてあらためて結婚の儀の恙《つつが》なき成功をお祈りいたします」

「あ、りがとうございます……コザック男爵」

顔がヒクつくのを必死になって押しとどめる。そう、お母様をエスコートして晩餐会の席に着いたのは、モンシラ公国より結婚の儀に参列するための特派大使に任命されたルーク・コザック男爵——つまり、ミヨの実の父親だった。

えええ、知ってた？　ミヨはこれ知っていたの？　……あー、多分知っていたよねぇ。

このトラザイドで手広く商売をしているルカリーオ商会は、コザック男爵家のものである。実際、私がお金を借りたいといった時にも、あっという間に連絡を取っていた。そんな濃い繋《つな》がりのあるルカリーオ商会だ。どうやっているのかは知らないけれども、遅くともお母様が出発した時点でその話は通っていたに違いない。

でもだとしたらどうしてそのことをミヨは教えてくれなかったのか。また一つ、ミヨに対する疑問が増えた。そんな納得できない思いを持ちながら、焦《こ》げ茶色の髪に、ミヨとよく似た茶色の瞳のコザック男爵を見る。

大公宮殿からほとんど出ることがなかった私は、あまりコザック男爵に馴染《なじ》みはない。銀行業務のように、市井《しせい》で行われる仕事とは縁がなかったからだ。

しかも男爵という爵位で政《まつりごと》の職務についていない彼は、本来ならば特派大使として選ばれることはない。けれどもこうやってお母様と並んで座る男爵はとても自然だし、エスコートも妙に堂に入っている。そしてその後ろに立つ、元騎士副団長セルビオ・ダイナーズ子爵とも何かしらの意思疎《そ》通《つう》ができているように見える。

本当にわけがわからない。そんな思いで口にする晩餐会の食事の味だってわかるはずがない。

心臓がどくんどくんと音を立てるのを必死で取り繕《つくろ》いながら、私はなんとか無事にこの場が終わることをひたすら待つしかなかった。

「では明日の午後ではどうかしら？」

「え？　あ、はい……？」

用意された食事の皿が全て終わり、普通ならば移動して食後の酒やお茶などをいただこうという頃合いで、お母様から言葉をかけられ驚いて変な声が出かけてしまった。

色々と考えることが多すぎて、全然周りの話を聞いていなかったのだ。

「お茶のお誘いよ。あなたたちも姉妹でつもる話もあるでしょう？」

うっ、とうとうきたか……。いえ、どちらにしてもメリリッサとはいつか膝《ひざ》を合わせなければならないのだから早いほうがいい。そうでないと私の気合も擦《す》り切れてボロボロになってしまう。

「ええ、本当に久しぶりですね。楽しみにしています」

にっこりと作り笑顔を見せながら答えたが、上手《うま》くいっただろうか？

震える手を止めるためにドレスをぎゅっと握りしめると、その上にアクィラ殿下の手のひらがそっとのせられた。

弾《はじ》けるようにアクィラ殿下へと顔を向けると、いつもと変わらない緑の瞳が私を見ていた。そうして、その手をぽんっと軽く叩《たた》くと、ゆっくり向かい側のお母様へと声をかける。

「それは楽しそうですね。よろしければ私もご一緒して、挨拶《あいさつ》をさせていただきたいのですが？」

「アクィラ殿下……」

「まあ、家族水入らずのところをお邪魔するつもりなの？　アクィラ」

その言葉を聞きつけた王妃殿下が咎《とが》めるように声を上げたが、アクィラ殿下はなんとも澄ましたような態度をとる。

「別に構わないでしょう。あちらも婚約者同士、わざわざ我が国に付いて来られるほどに離れがたいようでした。私も同様ですよ。せっかくの機会、どうせならば義理の兄弟として親睦《しんぼく》を深めたいものです」

全く心のこもっていない台詞《せりふ》を、白々しくものたまうアクィラ殿下を尊敬する。

それが本気なら、今日だってここに席を作ってもてなしているはずだ。そんな突っ込みをのみ込んでいると、対面から小さくクスリと笑う声が聞こえた。

「それもそうね。ではあの二人には私から伝えておきましょう。アクィラ殿下、明日を楽しみにしておりますわ」

「ありがとうございます、大公妃殿下」

アクィラ殿下のお礼に合わせ、お母様がナプキンで口元を拭《ぬぐ》う。それを合図に、主催の国王陛下が晩餐会の終わりを告げた。今日はゆっくりと休むのでここで失礼するといったような言葉と共にお母様が立ちあがれば、王妃殿下も惜しみながら賛同する。

そしてお母様は私の目を見ると薄い微笑《ほほえ》みをたたえながら優雅にこう言った。

「あなたもゆっくりとおやすみなさい」

……いや、無理ですって。

まさかのコザック男爵の登場で、考えることが山積みになった。そうでなくても明日のメリリッサとロックス殿下とのお茶の時間のことを思うだけでも簡単には眠れないだろう。

唯一の救いといえば、アクィラ殿下が一緒に付いてきてくれるということだけど、それだって場合によっては逆に作用するかもしれない。

晩餐会場から部屋へとエスコートしてくれるアクィラ殿下の横顔をちらりと覗《のぞ》き込む。さっきからアクィラ殿下も全くといっていいほどこちらを見ることもなく何かを考えているらしい。

どうしよう、声をかけていいだろうか。

悩みつつ戸惑っていると、突然立ち止まった殿下が指先だけでカリーゴ様を呼び寄せた。静かに近づいたカリーゴ様の耳元に何かを囁《ささや》くと、軽く礼をしてそのまま音もなく去っていく。

一体何を告げたのだろうかと思っていると、今度は口に出してヨゼフの名を呼んだ。

騎士爵を賜《たまわ》ったヨゼフは、今まで私の護衛騎士という立場だけでは入ることを許されなかった王家の人たちが揃《そろ》う場であっても、護衛として側《そば》に仕えることができるようになった。

つまり先ほどまで開かれていた晩餐会にも護衛としてしっかりと私の後ろに立っていたのだ。

「お前の師匠とは話はできたのか？」

アクィラ殿下のその言葉に、両手のひらを上に向けて自嘲《じちょう》するように小さく鼻を鳴らす。

つまり、トラザイドへ入国してから接触を持とうとしたもののそれには至らず、まだあのスメリル鉱山の権利書について話が聞けていないということだ。

「儀式までには話を聞いておきたい。理由はどうあれ、お前がそれを持っているのを知っている人物だからな。捕まえられるか？」

「…………経験値が違いますからね。意志を持って逃げられたらちょっとキツイです。あと、病気なんて嘘《うそ》っぱちでしたよ、完全に騙されました。どう見ても健康体でしたから、どうでしょう」

ヨゼフにしては随分と消極的な答えだった。

そうか、そんなに難敵なのか。さすがはヨゼフの師匠と言うべき人物。ていうか、病気のために騎士団を退団したっていうのも嘘って、一体どういった理由で動いているの？

本当にコザック男爵といい、セルビオ元騎士副団長といい、お母様の周りにいる人物が怪しすぎる。

「ああ。だがこれは重要なことだ。どうしても頼みたい」

「はぁ……、セル親父をですかー」

今一つ乗り気にならないといった声で頭を掻《か》くヨゼフと、眉間《みけん》に皺《しわ》を寄せるアクィラ殿下。二人の視線が私のほうへと向けられた。

えっと……もしかして、私に何か言えと？　えー、だって、ヨゼフが難しいって、さあ……。もごもごと口ごもる私に容赦《ようしゃ》なく刺さる視線。うー……わかった、わかりました。

「ヨゼフ……が、頑張って！」

そう言って、両手で握りこぶしを作る。こんなことしか言えない自分がちょっと情けないし恥ずかしい。けれどもこの状況ではこれくらいしか無理。顔を赤らめて、もう一度ぐっと力を入れると、何故だか男二人で頷《うなず》き合った。

「仕方がないですね。なんとかしてみます」

「頼んだぞ、ヨゼフ」

どうしてこれでヨゼフがやる気になってくれたのかはわからないが、やってくれるというのならば素直にお願いをする。おそらくあの元騎士副団長は、慣れているヨゼフでなければ相手にするのは難しいだろう。

でも、無理はしなくてもいいからね。

いざとなったら、私がお母様に直接対決してもいい。それくらいの強い気持ちを持って明日に臨もう。

今朝になってメリリッサたちとのお茶会は屋外で行うと聞かされた。アクィラ殿下エスコートのもと辿《たど》り着いた先は、以前アウローラ殿下がお茶会を開いたあの場所だった。

一人で散歩にも来たことがあったけれど、その時よりも木々が整え刈られたおかげでかなり見通しがよくなっている。丸見えというわけではないけれども、その気になれば宮殿側からも様子が窺《うかが》いやすい。

「人目が気になるか、リリー？　しかしこれならばメリリッサも余計なことはできまい」

「あ……ええ、そうですね」

メリリッサがどんなことを仕掛けてくるかわからないから、それを避けるためにもアクィラ殿下は人目につきやすい場所を選んでくれたのだろう。こうして私のために時間を取ってくれるだけでなく、色々と考えを巡らせてくれる。

けれどそのくらいで、あのメリリッサがうまいこと引きさがるだろうか？　という思いも消しきれない。

自分をよく見せることだけは長《た》けているメリリッサが、多少の制約はあれども私と直接対面して何もしてこないだなんて、そっちのほうが考えにくい。

「それに、万が一この場で何かをしでかせば、遠慮なく放り出せるだろう。あのいけ好かない連れと一緒に」

ぷっ！　アクィラ殿下のその言いぐさに、ついつい吹き出してしまった。

いけ好かないって、ロックス殿下のことよね。まあそれについては私も全面同意するけど。

「っ……アクィラ殿下、少々言葉の選び方がヨゼフに似てきていらっしゃるようですけど」

なんだかボスバ領へ同行させてからというもの、妙にアクィラ殿下とヨゼフが仲良くなっている。

そういった意味を添えると、肩を竦《すく》めて片目をつぶる。

「私の言い方など可愛《かわい》いものだぞ。なあ、ヨゼフ。お前がヤツのことを評して口にした台詞を、一言一句違《たが》えずにリリーへと教えてやろうか？」

「やめてくださいよ。姫様の耳が腐って落ちます」

「ははっ。それは大問題だ、やめておこう。この美しい耳にはいつまでも私の愛の言葉を聞いてもらいたいからな」

そう言いながら私の耳にかかる髪を一房くるりと指にかける。

何気に惚気《のろけ》てくれるアクィラ殿下に対して頬を染めつつ、一体どんな酷《ひど》い悪口をのたまったのか、ちょっとだけ気になったのは内緒だ。

なんとなく面白い気分になって、笑いながらアクィラ殿下と共にテーブルへ到着すれば、そこにはお茶の準備を済ませたハンナ、ミヨ、そしてファルシーファ様が侍女服姿で立っていた。

って、いや、ファルシーファ様っ！　あなた侍女役……ってダメでしょう。

これはきっとまた護衛のつもりなのだろう。実際、私の後ろに付くヨゼフよりも、テーブルに付く侍女たちのほうが動きやすいこともあるだろうけれど、ちょっとばかり過保護がすぎないだろうか。

しかもここは辺境伯邸というわけではないのだから、いくらなんでもファルシーファ様に侍女の真似はさせられない。

ぐっと目に力を入れてファルシーファ様を睨《にら》んだが、どこ吹く風といった体《てい》で頭を下げられた。

じゃあ私以外に止めてもらおうと隣に立つアクィラ殿下に顔を向けたが、端整な顔に有無を言わせないくらい綺麗《きれい》な笑顔をのせて、話を聞いてくれるつもりはなさそうだ。

足元に視線を落として、はぁあと大きくため息をつくと、ふいに周りの空気が変わるのがわかった。どこか肌にピリリと刺さるような感覚。穏やかな木陰の中で、不自然なほどの冷たさを覚えた。

ゆっくりと顔を上げ自分の正面を見すえれば、柔らかなパステルブルーのドレスに身を包んだメリッサがロックス殿下の腕に手をかけエスコートされて歩いてくる。

その隣にはお母様が艶《あで》やかな赤いドレス姿で、護衛騎士セルビオ元騎士副団長を連れている。今日はコザック男爵のエスコートはないようだ。ちらりとミヨを目の端で窺うが、澄ました顔でハンナの隣に立っている。

昨日の夜、着替えの時にそれとなくコザック男爵が特派大使として来たようだと話を振ってみたが、あっけらかんと「えええー、そうですかー。出世したんですかねぇ？」などと的外れなことを口にした。

それがまたいつもの口調で話すものだから、本当に知らなかったのかと一瞬思わされたけど、やっぱり違うと思う。堂に入りすぎて今までわからなかったけれども、このミヨの粗暴なものの言い方はどこか演技も入っていると思うようになってきたのだ。

まあ、とにかく今はミヨやコザック男爵のことよりもまず、目の前の問題に取りかからなければならない。

　大きく息を吸い込んで静かに呼吸を整えていく。アクィラ殿下に支えられた手のひらが、きゅっと握られるのに押されるように挨拶の声を上げた。

「ようこそいらっしゃいました、お母様。昨晩はゆっくりとお休みになられましたか？　それから、……リリコット。そしてロックス殿下。あのパーティー以来ですから四ヶ月ぶりでしょうか？　お久しぶりですわね」

「まあ、もうそんなに経《た》ってしまったのかしら？　それでも全くお変わりなさそうで安心しましたわ、メリリッサお姉様」

「あなた方も相変わらずのようですね。さ、どうぞお座りになってください」

　私の発した先制パンチは、面の皮の厚いメリリッサには何の効力もなかったようで、それはそれはにこやかな笑顔で躱《かわ》された。

　若干《じゃっかん》ロックス殿下の頬が引きつったようにも見えたけれども、それも一瞬。

　お茶会の椅子をすすめると、羽の生えたような軽い所作で淑《しと》やかに椅子の隣に立つ。エスコート役のロックス殿下がその椅子を引くと、メリリッサはドレスの裾をふわりと波立たせて座った。こうしているだけならば全く害のない美少女に見えるのにと思う。

　セルビオ元騎士副団長に椅子を引いてもらったお母様も席に着いたので、私とアクィラ殿下も着席する。

　丸テーブルの私の隣にはアクィラ殿下とお母様、対面側にメリリッサとロックス殿下といった席順だ。姉妹なのだから本来ならば隣に並んでつもる話もあるだろうが、生憎《あいにく》と私とメリリッサはそんな甘い姉妹関係ではない。彼女がどんな思惑でここトラザイドへ来たのかを知るまでは油断などできるものではないのだ。

そうやって全員が席に着くと、ハンナたちが静かにお茶のトレーを運び始める。しばらくの間、茶器の音と鳥のさえずりだけが静かなＢＧＭのように聴こえるだけ。

そんな中、挨拶からたわいもない話がぽつぽつと交わされお茶会が進んでいく。

このまま誰も余計な言葉を発しないでお茶会が終わればいいのに、そんな無理な願いは当然叶《かな》うわけもなく、メリリッサによってあっさりとそれは破られる。

「あら、メリリッサお姉様。新しい侍女を付けていただいたのね？　よかったわ、心配していたのよ。あなたったら、たった二人しか連れていかなかったのだもの」

ハンナとミヨ以外の侍女、つまり侍女服姿のファルシーファ様を見つけて、嬉《うれ》しそうに話す彼女は、知らない人が見れば姉思いの妹にしか見えない。

けれど声を大にして言いたい。どの口が言うんですか、と。

入れ替わりしたうえでこっちに悪評を擦《なす》り付けたから、ハンナとミヨしか付いてきてくれなかったのだ。それを知っていてその台詞が出るというのは、厚顔《こうがん》無恥《むち》というよりももはや病気なんじゃないかと思うレベルだ。

ぐっ、と噛《か》みしめながら一つ間を空ける。メリリッサのテンポに乗せられてはいけない。

「ふふ。ハンナとミヨはとても頼りになりますから。それに、トラザイドの皆様には大変よくしていただいているので十分なのよ。郷に入っては郷に従えというでしょう？　ねえ、アクィラ殿下」

少しばかり話を盛っておく。最初のうちはほったらかしで、ホラーハウスみたいな部屋にとじ込もっていたということを、わざわざ教えてあげる義理はない。

「そうだな、彼女たちの下に付いて従う侍女の選定は終わっている。それから、ヨゼフの配下になる王太子妃のための騎士団の団員も、だ」

「……あら、そうなのですね。随分と厚遇されているようで、私も嬉しいわ」

まるで思ってもいなかった台詞を耳にしたからなのか、一瞬の間が空いた。

もしかして、自分が婚約者だった時との待遇の違いを察したのだろうか。

手紙で色々とおねだりをしていたようだけれども、モンシラにいたころにはその願いは全くといって聞き入れられてはいなかったようだ。

そのうえ、今日のこの台詞やアクィラ殿下のエスコートからも思うところがあったのかもしれない。

そんなことを考えていると、メリリッサは慈愛に満ちた笑顔をアクィラ殿下へと向けた。

「でもメリリッサお姉様は少しだけ気難しいところがありますから、よく気をつけてあげてくださいね、アクィラ殿下」

さりげなく心配をするふりをしながら私を落とすことにしたようだ。科《しな》を作り、意味ありげな視線をアクィラ殿下へと送るメリリッサ。

清々《すがすが》しいほどまでの『お前が言うな』案件に乾いた笑いしかでない。

正直、この場でそれを信じているのは多分、メリリッサの横で苦虫を噛みつぶしたような顔をしてお茶を飲んでいるロックス殿下くらいなものだろう。

……ん、苦虫？

そういえば、ロックス殿下はこの場についてからというもの、表情は硬く、そして挨拶以外はろくに言葉を発していない。これは一体どういうことなのだろうか？

「私の婚約者はとても素直で可愛らしいですよ。気難しいところなど……ああ、私が愛を囁くとすぐに照れてしまうところくらいでしょう。あとは、」

「ア、アクィラ殿下っ……今しているのは、そんな話ではありませんよ」

　他に気を取られていたらいつの間にか惚気られていた。

　顔を赤くしながらアクィラ殿下を止めようとすると、逆の隣側から突然楽しげな笑いが起こる。

「ほほほ。仲がよろしいことで安心したわ。あなたがモンシラで手紙のやり取りをしていたころのアクィラ殿下とは大違いよね、メリリッサ」

「……は？　いいえ、その……っ、はい……」

「噂《うわさ》では、アクィラ殿下はこの婚儀に乗り気ではないと聞いていたのだけれども、この様子ではそんなことはなさそうね」

　なんという追撃。当然だがお母様は私たちが入れ替わっていると知っている。その台詞を私にかけるふりをして暗にメリリッサにぶつけたのだ。

「噂ほど当てにならないものはありません。そう思いませんか、大公妃殿下？」

「本当に。あなたもそう思うでしょう？　ねえ、リリコット」

　そう、メリリッサへと顔を向けて静かに尋ねるお母様。まるで本当の悪公女が誰なのかと問い詰めているように見える。

　一国の正妃として政務にたずさわってきただけあって、その言葉に圧を感じた。さすがのメリリッサもこれでは何も言い返すことができないのでは？　そう思った私はまだまだ甘いらしい。

「ええ、本当ね！　アクィラ殿下……いいえ、もうお義兄《にい》様と呼ばせていただいても？」

無邪気に笑うメリリッサの笑顔を見て、背筋に冷たいものが走る。

「結婚の儀、滞《とどこお》りなく執り行われるようお祈りいたしますわ。お義兄様、何があろうともメリリッサお姉様を末永くよろしくお願いします」

そうして椅子から立ち上がり、ドレスの裾を持って膝を曲げた。

綺麗な淑女の礼を見せつけながら、口元だけが『何があっても』と声にならない言葉を作り上げる。

ここまでアウェイの中でも全く意に介さないメリリッサ。私は、自分と同じ顔をした半身ともいうべきはずの双子の姉妹を、心の底から恐ろしいと思った。

私がメリリッサに圧倒されていると、彼女の後を追うように静かに席を離れたロックス殿下がこちらを向いた。今日初めて彼の顔をしっかりと見たが、その表情は以前の彼のものとは少しばかり違い、なんとなく疲れているような、なげやりになっているかのように感じた。

それでも一国の王太子に相応《ふさわ》しく丁寧に退出の挨拶の言葉を発し、メリリッサと共にこの場から去っていく。

続いてお母様もゆっくりと席を立つ。気がつけば残されたのはアクィラ殿下と私、それから給仕をしてくれたハンナたちだけになっていた。

「リリーと私に新しいお茶を」

「は？」

「思いのほか早くお茶会が終わったからな。もう少しゆっくりしていってもいいだろう」

「あ……はい。それは、大丈夫ですが……」

あっと思う間もなく退出していったメリリッサの毒気やお母様の威圧に負けて、呆《ほう》けてしまっていた頭の中が、アクィラ殿下の言葉でようやく動き始めた。

　そつなく新しいお茶が私たちの前に差し出されると、リーディエナの花の香りが鼻の奥をくすぐる。そういえば、さっき出されたお茶はこれではなかったなと、今さらながらに気がついた。

「あの……」

「招かれざる客に、わざわざ特別なこのお茶を飲ませてやることはない」

　私の言いたいことをすぐさま察したアクィラ殿下。そこまで徹底する殿下も、わかっていたけれどなかなかに強情な質《たち》だと思う。

「それにしても相変わらずだ。よくも臆面もなく、リリーのことを気難しいなどと言えるな」

　そこは多分、私たちに入れ替わりがバレてなどなく、メリリッサの悪公女の噂が蔓延《まんえん》していると思っているからこその言葉だろう。でも、それを今この場で言ってしまうのは少し差し障《さわ》りがある。

「アクィラ殿下、あの」

「ファルシーファ嬢には今からミヨルカと衣装方へ向かっていただくようお願いします。新しく作り直したドレスのレースが届いたと、今しがた連絡が届きました。ここは侍女が一人残れば大丈夫ですので」

　私が止める前に、殿下付きのカリーゴ様がさっとファルシーファ様へ用事を押し付けていた。私の護衛を自称するファルシーファ様は、少しムッとした雰囲気を醸し出したけれども、アクィラ殿下が頷いたのを確認すると静かに礼をしてこの場を離れていった。

　ミヨは勿論《もちろん》、「あったらしいドレスーっ！」とウキウキで飛び跳ねながらその後を付いていく。うん、そういうところは、ミヨはブレない。

彼女たちに声が届かないだろう場所まで離れたところで、コホンと咳《せき》を一つ出して向き直る。

「彼女は、殿下には、その……あれを知られていないと思っているのでしょうから」

ファルシーファ様が離れたからといっても、ここは屋外で私の部屋の中ではない。口を濁した言い方で伝えると、そうだなと同意してくれた。

「だが、もう知っただろう」

「え……？」

「そうでなければ、何があろうともなどと一々念など押さない。あの女らしい。何かを起こす気満々だったな」

怖いと感じたメリリッサのあの言葉、態度。やはりアクィラ殿下も気に留めていたらしい。

「さて何を仕掛けてくるつもりなのか……」

考えながらお茶を口に含む。そのごくりと飲み込む音が耳に付くほど気が張っているのがわかった。

ただ仕掛けるといっても、場合によってはメリリッサにとってもそれは諸刃《もろは》の剣《つるぎ》になる。

入れ替わりの事実は私たちだけでなく、それぞれの国にとって大きな問題だ。このお茶会で私を虐《いじ》めて溜飲《りゅういん》を下げるなどという程度のことでは済まない。

下手《へた》をすればメリリッサだって、私を騙して掴《つか》んだはずの大国ガランドーダの未来の王太子妃の座を失ってしまう。

そんな危険を冒してまで本当に何かを仕掛けてくるのだろうか？

普通ならばあり得ない。それに――。

「あの子はロックス殿下に付いていくと、あれほどはっきりと私に言い切っていました」

そう、あのうっとりとロックス殿下のことを語るメリリッサの顔を覚えている。

「それでも何かを計画しているのは間違いないだろうな。あの目で睨みつけられて、何もするつもりがないなどとは信じられない」

睨む……誰が？　メリリッサがアクィラ殿下を？

そうか、メリリッサのことは放っておいたのに、私に対してはあそこまで愛情深いところを見せつけたのだ。だとしたらプライドの高いメリリッサがアクィラ殿下に蔑《ないがし》ろにされたのだと考えたのかもしれない。

そしてその矛先が私とアクィラ殿下の二人に向いたのだとしたら、やはり何かしらは覚悟をしておいたほうがいいのだろう。

こくんと首を縦に振ると、アクィラ殿下は私の後ろに立つヨゼフのさらに向こう側、ハンナへと視線を向けてこう言った。

「ハンナ、お前が彼女ならば何を仕掛ける？」

……それは、ハンナが尋ねられても困るんじゃないかな。

突然のアクィラ殿下の言葉に、珍しく驚いたハンナは片付けの手が止まってしまった。

「私……いえ、私は、そんな」

「この場ではリリー以外でお前が一番彼女をよく知っているだろう。何でもいい、思いついたことを言え」

アクィラ殿下の強い言葉に眉間にぐっと皺を寄せる。

「ねえ、ハンナ。もし考えつくことがあるようならば教えてもらえるかしら？」

その私の言葉を聞くと何かを観念したように、ハンナにはあり得ないくらい途切れ途切れの声で答えた。

「わ、私が、思いますに……恐らくですが、リリー様を……悲しませる、ようなことではないか、と」

私？　……私だけ？　確かに今までも迷惑をかけられるのは私が一番多かったけれども、メリリッサの標的になるのは私だけじゃなかった。いや、でも……思い出す。

いつだってメリリッサは私の一番嫌がるところを的確に突いてきた。

アクィラ殿下が私の肩にそっと手を置く。その温かく優しい体温がもしかしたらなくなってしまうのかもと頭の隅《すみ》をよぎっただけでもぞっとした。

そんな私の考えを落ち着かせるようにぽんぽんと撫《な》でるように軽く叩く。

「私もハンナと似たような考えだ。つまり、あの女はリリーの足を引っ張るためならば何をしでかしてもおかしくはない。そう確信している」

アクィラ殿下の厳しい言葉に思わず目を見張った。

メリリッサは私が幸せになるのを邪魔しに来たのだと、殿下は口にしたのだ。

「まさか、そんなことで？　わざわざここまで？」

「前にも言ったことがあるだろう？　あの女の行動原理は単純だと。私は今日実際に会って、その考えが間違っていないと思った」

「え、ええ。確かに……」

それは聞いた覚えがある。けれども、そんなバカな、と言いたくなるのも仕方がない。

「真っ先に考えられることとすれば、やはり私たちの結婚の儀を台無しにすることだろうな」

今度はあごが外れそうなほど驚いた。

いや、この流れでは当然その答えが正しいと思う。思うけれども、おかしいと感じるところもある。

「でも、どうやって知ったのでしょうか？　私が今とても幸せなのだと……。こちらへ来てひと月と少し、その間にここまでアクィラ殿下と親しくなれるなどとは誰も思ってはいなかったと思うのですが……」

そう、アクィラ殿下自身も、しばらくは私がリリコットだとは気がつかなかったはずだ。

それに私だって理由はまだ思い出せてはいないが、リストカットという事件まで起こしていた。

隣国のモンシラですら普通に手紙を送ったくらいではそう簡単には届かない中、それよりもはるか遠くのガランドーダの王都でロックス殿下と共にいるはずのメリリッサが、私の現状を知りえたうえで邪魔をしにきたとは考えられない。

百合香《ゆりか》の世界ではないのだから、物理的に距離を飛び越えて情報を伝えることはできないのだ。

不思議に思いながらアクィラ殿下へと顔を向けると、何故かそこには満面の笑みをたたえた殿下の姿があった。

今、こんな顔をされるようなことが、何かあった？

ちょっと引き気味にのけ反ると、私の肩に置かれた殿下の手に力が入る。そうしてぐっと体を引き寄せられた。

「そうか。リリーは今、私とこうしてここにいることが、幸せだと言ってくれるのだな」

「あ……」

いっ、言っちゃったよね。うーん……恥ずかしい。

メリリッサがどうやって今の私のことを知ったのかと考えていたら、つい本音が飛び出していた。

キラッキラの瞳にとびっきりの王子様スマイルが眩《まぶ》しくて顔を伏せると、その頭のてっぺんにキスを落とされた。顔だけでなく首まで火照《ほて》るのが自分でわかる。なんだかもう、何をしてもアクィラ殿下に好きなようにされてしまう。

ぐぐ、と顔に力を入れて耐えていると、耳元をくすぐるような風と共に大丈夫と心強い声が下りてきた。

「大丈夫だ。リリーの幸せを、絶対に邪魔などさせない」

「……アクィラ殿下」

「勿論、私の幸せも」

そう言って笑う顔は、なんとなく少年のころのアクィラ殿下を思い出させた。それから、ヨゼフたちに向かい、指示を出す。

「カリーゴ、大公妃殿下に面会を申し込め。時間はいつでもいい、なんとかして聞きたいことがある。それからヨゼフ、お前はその間に師匠とやらを絶対に捕まえるんだな」

「……お母様と面会ですか？」

「ああ、今日の様子だけを見れば、大公妃殿下は決してあの女の味方には見えなかった。一度腹を割って話を聞きたいと思っている」

メリリッサに対してちくりと釘《くぎ》を刺すようなものの言い方もあったのを思い出す。そういえば、確かにお母様の今日の言動は全て私よりだったように思える。

「アクィラ殿下、諸侯との面会もありますし、今日明日はもう予定に空きがありませんが」

「それを詰めるのがお前の仕事だ。明後日の結婚の儀前までに必ずセッティングを」

「アクィラ殿下、骨は拾って姫様に渡しておいてください」

「勝手に墓に入れ。ただし、結婚の儀が終わってからだ」

　普段から顔色を変えない二人が、もの凄く嫌そうな顔をして、うえぇ、と声を出すと、それを肯定の返事ととったアクィラ殿下はすくっと椅子から立ち上がった。

「愛している、リリー。では、儀式の日に会おう」

　私の手を取り優雅に指先へとキスを落とす。それからふっと小さく笑いかけ、踵《きびす》を返しカリーゴ様を従え宮殿へと帰っていった。


「まーた、隙あらば姫様を口説きますねえ。アクィラ殿下は」

「王太子殿下と王太子妃殿下が仲良きことは、国民にとっても喜ばしきことです」

　私が部屋に辿り着き、ハンナに手伝いをしてもらいながら着替えをしているところに戻って来たミヨとファルシーファ様の第一声がそれだった。

　もう今さらその話をどこから聞きつけたのかだなんて尋ねることは止めた。

　むしろそのＳＮＳばりの拡散のおかげで、アクィラ殿下とのラブラブっぷりが広まり、悪公女の噂が下火になったのだからと開き直ることにしたのだ。

　それよりも、ミヨとファルシーファ様が確認しにいったという新しいドレスとはどうなったのだろうか。すでに明後日まで差し迫った結婚の儀のドレスのことだけに、気になって仕方がない。

「あのね、そのことよりも……ねえ」

「そうですよぉ、姫様！　そんなことよりも、私すっごいこと聞いちゃったんですぅ。聞きたいですか？　聞きたいでしょう？　ね、ね」

「え、ああ。そうね」

目の前にぐいぐい来るミヨの迫力に負けて、つい頷いてしまった。このミヨの様子ならば私に対しての悪評というわけではなさそうだけれども、なんとなく悪い予感しかしない。

また何かやらかしてしまったのだろうか？　そんな不安を胸に抱《いだ》きながら次の言葉を待っていると、思いもかけない話が飛び出してきた。

「メリリッサ様とロックス殿下ねえ、めちゃくちゃ言い争いしていたらしいですよぉ。これ、本当のホントですって！」

あまりに予想を飛び越えた話に、今日のお茶会あとのアクィラ殿下の話よりもびっくりして目が点になってしまった。

というか、ファルシーファ様もこの場にいるのに、その名前で呼んじゃあダメでしょう！

私がミヨを止めようと口を開きかけたその時、後方から地を這《は》うような低い声が響いた。

「ミヨ……いい加減になさい」

うあああ。元々ハンナの声は低めの落ち着いたものだが、たった今聞こえた声はそんなもので形容できる範疇《はんちゅう》を超えていた。

しかしそのどすの利《き》いた声にビクつく私を尻目に、ミヨは全くもって通常運転だ。

「いやもう、この耳で聞いちゃいましたからね、ホントの話ですよぉ。とはいってもー、ほとんどロックス殿下が怒鳴り散らしててー、メリリッサ様は受け流していたみたいですから、正確には言い争いとは言えませんけど。ねー、ファルシーファ様？」

そうじゃない、同意を求めるな。そもそもメリリッサ呼びが問題なんだって！

そう言いたかったけれども、目の前で正直にそう注意するのもそれはそれで憚《はばか》られる。どう言えばいいのかとためらっていると、「ええ、確かに」と答えるファルシーファ様。

「どうもリリー公女殿下がこちらで受け入れられているという予想外の状況と、メリリッサ公女への冷ややかな対応に、かなり憤慨していたようです」

メリリッサ公女……今、メリリッサと言った？　言ったわよね、ファルシーファ様が……え？　と、いうことは……。

横目でちらりと覗き見れば、ブルーグレーの瞳が優しく光る。

「はい。昨日アクィラ殿下より、リリー公女殿下のご事情を承《うけたまわ》りました」

話したのっ!?

アクィラ殿下もそういう大事なことは私にもちゃんと連絡してほしい。そして、ミヨのほーらほらといったドヤ顔がなんかイラっとする。

いつの間に二人して話を擦《す》り合わせていたんだろうか？　ハンナはこのことは知らなかったようで、驚くというよりもむしろ無表情になっていた。

「その……事情というのは、私たちの入れ替わりのことよね」

「その通りです。リリー公女殿下こそが真にアクィラ殿下の伴侶となるお方だとも教えていただきました。さすれば入れ替わりなど些細《ささい》なことです」

ファルシーファ様は護衛の心づもりで介添人を引き受けてくれたのだから、実際この入れ替わりの話は通しておいたほうがやりやすいのはわかる。

けれどもある意味これは大きな国家間問題でもあるから、あまり余計なことを知らされすぎるのも、ファルシーファ様にとっては逃げ辛《づら》くなってしまうのではないか。

「あの、このことが公になれば、ファルシーファ様にはご迷惑をかけることになるかもしれません。それでも私に付いてくださいますか？」

「勿論でございます。我が主、リリコット公女殿下」

私のその言葉にファルシーファ様は、誰が見ても美しいと思えるような満面の笑みを浮かべた。

そこまで言ってもらえば私もファルシーファ様の決意を断るつもりもない。ありがとうと答えて、ぎゅっと手を握っていると横からミヨの呑気《のんき》な声がかかる。

「それでですね、姫様。ファルシーファ様がぁ、姫様にお渡ししたいものがあるんですって！」

「渡したいもの？」

手を握ったままのファルシーファ様の顔を覗き込むと、どことなく気まずい表情が目に入った。

「……その、お守りのようなものだと、思ってください」

そう言って、ドレスのスカート部分を触ったかと思うと、どこからともなく紙をさっと取り出した。

ん？　まさか、ドレスにポケットでも付いているの？

そんな余計なことを考えつつ、私の前に差し出されたその紙を開いて中を見ると、無意識のうちに、あっと大きな声を出してしまった。

「どうなさいましたか、リリー様？」

慌《あわ》てたハンナが珍しく私の横に付いてそれを覗き込む。けれどもきっとハンナも同じように思っただろう。

「ええと……読めない、わよね」

「……はい」

そう。お守りだと言って渡されたそれは、全く読むことのできない文字の羅列《られつ》だったのだ。

これはどういった意味ととればいいのだろうか。すると、珍しく歯切れの悪い口調でファルシーファ様が説明をし出した。

「つまり、これは……我がラゼロ家に伝わる、秘術でして、その、敵に遭遇した場で、絶対に勝つための、呪文……です。ぜひ、結婚の儀にお持ちください。必ず、役に立ちます」

え、めちゃくちゃ胡散臭《うさんくさ》いんですけれど？　呪文って何？　三枚のお札みたいな用途？

この世界、魔法なんてなかったわよね……うん、ない。それは確かだ。

自分の中にもそんな記憶はないし、ハンナも半目でこっちを見ている。大体がファルシーファ様自身、そんな曖昧《あいまい》なものを信用するようなタイプではないのは、短い付き合いだがわかっている。

彼女は力こそが全てだと考えている人だ。だからこそこの不自然なお守りがとても怪しく見えるのだけれども……。

「よかったじゃないですかー、姫様ぁ。これで、何があっても大丈夫ですよお。なんたって、ラゼロ辺境伯家門外不出の秘術ですからねえ」

いやミヨ、あんたも絶対に信じてないでしょうよ。

じろりと睨むと、ミヨが私の手の中にある問題の紙を抜き取った。

「いいんですよぉ、だってなんでもありです。それにこれは、ある意味ラゼロ辺境伯家がバックについているっていう証明になるんですからー」

　そうして手持ちの封筒の中に畳んでしまう。

「それはそうだけど……。あれ？　その封筒は？」

見覚えのある、のし袋のようなそれは、以前私が作って休日のお小遣いを入れて渡してあげたものにとてもよく似ていた。

「ミヨ……その袋、私が作ったものと同じよね」

「あ、これっ！　実はですねえ、この間の姫様からもらった袋、ルカリーオ商会へ持ってったら、ぜひ商品化したいっていうことでぇ、サンプル第一号です！　ちょっとその辺にない、いい紙を使ってますんで、触り心地が全然違いますよ！　おすすめの逸品《いっぴん》ですぅ」

　ぽんっと渡されたのし袋は、確かに艶々《つやつや》した触り心地の良い紙で作られている。

　高そうだなーって、おーい。勝手に商品化しちゃダメでしょう。

「まずは、王太子妃殿下のお墨《すみ》付きをいただきたいんで、使ってやってくださいな」

　本当にミヨは抜け目がなさすぎる。半分脱力しながら、いっそ使用料でも取って借りたお金の返却に当ててやろうかと、不届きなことを考えた。

「でも、結婚の儀のドレスで持ち歩くことは可能かしら？」

　そういえば、ウエディングドレスはかなりタイトなマーメイドラインだった。どうやって持ち込めばいいのだろう。

「それは、懐剣《かいけん》を帯剣するための装飾ベルトを工夫いたしましょう。私が手配いたしますのでご安心を」

ファルシーファ様がそう請《う》け合ってくれた。ならばわけのわからない紙の一つや二つくらい持っていったとしても大丈夫だろう。うん、と小さく頷く。たとえ気休めだとはいえ、私のためを思って持ってきてくれたものを無下《むげ》にすることはない。

しかも、ミヨの言う通りラゼロ辺境伯の影響力はこのトラザイドではとても大きいはずだ。

「役に立ちますよぉ。私の勘ですけどねえ、姫様。これさえあれば女狐《めぎつね》なんてイチコロです」

ふへへへぇ、と笑うミヨのあやしげな予言を聞きながら文机《ふづくえ》の上にのし袋を置き、ファルシーファ様、ハンナ、ミヨの順番に顔を合わせていく。

未だに全てを思い出したわけではない私だけれども、アクィラ殿下の元に嫁《とつ》ぎ、王太子妃となるべく気持ちはすでに固まっている。だから、何としてもメリリッサの妨害を撥《は》ね退《の》けて、この結婚の儀を滞りなく終わらせなければならない。

「よろしく頼みましたよ」

気持ちを込めて伝えると、三人が美しい礼をしながら「はい」と答えてくれた。

私たちのできることと言えば、正直言ってすでにもうほとんどない。後は、アクィラ殿下やヨゼフ、カリーゴ様たちが動いてくれることによって対応するしかないのだ。

だからこそ大きく息を吐いて考える。たとえどんな結末になろうとも、私は私として堂々と儀式に挑む。それこそが、最後までできる私のあがきだ。

そうしてゆっくりと沈みゆく夕日に染まり始めた部屋の中で、迫りくる結婚の儀にあらためて決意を固めていった。

第七章　結婚の儀

結婚の儀の朝、私の目が覚めた瞬間にそこは戦場に変わった。

「さあー、やっりますよぉ！」

いつも以上に息荒く興奮しているミヨと、いつもと同じように黙々と朝の支度の準備をするハンナに手を取られた。

とはいっても、やはり結婚の儀の当日だけあってハンナの動かす手もどことなく緊張しているように見える。ドレッサーに並べていた化粧水の瓶《びん》を倒しかけ、それを慌《あわ》てて直したり、と普段ならしないようなミスをしていた。ほとんど準備は済んでいるというのに、やっぱり当日となるとそんなことを言っていられないほど落ち着きがなくなるようだ。

慌てなくてもまだ時間はあるのだからと声をかけてはみたものの、私自身も全く気持ちが落ち着かないので言葉がうわずってしまう。

あれだけ堂々としなければと自分に言い聞かせたにもかかわらず、いざ当日となるとコレだ。震える指先を隠すように握り締め、寝室へと続く扉を見つめる。

「アクィラ殿下も、もう準備を始めていらっしゃるのかしら？」

「はて、どうでしょうねえ。姫様ほどお支度に時間がかかるとは思いませんが、色々とやることは多いかもしれませんねえ」

お茶会の後から今日まで、アクィラ殿下と顔を合わせる機会はなかった。

ただでさえ忙しい身でありながら、結婚の儀に招待した貴族や来賓《らいひん》との接見もあると言っていたから当然だろう。そのうえでお母様との面会の時間を無理やり作るようにも言っていた。

アクィラ殿下はお母様とは話ができたのだろうか？　ヨゼフも、セルビオ元騎士副団長にスメリル鉱山の権利書について確認できたのか。本当はそのあたりを儀式前までに聞いておきたかった。

だから、あの扉が開くことをずっと期待していたのだけれども、そういう時に限って開くことはないものだ。

結婚の儀の支度のための部屋へ向かうのに、見苦しくない程度の身繕《みづくろ》いをすると、それを見計らったようにファルシーファ様がノックと共に入ってくる。

介添人としての役目に相応《ふさわ》しく、質は高いが華美にはなりすぎないドレスと、シンプルに結い上げた髪の姿で現れたファルシーファ様だが、それでもその凛《りん》とした美しさを隠しきれてはいない。

相変わらず綺麗《きれい》ねと、声をかけようとしたところで大げさなくらいの動作でドレスの裾を掴《つか》み屈《かが》み込むファルシーファ様。

「この御目出度《おめでた》き日を迎えられたことを神に感謝いたします。本日結婚の儀の介添人を務めさせていただきます、ファルシーファ・ラゼロでございます。王太子殿下と公女殿下のお幸せのお手伝いを恙《つつが》なきよう精一杯務めますので、どうぞよろしくお願いいたします」

とても丁寧な挨拶《あいさつ》を受け、思いがけず胸がぐっと熱くなった。

ああ、いよいよ私は今日これから、アクィラ殿下と結婚するのだ――。

この日がくるまでには、本当に色々あった。

メリリッサに婚約者も名前も、他の全ても奪われてこのトラザイドに身代わりとしてやって来たことから始まり、私がリストカットをしたのをきっかけに、前世を思い出してリリコットとしての記憶を失った。模擬戦でヨゼフが相手をコテンパンにしたり、イービス殿下に変装術という名の女装を教えることになったりすることで、アクィラ殿下の弟妹たちと仲良くなったのも不思議だった。

果てはスメリル鉱山の権利書を狙うノバリエス元外交官との立ち回りまで起こした。

そしてアクィラ殿下とは、思い出した記憶と共に、昔の約束をもう一度誓い合うことができたのだ。

一つ一つそうして振り返ると、まるで奇跡のような偶然。

メリリッサの馬鹿げた茶番が、私とアクィラ殿下を結び付けてくれた。あれがなければ私は今ここにこうして立つことすらできなかったと思うと、これこそが必然だったのだと強く感じる。

すうっと大きく深呼吸をすると、指先の震えも徐々に鎮《しず》まっていく。

ハンナが文机《ふづくえ》の上に置いておいたお守りの入ったのし袋を差し出すと、ファルシーファ様はそれを丁寧に受け取った。

「では、リリー様。私どもはこちらで結婚の儀のご成功をお祈りしております」

「姫様、頑張ってくださいねぇ！　んふふー、驚きますよぉ、ドレス凄《すご》いですからね！」

胸に手を置いて静かに礼をするハンナと、ガッツポーズのミヨに見送られ部屋を出た。

ずっと付いてきてくれていたハンナとミヨに結婚の儀を見せることができないのは悔やまれるが、ファルシーファ様に先導されながら化粧のための部屋へと向かう。

そして次の着付け部屋でミヨの言葉が全くの誇張でないのを知らされたのだ。

「これは……」

「はい、公女殿下のデザインされましたリーディエナの花の刺繍《ししゅう》になります。アクィラ殿下より、そう承《うけたまわ》っております。大変美しく繊細な仕様でしたので少々時間がかかりましたが間に合ってようございました」

　驚いたなんてものじゃない。一瞬息が止まりそうになった。

　目の前には、確かに私がデザインしたリーディエナの刺繍が全身に散らばったウエディングドレスが飾られていた。長いベールのレースまでもが同じリーディエナの柄で統一されている。

　そういえば、あの刺繍したテーブルクロスは今日使う予定のアクセサリーの担保としてアクィラ殿下に渡したままだった。

　……あれを見本にこの刺繍を作らせたのね。

　しかしこれだけの量の刺繍をいきなりウエディングドレスに使えるようにだなんて言われれば、衣装方は戦場になるに違いない。その証拠に、皆目の下がクマだらけだ。

「大変、だったでしょう……。こんなに……とても、綺麗に」

　衣装方の皆に感謝の言葉を伝えなければいけないのに、約束の花が舞ったドレスを見つめていると、目頭が熱くなり言葉が出てこない。

　ここで泣いてはダメだ。せっかくした化粧が台無しになるどころか、皆に迷惑までかけてしまう。

　お腹《なか》に力を入れて、小さな声で「ありがとう」と伝えると、クマをいっそう深くした責任者がにっこりと笑った。

「それが私どもの仕事でございます。この良き日にお手伝いできましたこと光栄にございました。結婚の儀におかれましては恙なく進行するようお祈りいたしております」

その言葉に続けと、衣装方の皆が一斉におめでとうございますとお祝いの言葉をかけてくれる。

私はもう一度ぶり返す涙を抑えつけながら静かに着付け部屋を退出した。

それから引き渡しの儀、そして懐剣《かいけん》の儀の部屋へと渡り歩いていく途中でも、宮殿で働く人たちから温かな眼差《まなざ》しとささやかなお祝いの言葉を沢山《たくさん》受け取った。

勿論《もちろん》、引き渡しの儀の部屋で待つアウローラ殿下とイービス殿下たちからも熱烈な祝福をいただく。

明るいレモンイエロー色のドレスを身に付けたアウローラ殿下の隣に立つ今日のイービス殿下は、濃いグリーンのジャケットに腰までのマント、赤いサッシュ、そして長剣を腰に携えた、まごうことなき王族の正装姿で現れたので少しほっとした。

どうせこの場所は本来の用途通りに使われるわけではないので、女性王族に限ることもないのだ。さすがに大聖堂で参列予定の王族がこの場に女装姿でいたら、時間に間に合うのかという以前に私がいたたまれない。

ここで少し話をしてから次の部屋で絹の装飾を身に付ける。

事前に話していた通り、のし袋が入るくらいの袋状の絹織物が足されていたが、綺麗な刺繍が施されているそれは、最初から装飾の一つに思えるくらい自然なものだった。

その中にファルシーファ様があのお守りをさっとしまい込む。そうして懐剣の儀の部屋へと移ると、リハーサルと同様に待っていた正装のオルロ殿下が懐剣の入った箱をちょうど私の肘《ひじ》の高さのところに持ち上げ差し出した。

「このたびの結婚の儀、大変御目出度きことと存じます。今日の良き日、我らトラザイド王国王族の一員になられます公女殿下へ、大空の猛《たけ》き王者の紋を捧《ささ》げます。どうぞお受け取りくださいませ」

「謹《つつし》んでお受けいたします」

仰々《ぎょうぎょう》しい挨拶と共に差し出された懐剣は、この間見せてもらった鷲《わし》の紋章の入ったものだ。

両手でそれをしっかりと持ち上げると、懐剣そのものの重さよりも、トラザイド王国の王太子妃となるべく重圧が肩にのったような気がした。

いよいよだ。気を引き締めファルシーファ様に手伝ってもらいながら、先ほど身に付けた装飾にきっちりと結び付けていく。

その中で急遽《きゅうきょ》増えた絹織物の袋を少し横にずらしていると、オルロ殿下が目ざとくそれを指摘した。

「公女殿下の懐剣用のベルトですが、先日のものとは違い少し装飾が増えているようです。いつ変更がありましたか？」

いや、これっぽっちの装飾はスルーしてよ。

そう言いたかったけれども、こんななんでもない装飾に気がつくくらいなのだから、どうごまかそうとしても簡単には騙《だま》されてはくれないだろう。仕方がなしに、正直に答えることにした。

「ええ、ファルシーファ様にお守りをいただいたのです。ラゼロ辺境伯家に伝わる秘術で、それはもう効果覿面《てきめん》のお守りだそうですから肌身離さず持とうと思い、無理を言ってお願いしました」

ミヨの予言はともかくとして、気持ちが嬉《うれ》しかったことは確かだ。にっこりと笑顔を作れば、オルロ殿下は反対に渋い表情へと変化する。

「……ラゼロ辺境伯家の秘術、ですか？」

そんなもの聞いたことも見たこともないといったその表情は、私を通り越してファルシーファ様へと向けられる。無表情を保とうとしているファルシーファ様だが、何やら分《ぶ》が悪そうにそのブルーグレーの瞳が泳ぎ出した。

「公女殿下、もしよろしければそのお守りに何が書かれていたのか教えていただいても？」

「あのー……それが、私には読むことのできない文字でしたから、意味まではわからないの」

「読めない文字？　……でしたら、一度私に見せていただければ……」

「なりません、公女殿下！　秘術ですから、他の人の目に入ることは、ダメです……」

訝《いぶか》しげにお守りの入っている袋を見つめるオルロ殿下と、それを意地でも阻止しようとするファルシーファ様。

　実際のところ私もそれが本当に秘術のお守りだなんて信じているわけではない。

けれども私としては、必死になってオルロ殿下の目に触れないようにとするファルシーファ様を擁《よう》護《ご》しないという選択肢《し》もない。

「オルロ殿下、申し訳ありませんがこちらは、私がファルシーファ様よりいただいたお守りです。誰がなんとおっしゃっても、他人の目に触れさせるのは許可できませんわ」

　私がしっかりと断りを入れれば、オルロ殿下もそれ以上は無理を言うこともなく引き下がった。

　ただの気休めのようなお守りだと思っていたのに、何だか因縁じみている。これ本当にミヨが言う通りに、メリリッサ退治に一役買うことができるとはやっぱり思えないなと考えながら、オルロ殿下が見守る中、懐剣の儀の部屋を後にした。

　ここから先は宮殿の中とはいえ人気《ひとけ》が少なくなる場所だ。

　いつどこでメリリッサの来襲があるかわからないと警戒をしていたが、リハーサルの時と同じように各部屋での儀式を粛々《しゅくしゅく》と済ませていくうちに、徐々にその気持ちが緩んでいってしまった。

だから油断した。大聖堂へ移る前の最後の部屋、大公妃であるお母様の控室《ひかえしつ》へと入室したと同時に、ころころと鈴の鳴るような声が楽しげに響き、私を貫いたのだ。

「おめでとう、リリコット。これであなたもようやく解放されるわね」

「――メリリッサ。あなた……どうして、ここに⁉」

お母様だけが待っているのだと思っていた控室、目の覚めるような深紅のドレスに身を包んだメリリッサが私の目の前に現れた。

ふふふ。そう澄ましたようにうっすらと笑いながら私に向かって一歩前に足を運ぶ。

「嫌だわ。お祝いを伝えにわざわざ来たのに、そんなに邪険にしなくてもいいでしょう？」

胸元を広く出して大輪の薔薇《ばら》を抱いているようなモチーフのドレスは、いくら実の姉妹の結婚という祝い事だとはいえ派手すぎだ。

むしろ主人公は私だと言わんばかりのその格好に、つい眉間《みけん》に皺《しわ》を寄せる。そんな私の心を読み取って、メリリッサはさらに笑みを深めた。

「ああ、やっぱりあなたが一番楽しいわ」

「え、なに？」

「あなたたち、そんなところで立ったまま話を続けるつもりかしら？」

メリリッサの言葉の意味を質《ただ》そうと口を開こうとしたところで、控室奥のソファーに座るお母様から声をかけられた。

「さあ、こちらへ、リリコット。メリリッサもいらっしゃい」

口調自体は決して強くもないのに、お母様の言葉は昔から有無を言わさないものがあった。

それはメリリッサも同じで、お母様が直接名前を呼んだ時は素直に言うことを聞く。

長いドレスの裾をファルシーファ様に介添してもらい、指さされた椅子へと腰をちょこんとかけるように座る。少し高さのあるその椅子ならば、ウエディングドレスが皺にはなりにくい。私がそうして腰を下ろしたのと同時に、メリリッサもお母様の隣のソファーへと座った。

「お母様……メリリッサが何故ここに？」

本来控室に入れるのはお母様と私、そして介添人であるファルシーファ様だけのはずだ。護衛騎士のセルビオ元騎士副団長ですら、ヨゼフと同じように大聖堂前で待つように言いつけられている。

「まあ、だから言ったじゃないの。お祝いに来たのよって」

そう言って手に持った扇を大げさに振ると、メリリッサの振りかけている香水が鼻についた。眉を顰《ひそ》めたくなるほどに自己主張するそれは、とても彼女らしい。

私の視線に気がついたお母様が手を軽く上げて制した。

「あなたにどうしても謝りたいことがあるからと言われたから連れてきたの。そうだったわね」

最初のほうの言葉は私に、そして後半の言葉はメリリッサに向かってはっきりと言ったお母様に対して、メリリッサはいたずらが成功したように軽く舌を出して笑う。

「だって同じことですもの」

「謝りたいことと、お祝いが？」

「ねえ、リリコット。私のちょっとした可愛《かわい》い嘘《うそ》で、あなたをトラザイドまで追い立ててしまったことはとても反省しているのよ。でもね、ふふ……もう大丈夫。全部正直にお話しして、ここから解放してあげる。それが、私からあなたへ贈るお祝いよ」

一瞬、メリリッサが何を言いだしたのかわからなかった。

あまりにも自然な笑顔で、全く不自然な言葉を吐き出す彼女の言っている意味をのみ込むまで体が固まり、瞬《まばた》き一つすることができなかった。

解放？　ここから、私を？　それはつまり……。

「メリリッサ……あ、あなた、まさか私ともう一度入れ替わって、アクィラ殿下に嫁《とつ》ごうと言うの？」

ぽろりと零《こぼ》れた声を聞き取ったファルシーファ様が、私を庇《かば》うように前へと出た。視線は鋭くメリリッサの顔を捉《とら》えている。その一連の流れを見て、メリリッサは「ああやっぱりね」と呟《つぶや》いた。

「そこの介添人、私たちの会話に驚いている様子がなかったからもしやと思っていたのだけれども、知っているのね？」

入室した時から私たちはお互い、本当の名前で呼び合っていた。本来ならば逆の名前のはずなのに、それに何の疑問の表情を浮かべなかったファルシーファ様に気がついていたのだろう。

私が頷《うなず》くと、扇で口元を隠しながらくつくつと笑い出した。

「ならばアクィラ殿下のあの態度にも納得だわ。つまり、殿下は入れ替わりを知った上で婚儀を挙げようというのね」

何が嬉しいのか知らないけれど、楽しげに笑うメリリッサが気持ち悪い。

決して大きな声を出しているわけではない。けれどもその笑い声がねっとり耳にまとわりつく。

ぐっと拳《こぶし》を握り、その不快感をやり過ごそうとしていると、一歩前に出て私の盾になってくれているファルシーファ様の凛とした声が響いた。

「アクィラ殿下はリリー公女殿下をとこしえの伴侶とお決めになられました。貴女《あなた》のような悪公女はお呼びではございません」

「悪公女？　あらいやだわ。それは……」

「それに、あまり私どもを馬鹿にされないほうがよろしいでしょう。たとえお顔が瓜二《うりふた》つだろうと、貴女のような下衆《げす》な考えをするような者とリリー公女殿下を間違えるような者はこのトラザイドにはおりません」

　はっきりとそう宣言するファルシーファ様。

　メリリッサはソファーから立ち上がり、ゆっくりと優雅な所作で私たちの前まで近づいた。そうして扇をぱたんと閉じた。

「私も別に間違い探しを楽しむためにここまで来たわけではないの。言ったわよね、リリコットの解放だって」

「メリリッサ、あなたさっきから何を言っているの？　私は、ここで、アクィラ殿下と生きていくと決めたの。そしてあなたはガランドーダでロックス殿下の正妃となるのでしょう？」

　メリリッサが大国ガランドーダに執着しているのはわかっている。そうでなければ初めから計算高い彼女がロックス殿下へ純潔など捧げない。

　入れ替わったままでいればお互いに収まるところに収まるだろうと。だからこのまま黙って帰れという意味を込めて言った。

しかし、メリリッサは片手を頬に当て、笑った。

「んー……でもね、ガランドーダへ移ってからひと月ほどしたくらいに、ノバリエス外交官から手紙が届いたの。どこで入れ替わりに気がついたのかわからないのだけれども、中には第一公女殿下へと書かれていたわ」

「え？」

「スメリル鉱山の権利書のことについて……まるで恋文みたいにね、あなたのものですって、それはもう酷《ひど》く熱心に訴えていたわ」

「……そ、それは」

バレた……。一番懸念していた権利書の名義のことをメリリッサに知られてしまった。

「ノバリエス外交官が全部教えてくれたわ。知っていた、リリコット？　スメリル鉱山はね、全部私のものだってこと」

メリリッサの扇を持つ手が上がり、私の頬をゆっくりと撫《な》でていく。

息が荒くなりそうなのを一生懸命に止めようとするが体が言うことを聞いてくれない。

「ね、だから私、自分のものを取り返しにきたの。権利書がなければトラザイドとの婚儀も成立しないらしいし、リリコットも名前を偽ったまま結婚なんてしないで、解放されるのよ」

——嬉しいでしょう？

そう言い切るメリリッサの笑っている顔が恐ろしくて、私は彼女を見ることすらできなかった。

一体メリリッサのこの独白の間にどれくらいの時間が経《た》ったのだろうか。あまりにも衝撃的な話だったために体感的には酷く長くも感じたが、一瞬だったのかもしれない。

スメリル鉱山の権利書のことなんて、知らないと、わからないと突っぱねるべきか？

いいえ、メリリッサのこの様子では、結婚の儀で権利書が必要になるということは、きっと知っている。今言いつくろったところで結婚の儀が済んだ後、正当な権利者が本物のメリリッサにあると言われてしまえば元も子もない。

なんとかごまかすことができないかと、声を出そうとしたところでお母様が沈黙を破った。

「メリリッサ、あなたが欲しがっているものは何かしら。トラザイド？　それともガランドーダ？」

凛としたお母様の問いが部屋の中に響くと、さすがのメリリッサも虚をつかれたように目を見張った。

この控室に入室してからと言うもの、座りなさいと言うだけで、私たちの会話に入り込んでこなかったお母様が自ら口を開いたのだ。てっきりこのままメリリッサの好きなようにさせるのかと思っていたから、正直私も驚いた。

トラザイドとガランドーダのどちらを選ぶのかという問いの真意は一体なんなのだろう。首を捻《ひね》る私を一瞥《いちべつ》し、メリリッサはお母様に反論する。

「嫌だわ、お母様。欲しいものだなんて……私は」

「正直におっしゃいなさい。スメリル鉱山の権利書を欲するのならば、ガランドーダは望めないわ。話を全て聞いたというのならば、それくらいはわかっているのでしょう？」

その通りだ。第一公女の持つスメリル鉱山の権利書とトラザイドへの嫁入りは切っても切れない契約になっている。

もしメリリッサがこの結婚の儀の場で、リリコットとの入れ替わりを公言し自分こそが正当な権利者であると表明したとするのならば、王太子の婚約者に成り代わりガランドーダを謀《たばか》ったことになる。

つまりスメリル鉱山を自分のものにするのならば、二度とガランドーダ王国の土を踏むこともできないどころか、良くてもメリリッサ個人が罪に問われ、最悪ならば国家間の紛争ものだろう。

「答えなさい、メリリッサ」

再度、言葉をかけられたメリリッサの口元がゆっくりと弧を描くように上がる。そうして鈴の鳴るような声で歌うように話し出した。

「勿論、ガランドーダですわ。私、ロックス様に不満などありませんもの」

「だったら……」

言い返そうとした私に向かい手を上げ制止するメリリッサ。その姿があまりにも優雅で、思わず見とれてしまった。しかし彼女は、その美しい蝶《ちょう》のような羽ばたきで、毒蛾《どくが》のような鱗粉《りんぷん》をまき散らす。

「ですから、その手紙を持参してロックス様のお父様、ガランドーダ国王ワクウェル四世陛下へとご相談させていただいたの。ロックス様の婚約者として、メリリッサ・カシュケールを認めてはくださいませんか？　って」

「……は？」

「陛下は喜んでお認めくださったわ。ロックス様のわがままで組んだ婚約だったけれども、まさかモンシラの新素材鉱石の鉱山を持参金とするなどとは思わなかったと、大層褒《ほ》めていただいたの」

「メリリッサ……あなた、まさか」

「ええ、そうよ。私は鉱山の権利書を持って、ガランドーダへと嫁ぐつもりよ。モンシラ公国公女、メリリッサ・カシュケールとしてね。ちゃんと婚約証明書にもそう書いていただいたわ。だからリリコットも身代わりで結婚なんてしなくてもいいの」

そう言い切って、メリリッサは満面の笑みをたたえた。

「そう……。メリリッサとしてガランドーダへ行くのね」

お母様が小さく呟くその声が耳に届かないほど楽しげにメリリッサは笑う。

ああ、この女は、トラザイドとモンシラを売ったのだ。

隣国であるトラザイドとの火種を作り、モンシラの国力を削《そ》ぎ、そうして金の卵を産む鉱山の権利書を手土産《てみやげ》に大国ガランドーダへ逃げようと言う。

私は、私と同じ顔で笑うメリリッサを生まれて初めてぶん殴ってやりたいと思った。しかし、殴って済む問題はとうにすぎている。

大国であるガランドーダからすれば、これはとてもいい大義名分だ。メリリッサの要望を受け入れるだけで、労せずして新素材鉱石を手に入れられる。つまりガランドーダ国王の野心と、メリリッサの悪巧《わるだく》みが結託した結果が、この襲来になったのだ。

私の一歩前で盾となっているファルシーファ様の右手が、何かを取り出そうとしているのを見て、慌てて叩《たた》いてしまった。ファルシーファ様は驚き振り返ったが、ダメだと目で訴えた。

私は、私の愛している人たちに向かって大きくえぐるように傷をつけていこうとする、メリリッサのことは絶対に許すことはできない。

でも、だからこそメリリッサを止めるのは私でなければ……！

今から強行して結婚の儀を済ませてしまえば、その時点でトラザイドにもスメリル鉱山の権利が発生するだろう。なんとしてでもガランドーダへ渡すことを阻止してみせる。渡してたまるもんか。

胸の下に帯剣した私の懐剣をぎゅっと握りしめる。

まさかこの剣がそんなふうに使われるだろうなんてアクィラ殿下も思わなかっただろうな。それでもきっと、全て終わった最期《さいご》には正《まさ》しく私の胸に吸い込まれることになる。

ふっと自虐的な笑いが漏《も》れた。

もしかしたら、リリコットが前世の記憶を思い出したのも、このためだったのかとまで考えてしまった。

ヨゼフやハンナが言うように、十歳くらいまでのリリコットならともかく、それ以降のリリコットは気が小さくメリリッサの言いなりになっていた。入れ替わりもバカみたいに受け入れて、きっとそのままのリリコットならば今日のメリリッサの言葉にも黙って頷いたのかもしれない。

けれども、今の私は違う。アクィラ殿下やアウローラ殿下、トラザイドでお世話になった人たちへ、紛争の火種を残していくわけにはいかない。

今の季節は使われていない暖炉の上に置かれた飾り時計に目をやると、そろそろ大聖堂へ向かわなければならない時刻になってきていた。

そのことに気がついたファルシーファ様がお母様へ告げると、深紅のドレスの裾を波立たせたメリリッサが跳ねるように私の横へ来て腕を取った。

「私にエスコートさせてね。最後だもの、いいでしょう?」

何が最後だと言いたいのだろうか。しかし、黙ってメリリッサの好きなようにさせた。

いざという時はそのまま私が身を捨ててでもメリリッサの全てを止める。

本来エスコートするはずのお母様も、何も言わずに私たちの後ろに付いた。相変わらず何をしたいのか、私たちに何をさせたいのかはわからない。けれども今だけはそんなお母様の行動も好都合だと思い、メリリッサのエスコートで大聖堂への道を一歩踏み出した。

私たちの前をファルシーファ様がピリピリとした空気を発しながら先導する。

メリリッサはそんな彼女のことなどお構いなしに、今にも鼻歌を歌い出しそうな雰囲気だ。

大聖堂までの道筋は長い。そのために正面の入り口からは馬車で移動となるのだが、当然のようにメリリッサが私の隣の席を陣取った。

それによって、ファルシーファ様は後ろにもう一台用意されているお母様のための馬車へと押し出されることとなる。

けれどもここならば小さな声で話せばほとんど他に漏れることもなく、御者にも聞こえることはないだろう。そう考えて声を抑えてメリリッサへと声をかけた。

「メリリッサ……あなたのこと、ロックス殿下は知っていらっしゃるの？」

私のその質問に、極々《ごくごく》当たり前の顔をする。

「知っているわよ。ここへ来る途中の馬車の中でお話ししたの」

「……まさか、そこで初めて話をしたの？　ガランドーダにいるうちではなくて？」

「別に。十分間に合ったでしょう？」

そのせいか。……あのお茶会での妙な空気といい、その後の言い争いをしていたという噂《うわさ》は。

ほとんど騙し討ちのような形でこのトラザイドへ連れて来られたうえに聞かされた、メリリッサと私の入れ替わりに、ロックス殿下は相当苛《いら》立《だ》ちを隠せなかったらしい。

それはそうだ、婚約者が入れ替わっていただけでなく、自分の知らないところで父親と勝手に交渉していたなど、信じたくもないだろう。

「そんなにロックス様のことが気になる？」

「いいえ。そんなことはないわ」

いい面の皮だと、少し可哀想には思うけれども気になりはしない。私にとっては、もうとっくに記憶の向こう側の人だ。

そう思っていると、なぜかメリリッサはくすくすと含み笑いをする。

「ああ、それからロックス様にはワクウェル四世陛下の名代として結婚の儀に参加してもらっているの。私的な晩餐会はともかく、ガランドーダ王国からの親書を持ってきたのだから断れないでしょ」

「……はあ？」

「だから、間違っても私のことを傷つけてなかったことにしようだなんて思ったらダメよ。さっきからずっと、その懐剣ばっかり気にしているみたいだから教えてあげる。ふふ、全部ガランドーダに筒抜けになっちゃうからね」

しまった……見透かされていた！

そういえばメリリッサは昔から人の考えを先読みすることに、とてつもなく長《た》けていたのだ。しかも、ロックス殿下が結婚の儀に来賓として参加するなどとは聞いてもいなかった。二重の意味で驚きすぎて、声も出ない。

きっとロックス殿下の儀式への参列については、私が気にしすぎることを慮《おもんぱか》って、アクィラ殿下が黙っているようにしてくれたのだろう。

まさか、メリリッサがすでにガランドーダ側と入れ替わりについて話をつけていたとは予想もしていなかったのだ。

だったらどうすればいいのか、自分にできることをこの大聖堂へ向かう道の中で必死に考える。

私がこの身を盾にしてメリリッサを道連れにしても、ガランドーダがトラザイドへ攻め入る理由を与えるだけとなるのならば、何ができるのかと。

私を唯一だと言ってくれたアクィラ殿下のために、私に何ができる？　頭の中でそれだけを考えながらうつむくと、胸元の懐剣が目に入った。

大空を自由に飛ぶ王者の紋章、アクィラ殿下と同じ紋章、それを見た瞬間殿下の声が響いた――。

『たとえ死の螺旋《らせん》を描きながら私の空から落ちようとも、絶対に君と離れない』

そうだ、あの日アクィラ殿下は私に向かいそう言ってくれた。何があろうとも一緒にと。

勘違いしていた自分の頭を殴りたくなった。私はメリリッサの毒気にあてられて、何が何でも自分で彼女を何とかしなければいけないと思い上がっていたのだ。

私は一人じゃない。自分だけで対処できないことでも、アクィラ殿下がいる。

「メリリッサ、あなたはガランドーダを取ると言ったわね。私は、トラザイドを……いいえ、アクィラ殿下と生きるの」

一瞬だけ目を見開いたメリリッサがたしなめるようにうたう。

「リリコットはそんなこと考えなくても大丈夫、あなたは……」

「今日は同じことを二回も言ったわ。でもあなたが覚えていられないほど頭が悪いのなら、何度でも教えてあげる」

いつも私がそうされていたように、背筋を伸ばして上から見下すようにして伝える。

突然の私の反撃に、メリリッサが呆気《あっけ》に取られているうちに何事もなかったように私は前を向く。

むっとしたような彼女の姿を見て、ほんの少しだけ溜飲《りゅういん》が下がった気がした。

けれども本番はこれからだと気を引き締め直す。馬車がアクィラ殿下の待つ大聖堂の前に辿《たど》り着くと、扉の前には私の護衛騎士ヨゼフとお母様の護衛騎士であるセルビオ元騎士副団長が待ち構えていた。私たちの姿が見えると胸に手を置き、簡単な騎士の礼を見せる。こうして師弟二人でこの場に立つ時間は取れたものの、果たしてヨゼフは自分の師匠に話を聞くことができたのだろうか？

もうすでにメリリッサに全てを知られている今となってはどうでもいいことかもしれないけれど。

ヨゼフが私の後ろに、セルビオ元騎士副団長がお母様の後ろに立ったところで、大聖堂の荘厳《そうごん》な扉が開かれた。

いよいよ、結婚の儀が始まる。

隣にはメリリッサが蛇が鎌首《かまくび》をもたげるようにしてぴったりとくっついている。それでも儀式に参列する国内の貴族や来賓たちの前で無様な真似はできない。

アクィラ殿下と生きていくと決めたのならば、共に飛ぶのも私。

大きく息を吸い込んで開かれたその大聖堂の先を見つめれば――。

「どういう、こと……？」

本来ならば目の前には、伯爵家以上の高位貴族と近隣の国々からの来賓が一堂に会しているはずだった。それが、全くガラガラといっていいほどの空きようなのだ。リハーサルで訪れた時と同じように人気がほとんどない。

まさか……メリリッサがスメリル鉱山の権利書の所有者だということが知られてしまい、結婚の儀自体が取りやめになってしまったの……？

体の芯《しん》から一気に体温が下がり、足元から力が抜け落ちそうになる。メリリッサはそんな私の腕を突き放すように離した。ダメだ、このままではこの場にへたり込んでしまう。

そう思ったその時、メリリッサに取られていなかった反対の腕を、ぐっと持ち上げられた。

「リリー、気をつけて」

「アクィラ殿下……」

この結婚の儀に相応しく、真っ白なジャケットとマント、そして赤のサッシュといった凛々《りり》しい姿のアクィラ殿下。

けれども私にはそんな殿下の姿に見とれる余裕さえなかった。

「あ、殿下。誰も、誰もいないの。大聖堂に……いないの」

うわごとのように口を動かす私の腕と腰を支え、いつの間にかアクィラ殿下はメリリッサから距離を取っていた。

「よく見ろ、リリー。ここにいる。私も、そして君の味方も」

その言葉に弾《はじ》かれるように周りを見回せば、確かに少数だけれどもきちんと正装に身を包んだ人たちが国王陛下夫妻の周りに控えていた。

王弟ハトラー公爵を筆頭に、ファルシーファ様の父親であるラゼロ辺境伯、そしてパーティーの席でも話したことのある宰相、大臣たち、それにお腹のでっぷりとしたヨーク総団長もいる。

貴族の中でも高位中の高位、この国の重鎮《じゅうちん》だけが揃っている。

そうしてそこから少し離れたところにポツンと立つロックス殿下。

どうして？　驚きで声も出ない私は、視線だけでアクィラ殿下へと尋ねる。

「一時間半ばかり、時間を巻かせてもらった。だからまだ他のものたちは準備中だ」

全く気がつかなかった。やることが多いからこそ絶対に遅れてはいけないと思い、逐一《ちくいち》時計はチェックしていたのに、いつの間に……。

驚きのあまりに口をパクパクと動かす私の唇に、アクィラ殿下はそっと指をくっつけた。

「さあ、儀式前の最後の山場だ。リリー、私と共に飛べるな？」

力強いその言葉に、答える言葉はたった一つ。

「勿論です、アクィラ殿下」

ありったけの気持ちを込めて頷いた。

私たちがお互いの意思を確認し合い前に向き直れば、苛立ちを隠せないメリリッサが同じようにこちらを見据えている。

けれどもすぐにいつもの彼女らしさを取り戻《もど》したように、軽やかな笑い声と共にパンパンと手を叩いた。

「素敵。エスコートも待ちきれないで迎えに来られるなんて。お二人ともとても仲がよろしいのね」

「ええ、私にとっての生涯でたった一人の伴侶です。今日のこの日を今か今かと待ち焦《こ》がれていましたので、大変失礼をいたしました」

アクィラ殿下の返す言葉に、ゆっくりと周りを見回すメリリッサ。軽く首を傾《かし》げる姿までもがいちいち絵になる。

「でも永遠の誓いを立てるには、少々お寂しいのではありませんか？　もしかしなくても私たち、時間を間違えてしまったようですわね」

その言葉と共にメリリッサは来賓参列の場に一人立つロックス殿下へと向かい手を差し出す。しかしロックス殿下はその場から動こうとはしない。メリリッサの眉間に皺がきゅっと寄せられたその時、アクィラ殿下が聖堂中に響き渡る声で告げた。

「間違えてはおりませんよ、メリリッサ公女殿下。あなたと、あなたの婚約者殿には特別に時間を設けさせていただきました。どうぞ私と愛するリリコットのために祝福を与えてください」

はっきりと、私のことをリリコットと呼び、メリリッサには彼女の本当の名前で呼ぶと、一瞬無音になった大聖堂の中、耳障《みみざわ》りなほどに甲高い笑い声が反響した。

今まで一度も聞いたことがないようなその笑い声は、ひとしきりメリリッサの口から発作のように吐き出されると、今度はとても楽しげな言葉に変わる。

「ああ、おかしい。とても、ええ、とても堂々として素敵な人ね、アクィラ殿下って。まさかご自分から言い出すとは思いませんでしたわ。――そこに立つのが、第二公女のリリコットだなんて、ね」

私たち以外にも国王陛下夫妻の他にも最重鎮である貴族の方々がいるこの大聖堂という場で、アクィラ殿下が「愛するリリコット」と、覚悟を決めて言ってくれたのとは違い、メリリッサは彼らの前で侮蔑《ぶべつ》を込めて「第二公女リリコット」と私の名を呼んだ。

何度となくクスクスとあげつらうように笑うメリリッサの言葉に、カッと顔が熱くなった。

怒りで頭に血が上り、ぐっと拳を握り込みながら反論しようと口を開きかけると、隣のアクィラ殿下が私の腰をぽんぽんっと叩く。落ち着けと言われたようでちょっと恥ずかしくなる。そうだ。怒りのままに口汚くメリリッサを罵《ののし》ったところでどうにもならない。

アクィラ殿下があの場で私の名前を呼んだことに意味があるのならば、それに歩調を合わせるのが私のすべきことだ。

息を一つ吐き、それからメリリッサと視線を合わせてから口の端を静かに上げていく。

――メリリッサ、あなたが何と言おうと、私はここから逃げ出すことはないの。

あらためて気持ちを込めアクィラ殿下の横顔を見つめると、彼の隣に立つということの幸福が心の底から湧《わ》き出してくる。

そうして自然に込みあげる笑みのまま、もう一度メリリッサへと顔を向けた。私の視線に気がつくと、するりとそれが外される。

「でも、よろしいの？　この婚儀、スメリル鉱山の権利書が必要なのではありませんか？」

「心配はご無用です。ヨゼフ、こちらへ」

はっ、という短い返事と共に私の後ろに控えていたヨゼフが、剣の柄《つか》から権利書を取り出してアクィラ殿下へと手渡した。

「このように権利書も手元にございます」

巻き取られた権利書を、メリリッサへ見えるようにと広げる。

「まあ！　モンシラでは、どこかの奸物《かんぶつ》に持ち去られたと聞いておりましたが、ヨゼフが取り返してくれていたのですね。よかったわ」

そう言ってメリリッサが一歩近づいたところ、アクィラ殿下は権利書を隣に立っていたカリーゴ様の持つ銀の四角いトレーの上に載せた。

「……私の権利ですわよ？　アクィラ殿下」

「その件につきましては、一人証人を呼んでいますので、その者の話を聞いてみてからにいたしましょうか」

証人……？　一体誰だろう。

この権利書をヨゼフに託したのはセルビオ元騎士副団長だけれども、まさか？

大聖堂に入ってからというもの、一言も発せずただ私たちのことを眺めているだけのお母様の後ろで立つ彼は、アクィラ殿下の言葉にも微動だにしない。

他に誰か証人になりえる人物がいるのだろうか？　頭の中で何人かの顔を浮かべては消していく作業を繰り返しているうちに、一番奥に設《しつら》えてある小さな扉からパッサー第二騎士団長に連れられてきたその人物は――。

「ノバリエス元外交官……？」

目の前に連れて来られたのは、私が持っていると決めつけたスメリル鉱山の権利書を手に入れようと必死に画策し、侯爵令嬢ナターリエ様を騙して、私たちに危害を加えたあのノバリエス元外交官だった。

牢《ろう》に入れられてからほとんど口を開くこともなく、尋問にも苦労していると聞いていたが、その後何か話をしたのだろうか？

ノバリエス元外交官は、かなりやつれた頬に簡素なシャツとズボンだけの服を身につけてはいるが、その見た目はずっと牢に入っていたわりにはこざっぱりしていた。

うつむいたままだが不《ぶ》精髭《しょうひげ》も見えず、髪も短く刈られている。

「顔を上げろ」

アクィラ殿下の言葉に、びくんと弾かれたように顔を上げると、虚《うつ》ろだった目の焦点が徐々に合い始めた。

その瞳がアクィラ殿下に腰を抱かれた私の姿を通りすぎ、一人で立つメリリッサの姿を見つけたところで一気にその体が震え出した。と同時に、メリリッサの元へ駆け寄ろうとするが、両手に枷《かせ》、腰に鎖を付けられていたノバリエス元外交官はその場につんのめって両手をついてしまう。

往生際悪くそのままずりばいで近づこうとするも、強く握られた鎖のおかげでそれ以上は動けない。床に這《は》いつくばったまま、嗚咽《おえつ》のような声を漏らすノバリエス元外交官を、メリリッサは白けた目で見つめていた。

「これが証人ですの？」

「ええ。この者が、ガランドーダへ向かわれたあなたへ手紙を送った者です」

「あら、ではあなたがノバリエス子爵ね。ヨクレア外務大臣の親戚筋だという」

ほとんど物のように扱っていたメリリッサだったが、スメリル鉱山の話を伝えてきた本人だと知り、一応は人として話しかけることにしたようだ。

そのノバリエス元外交官といえば、メリリッサにかけられた言葉がまるで女神の天恵とでもいうように顔を上げ、頬を染めながら必死になって頷いている。

「あなたが送ってくださった手紙で真実を知ることができました。お礼を言わせていただくわ、ノバリエス子爵」

「おおお、第一公女殿下……滅相もございません。あなた様のお役に立てたことこそが、我が幸せでございます」

　牢生活のせいで、かなりしゃがれた声ではあるけれど、メリリッサの言葉をもらった途端、生き生きと語り出した。

　私にはどう見ても、メリリッサに傾倒している崇拝者《すうはいしゃ》にしか見えない。こんな人物が何の証人になりえるのだろうか？　むしろ、逆効果なのではないか？

　そんな私の動揺は、当然メリリッサにも伝わっている。さっきまでちょろちょろとはみ出しかけていた本性が鳴りを潜め、その笑みを深くする。

「ふふ。彼が一体何を証言してくれると言うのかしら？　私の正当な権利？　どちらにしてもあの娘には何一つ……」

「黙れ！　貴様のような女《ね》狐《ぎつね》に、私の花嫁のものはもう一つも奪わせない！」

　突然、メリリッサの言葉を強く遮《さえぎ》るアクィラ殿下。

　ここまで声を荒らげたのを聞いたのは初めてだ。けれども私のためにメリリッサと対抗してくれる殿下のことを少しも怖いとは思わない。

　胸にぎゅっと掴まり、そう伝えようとすると、突然床に伏していたはずのノバリエス元外交官が立ちあがった。

「な、なにを。貴様、貴様こそっ、我が、第一公女殿下に向かい、なんという侮蔑……ふざけるなぁああ」

　すかさずパッサー第二騎士団長が、私たちに向かい襲いかかろうとするノバリエス元外交官の首根っこを掴み、床に叩きつける。

　うげっ、と小さく唸《うな》ったが、その怒りは収まらず、バタバタと手足を動かしながら抵抗している。

「貴様なんぞ……悪公女の伴侶など、同罪だ……我が、第一公女殿下を馬鹿になど……くそ、くそっ」

私から手を離したアクィラ殿下が、未《いま》だ床に押さえつけられたまま興奮中のノバリエス元外交官の前に立つ。

「私が、一体、いつ、誰を侮辱《ぶじょく》した？　言ってみろ、貴様に頭と口が付いているのならば」

そう先ほどまでとはうって変わり静かに尋ねると、ノバリエス元外交官はギリっとアクィラ殿下を睨《にら》みつけ、怒鳴りつけるように叫んだのだった。

「――我が、モンシラ公国、第一公女、リリコット殿下をだっ！」

……え？　え、ちょっと待って。今、ノバリエス元外交官はなんて言ったの？

第一公女……リリコット……私、が、第一公女……本当、に？

頭の中がぐるぐる回る。まさか、思いもよらなかったその台詞《せりふ》に思考が追いつかない。手も足も痺《しび》れているような感覚に、もしかしたらこの体すらどこか遠くに置いてけぼりにされているのかもと思ってしまうほどだった。

ゆっくりと息を整えようと深呼吸をしたが、それも上手《うま》くいかずにえずいてしまう。

側《そば》に控えているファルシーファ様が手渡してくれたハンカチでそっと口元を押さえ、ようやく周りが見えるくらいには正気を取り戻す。

慌ててメリリッサを見やれば、今までに見たことがないほどの憤怒《ふんぬ》の表情をこちらに向けていた。

眉間の皺は深く刻まれ、美しいと言われ続けていた柳眉《りゅうび》は逆立ち、限界まで上がっている。

歯ぎしりを隠すことのない口元が、忌々《いまいま》しさを露《あら》わにした。

「っ、どういうこと⁉　何故私を差し置いて、リリコットが、第一公女などと呼ばれなければならないの？」

「……あ、え？　は……」

激高するメリリッサの声に、ノバリエス元外交官がきょろきょろと首を回す。

深紅のドレスの裾を強引に掴んだメリリッサがカツカツと音を立て、床に這いつくばるノバリエス元外交官へと近づくと、怒りに満ちた声で命じた。

「ノバリエス子爵、私の名を」

「え……なん、と？」

「私の名を呼びなさいと言っているのよ。早く！」

「は、い…………リリコット、第一公女殿、んがっ……」

メリリッサに向かいノバリエス元外交官がそう答えた途端、彼の頭が大聖堂の床にがつんとぶつかる音が響く。

それはメリリッサがドレスと同じ深紅のハイヒールで、彼の頭を思い切り踏みつぶした音だった。

ひゃ、と声にならない音が漏れたのと同時に、メリリッサの足が上がり、二度三度となくがつがつと容赦《ようしゃ》なく踏みつぶす。

「何がっ、リリコット、ですって？　誰が、誰が、誰がっ！」

あまりの出来事に固まってしまっていた私だけれども、びしゃっと何かが飛びちる音で我に返った。

ノバリエス元外交官の顔の下あたりに血が溜《た》まっている。

「や、やめなさい、メリリッサ！　それ以上はやめて、死んでしまうわ！」

鼻血だけならともかく、このままヒールで頭を踏みつぶされ続けていればとんでもないことになる。
急ぎ制止の声をかけたのだが、それでもメリリッサは全く取り合わない。

「それがどうしたというの？　第一公女の私に向かって、ありもしない虚偽の証言をしたのよ。死んで詫《わ》びてもらっても足りないくらいだわ」

「つは、虚偽、など……、リリ……コット殿下が、第一公女……。外務大じ、ヨクレア侯爵が、そう確かに……」

なんとか説明しようと途切れ途切れに声を出すが、話を聞く気もないメリリッサはまるでダンスでも踊る時のように優雅にドレスの裾をつまみ、もう一度踏みつけるためにと足を上げた。

「そこまでにしなさい、メリリッサ」

落ち着いたその言葉が大聖堂に響くと、メリリッサの足は空を蹴《け》り不自然に着地する。
よく見てみれば、お母様の護衛であるセルビオ元騎士副団長が、メリリッサの体を上手にずらしそれ以上の惨劇を防いでくれたのだ。

「けれどもお母様、このように侮辱されたままでは私の第一公女としての矜持《きょうじ》に関わりますわ」

ツンと上を向いて憎々しげに答えるメリリッサ。
たとえ相手が犯罪者とはいえ、ここまでの暴行を働いておいて、公女としての矜持もないものだと、開いた口がふさがらない。いつの間にか私の隣に戻っていたアクィラ殿下も、私だけに聞こえるような声で「苛烈《かれつ》だな」と、唸っていた。

ふっと小さく息を吐いたお母様が、大聖堂の祭壇近くに立つ国王陛下に向かい礼をする。
それからゆっくりと、けれども聖堂にいる人たち全員に聞こえるようにはっきりと、口を開きこう

告げたのだった。

「第一公女はリリコット。あなたは正しくは第二公女になるの、メリリッサ」

まさかと思ったが、お母様の言葉で「リリコットが第一公女」だという話の真実味が一気に増した。

けれどもずっと、ものごころついた時からメリリッサが第一公女で私が第二公女だと言われ続けてきたのだ。

そう、ずっと。

だからこそ思う。そんな証拠もなにもない宣言だけでは納得いかない。

まさか私が、トラザイドの王太子と無事婚儀を挙げるための方便ではないのか？

そんなうがった考えまで頭に浮かんだ。それはメリリッサも同じようで、憮《ぶ》然《ぜん》とした表情で問う。

「お母様のおっしゃることを鵜《う》呑《の》みにはできませんわ。だとしたら、どうして最初からリリコットを第一公女としてトラザイドと婚約を結ばせなかったのかしら？」

重箱の隅《すみ》をつつくようなものの言い方だけれども、確かにこれはメリリッサの言うことが正しい。

お母様の言うことが本当なのならば、私たちの両親はずっと、スメリル鉱山の権利を持たない第二公女をアクィラ殿下の婚約者にと立てていたのだ。これは明らかにトラザイドとの契約違反になる。

「そうね、それはあなたたちが生まれた日……大公がその取り巻きに唆《そそのか》されたのが始まりだったわ」

ひゅっ、と息をのむ音がした。それは私だけでなくメリリッサが同時に漏らした音だ。

「採掘作業の始まった鉱山の権利を、生まれたばかりの第一公女のものと書き換えた彼らは、そのうえでリリコットとメリリッサの継承順を偽って公表した」

「なぜ……そんなことを」

「彼ら、いいえ首謀者《しゅぼうしゃ》であるヨクレア外務大臣は、仮初《かりそ》めの第一公女・メリリッサに全てを押し付けるつもりだったのよ。肥立ちが悪く半年ほど枕が上がらなかった私がそれに気がついた時には、もう簡単には取り返しがつかなくなっていたわ」

「え……」

「鉱山など失敗で構わなかったのでしょう。そもそも八年前の落盤事故も彼の手によるものだったのですから。そのうえで必要のなかった追加融資の見返りに、権利を持つはずのメリリッサとの婚約を結ばせた。そうしておいて何一つ持つべきものを持たさないまま送り込んで無視を決め込んだ。そうすればトラザイドとの関係も破綻《はたん》し、契約違反のメリリッサはよくて追放、悪ければ二度とモンシラの土は踏めなくなっていたでしょう。でもヨクレア外務大臣はね、初めからトラザイドとの友好関係など望んではいなかった。欲していたのはただ一つ」

　そこまで一気に話すと、一息ついてロックス殿下のほうを見やる。

「ガランドーダ王国に与《くみ》して、自分こそがモンシラ公国の大公となる。それだけだわ」

なんということだろう。あの持参金の一つも持たせようとしなかった外務大臣が、そこまで卑劣《ひれつ》なことを考えていたなんて私には全く思いもよらなかった。

　唖然《あぜん》とする私の腰に手を置き、アクィラ殿下がお母様へ続きを促《うなが》した。

「ガランドーダのロックス殿下からリリーへと婚約の申し出があった時はチャンスだと思ったでしょうね。間違いなく契約不履行となるメリリッサは死んだも同然、そしてリリーが他国へ嫁げば、これで正統な後継者がモンシラにいなくなる、と」

「ええ、大公は権利を持つリリコットを嫁《か》すことについては渋ったけれども、隠し子である男子を後継者にと唆されればあっさりと承諾《しょうだく》したの。黙ってさえいれば、鉱山の権利を手放すこともないと、高をくくって」

――本当に、馬鹿な人。

どこか遠くを見つめながら続けて呟いたそれは、とても小さな声だったけれども、今までで最もお母様の感情が露わになった言葉だった。

「そんなことをして取り繕ったところで、もうご自分の玉座がただの石くずに変わり果てているのに気がつかなかったのよ」

……今の言葉は一体どういった意味なのだろうか？

まるで、お父様がもう大公でないかのような言いようだ。

「だから大公妃殿下がヨゼフを通じて、リリーへとスメリル鉱山の権利書を託したのですね」

「そうよ。この娘たちが結婚を前にして入れ替わったのならば、全てを正しい方向へと向け直そうとしたの……。それが、それだけが、私が母親として最後にしてあげられることだから」

お母様の告白を聞き、駆け寄ろうとしたがアクィラ殿下の腕が私を掴み離さない。

「そうして権利書がなくなっていることに気がついた外務大臣側が、そのノバリエスという者を使いリリーに探りを入れた。しかもそれだけではなくヤツは、ガランドーダのメリリッサ公女をリリーだと信じ、その存在を教えた」

「ええ。でもそれほど彼らは焦《あせ》ってはいなかったの。だって、そこのノバリエス子爵は勿論のこと、ヨクレア外務大臣も、そして大公すらも、この娘たちの入れ替わりを知らなかったから。出生証明書を提出すれば、結婚が無効になると信じていたわ」

「え……お母様？」

「……ふふ、おかしいでしょう？　大公殿下……あの人は、自分の娘がどちらかだなんて、もうとっくに区別がついていなかったのよ」

その言葉にはさすがにショックを受けた。

いくら見た目が瓜二つでメリリッサの擬態が上手いからといって、まさかお父様も私たちの区別がついていなかったなんて……。

呆《ほう》ける私をアクィラ殿下が助けるように支えてくれる。

そんな私とは対照的に、一人で立ち続けているメリリッサが発作を起こしたように笑い出した。

「……お待ちください、お母様。それでは私がまるでモンシラの捨て駒のようではありませんか。いやだわ、まさか……ふ、はっ、ほほほ」

口では冗談を楽しむような言葉を吐き出しているが、その目は全く笑っていない。むしろ怒りに満ち溢《あふ》れていた。

その怒りを隠すことなく笑い声にのせると、メリリッサはようやく少しだけ落ち着き、ドレスの裾を叩《はた》く。

「まあいいわ。お父様に命じられた『メリリッサの出生証明書』を持ってこられたのでしたら、どうぞそちらを提出なさって、お母様。それでこの婚姻は不成立。全ては解決するのでしょう？」

……メリリッサは何を言っているの？

この、トラザイドの大聖堂で、国王陛下夫妻や重鎮たち、そのうえ婚約者であるアクィラ殿下の目の前で、自分はメリリッサだと大口を叩いたその口で、私をメリリッサに仕立て上げろだなんて。

あまりにも考えなしのその言い分に、抜け落ちそうになるあごを、根性で繋《つな》ぎとめる。

ふざけるな。

私は、百合香《ゆりか》としての記憶も持っているけれど、確かにリリコット・カシュケールなのだ。

このトラザイドへ来た経緯はともかく、二度と自分を偽ることはしない。

横に立つアクィラ殿下の表情を窺《うかが》えば、口を引き締め強い視線を私に送り、こくん、と小さく頷いてくれた。

大丈夫、大丈夫だ。私には、アクィラ殿下が、ヨゼフが、そしてみんながついている。

その気持ちに押し出されるように一歩、二歩と前に出る。そうしてゆっくりと正面へと立ち、ついにメリリッサと対峙《たいじ》した。

「……メリリッサ、私は今日これから、モンシラ公国第一公女、リリコット・カシュケールとしてアクィラ殿下と結婚の儀を行います」

「あっは、はは、バカね。今さらあなたが第一公女だからといって、このままトラザイドの王太子と無事に結婚なんてできるとでも思っているの？」

忌々しいといった感情を全身にまとうメリリッサが悪態をつく。

「モンシラはトラザイドに対して契約を履行させるつもりがないどころか、一方的に泥を投げつけたのよ。そんな友好の意の欠片《かけら》もない国の公女との婚姻など、なんの役に立つというのかしら」

――だから、自分の言うことを聞きなさい。

そう言わんばかりに、祭壇の横からこちらの様子を見ている国王陛下夫妻に向かい、わざとらしく大げさに礼をしてみせた。

そうね、メリリッサ。あなたが言いたいことはわかっている。確かにトラザイド王国を裏切ったモンシラ公国の公女との婚姻を、全て知ってしまったこの国のトップたちは簡単には許すことはできないかもしれない。

けれども――ゆっくりと振り返れば、私の視線の先にはアクィラ殿下がいる。

美しく輝く翠眼《すいがん》を、優しく細めて私を待ってくれている。

胸の下の懐剣に手を置いて、もう一度メリリッサへと向き直った。

「それでも、私はアクィラ殿下を信じているわ。ただのリリコットだとしても、一緒に飛ぶのだと彼と約束したの」

それが私の選んだ道だ。

そうして精一杯の笑顔をメリリッサに向けた。

一瞬、唖然とした表情に染められたメリリッサの顔色が、私の宣言を受け取ると、まるで真っ白な雪に血溜まりが落ちるように赤黒く変色していく。

「ふざけるな。ふざけるな……リリコットが……私に、逆らうなんて……」

ギリギリと歯ぎしりを立て、ぶつぶつと呟くメリリッサの元に、いつの間にか近づいてきたロックス殿下が静かに声をかけた。

「もう行こう。元々我々は招かれざる客だ。君に関してはすでに父王の許しがあるのだから、悪いようにはしな……」

「うるさいっ！　何が、王だ。王などが、私のために何ができる……ああ、そうね……いいわ」

ロックス殿下の言葉を遮るように激高したかと思えば、突然にたりと笑う。

「私はこのままリリコットとしてモンシラに戻ることにします。そうしたら、すぐにトラザイドへ兵を送るわ」

「リリッ……いや、メリリッサ！　君は、何を……」

「だって、そうでしょう？　私の鉱山の権利書を勝手に持っていったのですもの。お父様だって、ヨクレア外務大臣だって、それにガランドーダの国王陛下も、きっとわかってくださるわ。ほほっ……うふふ」

メリリッサの肩を押さえながら、ロックス殿下が必死で止めるが、半分目がいってしまっている彼女には届かない。

まさか、私たちを騙し続けたお父様や外務大臣の手のひらの上にのってまでして、私とアクィラ殿下の邪魔をすると言い出すだなんて。

これはもう宣戦布告と同じことだ。

さすがに私たちの結婚が引き金になって戦争が起こるなどと言われてしまえば、このままではいられない。

どうしたら……足元がふらつきそうになったその時、お母様の甲高い笑い声が大聖堂中に響き渡った。

「ごめんなさいね、リリコット、メリリッサ。慶事の前だからと控えていたのだけれども、実は昨日モンシラから早馬が届いたの」

「……はあ？」

取り繕う気もないメリリッサの声が驚くほど低く這う。

公国から早馬とは一体なんなのだろうか。胸によぎる嫌な予感を抑えつつ、お母様の言葉を待てば、予想を大きく上回る話にとても驚かされた。

「三日前の晩餐会《ばんさんかい》で、あの人……大公が、ヨクレア侯爵によって毒殺されたわ」

え？　嘘……。お父様が……外務大臣に……殺され、た？

息ができないほどの驚きに、一瞬目の前の全てが止まってしまったような錯覚に陥《おちい》る。

「ヨクレア侯爵はその場で切り捨てられ、大公毒殺に関わったとされた騎士団長他、数名の貴族はそのまま牢に、そして係累《けいるい》貴族は全て屋敷に蟄居《ちっきょ》のうえ、騎士団長代理の監視下に置かれています」

お父様だけでなく、外務大臣までもがもう亡くなっているだなんて……しかも、犯人？

そんな都合の良すぎることがあるのだろうか。

まるで決められていたことのように、国王夫妻や重鎮の方々にも聞かせるようにと、淡々と説明するお母様に、ほんの少したじろぐ。

「現在は財務大臣を筆頭に国内の貴族をまとめてもらい、騎士団が治安の維持を、コザック家には民衆の様子を見てもらっています。公式には晩餐会で饗《きょう》された茸《きのこ》の毒での集団食中毒という触れを出したところ、今のところ全くといっていいほど、争いも暴動も起きていないとの報告ですわ」

「つまり、速やかな大公位の継承を行えば、なんら問題がないということでしょうか？」

アクィラ殿下がお母様の言葉を補足すると、口の端を小さく上げ頷いた。

「ええ。この後すぐにも帰国の途につき、私が摂政《せっしょう》として……大公とテレンス伯爵家預かりの未亡人との間に産まれた公子を立てようと考えております」

……これは、間違いなく計画的なクーデターだ。

そうでなければ大公であるお父様が、その側近であるヨクレア外務大臣に毒殺されるというのがまずおかしい。いくら大公に成り代わろうという企《たくら》みがあるとはいえ、それは今ではないはず。

私が両手で口を隠し、その事実に震える歯の根を抑えていると、メリリッサがふんわりとドレスの裾をひるがえし、お母様のところまで駆け寄り新たな毒を吐き出した。

「お母様！　そんなどこの馬の骨ともわからない子どもよりも、神の御心《みこころ》の下《もと》、正式に認められた娘である私のほうが大公に相応しいでしょう？」

この期《ご》に及んで、未だにそんなことを考え、なおかつ口に出せるメリリッサのことが真剣にわからない。

お父様が亡くなったと聞き、自分が大公になれるという喜びに頬を紅潮させながら笑う姿は恐ろしいほど滑稽《こっけい》だ。けれどもお母様はそんなメリリッサに向かいにっこりと笑顔を見せた。

「本当に？　そう思う、メリリッサ？」

「勿論よ。私ならばすでに成人を迎えているのだから、摂政としてお母様にお手を煩《わずら》わすようなこともしないわ」

お母様の柔らかい声に気分を良くし、私へと振り向いた。その表情は先ほどまでの憤怒は綺麗さっぱりと消え去っていた。

「ええ、いいわ。リリコットがこのままトラザイドにと言うのならば許可してあげる。だって、私はモンシラの女大公になる……え？」

トン、とお母様の手で押されたメリリッサが足をふらつかせ、ぺしゃんと床に尻もちをついた。

　それを見下ろすお母様が、極寒の、触れるだけでも肌が切れてしまいそうなほど冷気を纏《まと》った怒気を吐き出した。

「メリリッサ・カシュケールは、これよりモンシラ公国とは一切の関係が否定されます」

　その宣言と同時に、セルビオ元騎士副団長から一つの用紙を受け取り、勢いよく両手で切り裂いていく。

　バラバラにされたその紙が、大きな雪の塊《かたまり》のようにメリリッサに降りかかると、呆然《ぼうぜん》としていたメリリッサの瞳が大きく零れ落ちそうなほどに広がった。

「あ……わ、たしの……出生、しょうめい、しょ……？」

「ガランドーダへでも、どこへでも行きなさい。ただし、ただのメリリッサ・カシュケールとして。一度モンシラを出国したあなたには、もうこれでモンシラ公国の公女として証明されるものは何一つないのよ」

　お母様の無情な言葉に、声にならない悲鳴が覆《おお》いかぶさる。

　尻もちをついたまま床に広がる深紅のドレスのメリリッサは、まるで血の池の中に沈み込むようにも見える。

　そしてそれは、これから公女としての地位も立場も、庇護者《ひごしゃ》だと思って疑わなかった両親も、なにもかもなくしたメリリッサの、これからの行く末を暗示しているようだった。

　メリリッサの声が嗄《か》れ、ただの人形のように動かなくなると、パッサー第二騎士団長の指示により数名の騎士が大聖堂の中へと入室して来た。

それと同時に顔を腫《は》らしたノバリエス元外交官が強引に立たされ、気がつけば床に溜まった鼻血もきれいさっぱりと拭《ぬぐ》いとられている。

騎士の内の一人がメリリッサの腕を取ろうとしたところ、側にいたロックス殿下がそれを制し自らの手で立たせた。焦点の合わない目でふらふらと揺れるメリリッサの肩を抱き、ゆっくりと騎士の後をついて歩くロックス様。こじんまりと設えられた裏口のような扉をくぐる前に、一度だけ私のほうへ振り返り小さく礼をするとそのまま黙って出ていってしまわれた。

これから公女としての身分をなくしたメリリッサが、ガランドーダへと向かったとして、どうなるのかは私にはわからない。

ロックス様はなんとかメリリッサを受け入れてくれるような様子を見せてはくれたものの、大国の王は、立場も、金の生《な》る権利もなくした小さな公国の元公女の価値をどうとるか……。

立ち尽くしながら考え込んでいた私の横から、アクィラ殿下が私の顔を心配そうに覗《のぞ》き込んでいる。

「リリー」

大丈夫か？　そう瞳で窺っているのがわかる。

お父様が亡くなったと聞いた時はとても驚いたし、胸も痛んだ。

お母様は、お父様が私とメリリッサの区別がつかなくなっていたと言っていたけれども、確かに娘としての愛情を感じていた記憶が、ちゃんとリリコットの中にも存在していた。

しかし、あのままでは私だけが泥を被《かぶ》って済むということにはならずに、近いうちに必ずトラザイドに大きな爪痕を残すことになっただろう。お母様が決断しなければ、モンシラ、いやトラザイドすらこの世界の地図から消えてなくなっていてもおかしくなかったのだ。

こくんと、一つ頷いてから顔を上げる。

「アクィラ殿下は、先ほどの……お父様の話は、すでにお聞き及びでしたのでしょうか？」

あの場では私たち姉妹だけが目を見開き驚いていた。けれども、この大聖堂にいた他の方々には全くといっていいほど驚きの表情が見られなかったのを思い出す。

「ああ、昨日になってノバリエスが、君の姉のことをリリーだと信じていることを知らされた。さらにモンシラに探りを入れている間者から、大公殿下が崩御《ほうぎょ》したらしいとの連絡がこちらにも入ったため、その話を土産にして夜のうちに大公妃との会談を調《ととの》えることができたよ」

「そう、なのですね」

「そこでようやく一連の話を聞かせてもらった。そのうえで国王、宰相、他そこにいる重鎮たちに慌てて話をつけに行き、今日にこの場をなんとか作った。リリーの正当性を証明するためには、彼らの証言があれば完璧だろう」

そう言うアクィラ殿下の目元には、クマがうっすらとのっている。

アクィラ殿下は私がメリリッサやお母様と本音で対決する場を作るために、寝る間を惜しんで調整してくれたのだ。

手のひらをアクィラ殿下の頬に添える。

「ありがとうございます、アクィラ殿下。随分と無理をなされたのでしょう？」

「は、たいしたことはない。それに……」

「それに？」

急にいたずら顔になったアクィラ殿下が、頬に置いた私の手の上に自分の手をのせて掴み、額《ひたい》をこつんと合わせて呟いた。

「全てが終われば、夜には離宮で温泉だ」

「そう、でしたね」

「二人でゆっくり浸《つ》かる約束だろう？　楽しみだな」

「な……あ、アクィラ殿下！」

その言葉の深い意味に初めて気がつき、慌てて離れようとした。けれども、知らない間にがっちりと腰も掴まれていたために、全く逃れることができない。

笑うアクィラ殿下から視線だけでも外そうとすると、側に近づいてきていた国王陛下やお母様の姿を見つけた。

「へ、陛下……！　ちょっと、殿下、離して、くださいっ」

押しのけるように力を込めてなんとかアクィラ殿下を引き離し、国王陛下夫妻、お母様、そして居並ぶ重鎮の方々へと深々と頭を下げた。

「このたびは……」

「ああ、構わん。予定通り、スメリル鉱山の権利書を有したモンシラの第一公女が我が国の王太子のもとに嫁ぎ、両国の友好関係は保たれる。害なす虫どもは駆除されたのだから、なんら問題はない。なあ、そうであろう？　モンシラの新摂政殿よ」

「ええ、その通りでございます。この婚儀の成立により、さらなる関係の発展を進めることをお約束いたしますわ」

「ならば早く婚儀を進めることとしよう。そこの我が息子も、随分と焦《じ》れているようだ」

両国のトップが、さらりと約束を交わし合う。国王陛下の態度は初めて会ったパーティーの時と同様に鷹揚なものだが、その声は思っていたよりも優しかった。周りに立つ重鎮の方々も皆、陛下の言葉に賛同の意を示してくれている。

「だから言っただろう？　絶対に大丈夫だと。なあ、私のリリー」

隣に立つアクィラ殿下が私の肩に手を置いてぐっと自分のほうへと抱き寄せた。

メリリッサやお父様のことを考えると、完全に気持ちが晴れたわけではない。

それでもこうして私にとって全てが良いほうに回り出し、アクィラ殿下と祝福されて夫婦になれるということを思うと胸が熱くなる。

「はい」

そう返事をすると、国王陛下の隣でお母様と話をしていた王妃殿下がにこやかに笑いかけてきた。

「本当によかったこと。アクィラの初恋がめでたく叶《かな》ったようで安心したわ」

ぐっ。いや、いくら義母になる人でも、面と向かってそう言われてしまうと少し恥ずかしい。

確かにアクィラ殿下からも、あの日からずっと好きだったと告白はしてもらっていたけれども、それって王妃殿下にもバレていたのね。なんとなくいたたまれない気分だ。

「十年前、あれだけ脅《おど》した張本人が何を言っているのですか」

少し憮然とした表情のアクィラ殿下が王妃殿下へとそう言い返す。

……ええと、十年前？　そういえば、ウエディングドレスの試着の時に王妃殿下が何か言っていた覚えがあるような？

「仕方がないでしょう？　あの時は、アリララ——大公妃殿下から、詳《くわ》しくは話せないけれどもリリコットがあなたの正妃になれるかどうかわからないと言われていたのだから、下手に期待を持たせることがないようにと、少しだけ念を押しただけじゃない」

そんなこと言われた？

十年前の記憶をゆっくりと掘り下げる。

あー……と、そういえば、トラザイドの王妃となるには立ち振る舞いから勉強、社交、全てを完璧にこなせなければダメだというようなことをきつく言われた気がする。

それとあと一つ……そうだ！　王太子妃は王妃へ、自分一人で刺繍をしたテーブルクロスを贈るのが習わしだとも。王妃殿下はとても刺繍が得意だから、よほど出来が良くなければ絶対に受け取らないとも言われた覚えがある。

けれども、私が何度メリリッサに伝えても、そんなことは聞いたことがないからと言って刺繍を始めようとはしなかった。

だから私とロックス殿下の婚約が決まった時、メリリッサが王妃殿下より不興を買わないようにと、あの刺繍を……リーディエナの花の刺繍の入ったテーブルクロスを作り始めたのだった。

そうか。あれはガランドーダの王妃に贈るためのものじゃない。元々トラザイドの王妃殿下へと贈るために刺繍したものだったんだ。

「王妃殿下……」

「リリコット、素晴らしい刺繍だったわ。ありがとう」

本来のあるべきところに届いたリーディエナの花が、代わりに私へ幸せを運んでくれた。

ありがとう。それは私の言葉です。

皆に許されて祝福され、感激のあまりに涙が勝手に頬を伝う。それをそっと指先でアクィラ殿下が拭ってくれた。

「さあ、これ以上待たせれば、王太子が勝手に誓いのキスをしてしまいそうだ。扉を開け放て。結婚の儀を執り行えよ」

国王陛下のその宣言がかかるや否や、大聖堂の扉が全て開かれた。

すでに大聖堂の中で寄り添い合っているアクィラ殿下と私を、入室してくる国外からの来賓や国内の貴族たちが、不思議そうな顔で見ている。

予定とは違う段取りで申し訳ないとは思うけれども、仕方がない。どうせこの後、新婦の名前が変わっていることにもっと驚くだろうから、こんなことは些細《ささい》なことだ。

「そういえば、さっきの話で思ったのだけれども、もしかして……王妃殿下は初めから私がリリコットだと気がついていたのかしら？」

十年前にリリコットにだけ忠告したことを、ドレスの試着の時に謝られたのだ。多分それで間違いはないだろうと、こっそりとアクィラ殿下の耳にだけに聞こえるように囁《ささや》く。

「元々大公妃殿下と母上は親友だったらしい。手紙が届いたそうだ。『王太子のための花を贈る』と」

「……それだけで？」

入室してくる貴族たちに愛想笑いで応えていたはずのアクィラ殿下が、くるりと私へと向きを変えた。

「私が世界で一番望む花は、しっかりと筒抜けだったようだ。母親というものは侮《あなど》れん」

そう言って、アクィラ殿下は私の頬にキスをした。

どよめく大聖堂の中、恥ずかしさよりもまさる喜びに、私はそのキスを喜んで受け入れた。

厳《おごそ》かな大聖堂に華やかな正装姿の来賓や貴族たちが並び終わると、聖司教様が聖杖《せいじょう》と聖杯を手に祭壇へと現れる。

すでに今日の主役である私たち二人が祭壇の前に立っているのだけれども、聖司教様は全く気にした素振りもせずに、にこやかな笑顔を浮かべて儀式を執り行い始めた。

案の定、私の名前が告げられた時ざわめきが起こりかけたが、聖司教様の深く響き通る声で祝福を伝えられると、次第にそれは収まっていった。

大聖堂での誓いの儀が一つ、また一つと進められていく。胸の奥がじわりじわりと熱くなり、目頭までその熱が上がってきてしまう。

まだ泣いてはダメ。きちんとしなければと拳をぎゅっと握って耐えていると、隣に立つアクィラ殿下から、力を抜いてと優しく囁かれた。

大丈夫、わかっている。でも、どうしてもダメ。込みあげるこの想いが一つでも零れ落ちてしまったら、この幸せ全てが泡になって消えてしまいそうで怖いから。だから儀式の最後までは絶対に我慢するの。

きゅっと唇を引き結び、聖司教様の言葉に耳を傾ける。いよいよ最後の署名になり、銀のトレーに載せられた婚姻の宣誓書とスメリル鉱山の権利書、そしてアクィラ殿下の出生証明書が現れた。

「君の証明書もここへ」

メリリッサの出生証明書はお母様が引き裂いてしまった。

私のものも、てっきりお母様が持ってきてくれたのだと思っていたのだけれども、まさかメリリッサのものしかなかったのだろうか？

「リリー、君に確かに預けた、と。昨夜の会談で、コザック男爵がそう言っていたが？」

コザック男爵といえば、ミヨ……預けた？　……ファルシーファ様のあのお守りだ！

ベルトに付けられた織物を急ぎ手に取ってのし袋を手に取り開けた。

「……ない」

え、嘘っ!?　入っていない……確かに、あの暗号のような紙をのし袋に入れたところを見たはずなのに……。

まさかこの最後の最後まできて、こんなどんでん返しのような出来事が起こるとは思わなかった。

もう一度、きっちりと確かめようとのし袋の中を覗き込む。けれどもやはり中は空っぽだ。

どうしよう……。頭がパニックになる一歩手前で、のし袋のその内側に何か文字が書かれているのに気づいた。

ええと、このの し袋は、私が作ってミヨにあげたものをベースに作ってルカリーオ商会で売り出そうとしていると聞いた。だとしたら、私が作ったものと同じように、紙一枚を折って作っているはず。

そう思い、丁寧に折を戻していくとそこには、『モンシラ公国　第一公女　リリコット・カシュケール』の文字が間違いなく記載されていた。

「よかった……」

無意識のうちに安堵《あんど》の声を漏らし、アクィラ殿下へと顔を向ける。するとなぜか殿下は眉間に皺を寄せていた。なんだろう？

「アクィラ殿下？　あの、ありましたが……」

「あ、ああ。ではその上に置いて、婚姻証明書へサインをしよう」

私の疑問はさらっと躱《かわ》されて、いつもの笑顔に戻る。

まず先にアクィラ殿下がペンを持ち、一文字ずつその名前が綴《つづ》られていく。次に私がその横へ、リリコット・カシュケールの名前を書き込んでいった。

最後の一文字が宣誓書の上に写しとられると、聖司教様が婚姻の成立を高らかに宣言し、あらためて祝福の言葉をくださった。

とうとう、この時がきたのだ。

出会った頃よりもずっとずっと好きになっていたアクィラ殿下との結婚の儀……。

嬉しい、と。心が、体が、私の全てが震えている。ああ、もうこれで我慢なんてしなくてもいい。

ぽろりと目頭から零れた涙が頬を伝う。そういえば、記憶を戻してから涙を流すことなどなかったのに、今日だけでも二回も泣いてしまった。けれどもこんな嬉し涙なら、何度あってもいい。

涙が流れ落ちる両頬に、ふわっとした優しい温かさを感じた。アクィラ殿下の両手が私の頬を包み込んでいる。

「リリー、これで君は私と一生離れられないな」

「離れるつもりなんてありません。ずっと、一緒にいてくれるのでしょう？」

勿論、と唇が形作るのを見届けてから軽く目を閉じた。

そうしてアクィラ殿下が私に誓いのキスを落とすと、大聖堂の美しいステンドグラスが震えるほどの歓声に包まれた。

そのまま沢山の祝福の声を浴びながら王都へのパレードへと出発する。大聖堂の扉の前に止められていたゴージャスな馬車に、アクィラ殿下のエスコートのもとに乗り込むと、木々が生い茂る日陰の下に見覚えのある侍女服が見てとれた。

あれは……ハンナとミヨ。

本来儀式に参加できない二人だけれども、こっそりと私たちを覗きに来てくれたようだ。

モンシラから私に付いてきてくれて、ずっと面倒を見続けてくれていたにもかかわらず、この姿を見せることができないことを残念に思っていたが、少しでも見てもらえてよかった。

そんな私の視線に気がついたハンナが静かに頭を下げる。ミヨはグッと親指を立て笑っている。

その瞬間、なぜか言い表しようのない違和感が頭の隅っこを走り抜けた。なんだろう、この落ち着かない気持ちは……もぞもぞとし出した私の肩にアクィラ殿下がそっと手を置いた。

「さあ、にこやかに笑って、リリー。新しい王太子妃をトラザイドの民に見せびらかしてやろう」

「まあ、アクィラ殿下！　見せびらかす、だなんて」

アクィラ殿下のその声に、すっかりと意識がパレードへと移ってしまう。

気がつけば馬に乗った沢山の騎士が私たちの馬車の周りを固めている。

彼らの片手に持ったラッパが高らかに鳴り響くと、幌《ほろ》を取りさった豪奢《ごうしゃ》な馬車が音もなく滑り出し宮殿の門をくぐった。

初めて体験するパレードに浮かれる私は、その違和感を胸の奥にしまい込み、何もなかったようにして笑顔で沿道に立って待つ国民へ手を振り出した。

第八章　真実

パレードは無事に済ませることができた。

殿下の相手である私、即《すなわ》ちリリコットがモンシラの第一公女であり、悪公女との噂《うわさ》が高いメリリッサではなかったという情報を、儀式が始まるその前に沿道へ集まる人々に流していたおかげで、沿道ではリリコットの名前を呼んでもらえるようになっていたようだ。

本当にアクィラ殿下の手配には隙《すき》がない。

嬉《うれ》しいような、そしてちょっとだけ怖いような気分で着付け部屋まで帰ってくると、ミヨが衣装方の面々と一緒になって出迎えてくれた。

「あー……やっぱりこの刺繍《ししゅう》、ほんっとうに素晴らしかったですねえ、姫様ぁ！」

刺繍に目をやりうっとりと語るミヨ。

「あんなに遠くからでもちゃんと見えたのかしら？」

元々リーディエナの花はそう大きいものではないし、刺繍の図案もそこまで大きなものではなかった。ウエディングドレスに刺繍されたものを見ても、あそこまで遠くからでは見分けがつかないのでは？　とも思っていたのだ。

「あらあ、姫様。知りませんでしたか？　この図案、遠くからでも、うっすらと花の形が浮き上がるようにできているんですよぉ」

それは知らなかった。

ええと、リリコットの図案はそこまで考えられていなかったはずだけれども、いつの間にそんなに進化を遂げていたのだろうか。ちらりと衣装方の責任者へと目を向けると、重責を終えてホッとしているらしい彼女が教えてくれた。

「はい、それは王妃殿下の采配《さいはい》により、私どもが再構築いたしました」

うわああ。凄《すご》いな、衣装方の人たち。あんなに短い期間で、これだけのものを作り上げる手腕に感服していると、気分がいいのかスルッと口を滑らせる。

「リーディエナの花の存在は知っていても、私ども同様、見たことがないものがほとんどでございますから、王妃殿下はこの刺繍をボスバ領の同意を得て、トラザイド専売とするご予定だそうです」

……ああ。もしかしなくても、アクィラ殿下があのタイミングでボスバ領へと向かったのは、その話かあ。そう言えば、王妃殿下の用事だと聞いた覚えがある。

あの刺繍がリーディエナの形を模した唯一のものだと知って、売り出そうというのだろう。

できる息子の親もできるのは当然だけれども、なんというかデジャブを感じる。

そうして次の披露パーティーの準備のために、ウエディングドレスからの着替えをミヨに手伝ってもらっていたところで気がついた。

のし袋！　そうだミヨも私が作ったあれを勝手に売り出そうとした。

「ねえ、ミヨ。あの、お守りって言って渡してくれた袋だけれど……」

「あ！　あれですね、役に立ったでしょう、姫様？」

ピースサインを向けながら、パチンと軽くウインクをする。

ミヨが言う通り、本当に役に立った。

わざわざ袋にする必要があったのかとか、出生証明書がおかげさまで皺《しわ》だらけになったとか、色々言いたいことはあるけれども、それよりも何よりも一番聞きたいことは他にある。

「ええ、役に立ったわ。でもあのね、あの中に入っていた……ラゼロ辺境伯家の秘術？　だけれども……知らない間に、なくなっていたのよ」

一瞬、真顔になったミヨだったけれど、すぐにへらっ、と緊張感のない顔に戻《もど》る。

「やっだー！　そりゃあ、秘術ですもん。そういうものは、役に立つと同時に消えてなくなるものですよお」

ほらほらと言いながらぐいぐい背中を押してくる。

いや、ミヨが私の出生証明書で、あののし袋を作ったのよね。それなのに、その中身のことをいつまで秘術と言い続けるの？

はっきりと言ってやりたかったが、今まだここは着付け部屋で、私たちの事情を知らない人ばかりのため、そこはさすがに我慢した。

「ところで、ミヨ。ハンナはどこへ行ったのかしら？」

ずっと衣装方の手伝いをしていたミヨがここにいるのはおかしくはないけれども、ハンナは一体なにをしているのかとも思う。

せっかくだからハンナもここへ来て、ゆっくりと私のドレス姿を見てくれればよかったのに。

「ハンナさんですかぁ。今は離宮のほうへお支度しに行ってまーす。あっちも綺麗《きれい》にはしているようですけど、色々と準備が足りていないようなのでえ」

　確かに結婚したばかりの王太子夫婦がしばらく滞在するとなれば、それなりの準備が必要だ。ハンナには余計な仕事を増やしてしまった。あまり考えなしに、アクィラ殿下の提案に乗った私としては、ちょっと耳が痛い。

「ま、ベッドの上に花びらを撒《ま》く準備が終わったら、ちゃんと戻ってきますって！」

「えっ!?　ちょっとベッド……花びらって、何？」

「じゃあ、披露パーティーの準備もしていきましょうねー」

　本当にそんな恥ずかしいことしないよね？　という私の質問をしれっと無視して、ミヨは背中を押す力をさらに強くした。


　昼間の純白のウエディングドレスとは趣を変え、アクィラ殿下の瞳のように美しいエメラルドグリーンのドレスに身を包み、結婚披露パーティーへ二人で登場すると会場全体に大きな歓声が上がった。

　さすがにパレードの時とは違い、こちらは好奇心を上手に隠しつつ色々と探りを入れてくる。

　けれども、宰相を始め、有力貴族のラゼロ辺境伯やヨーク将軍のように重鎮《じゅうちん》と呼ばれる方々がモンシラとの国家間の友好関係と経済の繋《つな》がりを盾に、この婚姻を持てはやしてくれるので、あまり突っ込みきれないようだ。

　なによりもアクィラ殿下が私をエスコートしながらパーティー会場へ入ってからというもの、片時も離さないといった様子で張りついているので、こっそりと嫌味だけでも言いたがっている令嬢たちは爪を噛《か》むしかない状況になっていた。

「アクィラ王太子殿下、リリコット王太子妃殿下、あらためましてお祝いの言葉を贈らせていただきます」

「ありがとう、コザック男爵」

結婚の儀が終わると、お母様はセルビオ元騎士副団長を連れ、モンシラへと急ぎ帰った。ただ、全権大使のコザック男爵だけがこちらへ残り、この後の予定をこなしていくようだ。

「ミヨルカには会いましたか？」

「いいえ」

親子とはいえ正妻の子でもなく、元々離れて暮らしている彼らだ。色々とあるのかもしれない。けれど、儀礼的で冷たい印象のコザック男爵にも、ミヨの話となると優しげな表情が浮かぶ。

「彼女にはとても世話になっています。ミヨルカがいなければ、私もどうなったかわかりませんわ」

本当にミヨのあの性格には救われた。まだいくつか引っかかるところはあるけれど、それでもやっぱり彼女がいてくれたおかげで、助かったと思うことがいくつも思い出せる。

そのことを素直に伝えれば、コザック男爵は初めて私に向かって笑顔を見せた。

「ならば、どうやら私の賭けは良いほうに目が出たようです」

「賭け？」

「ええ、モンシラ公国とトラザイド王国の未来に、投資という名の大きな賭けです」

「銀行家が投資を賭けとおっしゃるとは、なかなか胡散臭《うさんくさ》くなりますね」

横からアクィラ殿下が私を遮《さえぎ》って男爵へと声をかけると、さらに笑みを深くする。

「事実、そのようなものですよ。我が娘ながら、何をしでかすかわかりませんから……。特に最後の署名の時は冷や汗をかかされました」

ああ、やっぱりあれはミヨの独断だったらしい。

そうだよね、まさか出生証明書をあんな形で渡してくるとは思ってもいなかった。うん、私なんてその存在すら聞かされていなかったし。

「……そういえば、担保の話は聞いていますか？　五万テゾの借入金について、結婚の儀の後で渡すと約束をしていたのですが」

さっき披露パーティーの準備をしながら聞いてみたのだけど、ミヨはアヒル口のままニヤニヤと笑って答えてはくれなかった。

「ああ、あれですか。どうもミヨルカは、ルカリーオ商会に王太子妃殿下の御用達印《ごようたしいん》が欲しかったようです」

それで、結婚の儀の後で、と言ってきたわけか……！　本当に抜け目がないな。

「しかし、兄のルカリーオに『御用達印など担保なんぞで預かるものではない』と酷《ひど》く叱《しか》られ、店に立ち寄った時には随分とこき使われたようですので、放ってやってください。口を開かないということは、多少は反省をしているはずですので」

カリーゴ様の時と同じ叱られ方をしている。本当にミヨらしい。

けれどもこれでミヨに対する不信感はほとんど払拭《ふっしょく》された。むしろ疑ってしまったことに申し訳なさを感じるほどだ。

何かお詫《わ》びをしなくちゃ。でも、ミヨの欲しがっていた二輪馬——前世の自転車に似たあの乗り物だけは無理だと思うけど。

そんなことを考えていると、「本当に仕方がない娘でして」と前置きし、コザック男爵はあらためて私に向かって言った。

「ですが、義父の血を濃く継いだ野生児の勘はあなたに強く惹《ひ》かれたようです、リリコット王太子妃殿下。どうぞ、これからも娘をよろしくお願いいたします」

最後に一言だけ付け足された言葉だけ寂しそうな感情を見せた男爵が離れると、その後は可愛《かわい》らしく着飾ったアウローラ殿下やファルシーファ様が次々とお祝いの言葉を伝えにきてくれた。

そこからはだんだんと輪が広がり、私が離宮へと出発する退出時間になるまで、想像していたよりも随分と和《なご》やかな会話を楽しんでいった。


「姫様ぁー、そろそろですよぉ」

「う、うん。いえ、ええ。わかって、いるわ、よ」

「でー、アクィラ殿下は姫様が出発されてからぁ、一時間後に宮殿を出てこられるんでしたよねえ」

「そのご予定です」

ミヨのわかりきった質問に、ハンナが無表情で答える。

夜半まで続く予定の披露のパーティーも、主役である私たち二人は最後まで参加するものではないらしい。

新婦となる女性が一足先に退出し、ある程度時間を置いてから新郎が、その……二人の寝室へと足を運ぶのが、この世界の、貴族以上の結婚式での普通なのだそうだ。

だけれども、私がまた上手《うま》いことアクィラ殿下の提案、つまり離宮で温泉に乗ってしまったため、こうして先に馬車に乗り離宮へと向かう羽目になってしまったわけである。

パレードの時とは違い幌《ほろ》無しではなく、黒塗りのボックスタイプの馬車は、窓をふさげば外からはわからないはず。

……そう思ったのに、その馬車に描かれている紋と警護の人数と離宮という行先で、誰が乗っているかなど一目瞭然《いちもくりょうぜん》だったらしい。

「でも、姫様の時ですらこの様子だしー、アクィラ殿下がご出発ぅって、なったらもの凄いことになっちゃいますねえ」

くっ、うう。そうなのだ。

王太子の結婚の儀を祝う街中の喧騒《けんそう》は、日をまたいでも続くのが当然のようで、馬車に向かい沿道のあちらこちらから「王太子妃殿下万歳」と、はしゃぐ声が聞こえてくる。そのうえ、途中の広場では手筒花火のようなものまでが鳴らされた。

ううう、国民の気持ちは、公女としてわからないわけではないけれども、百合香《ゆりか》としての記憶もある私としては、恥ずかしく穴に入りたいくらいだ。本当に勘弁してほしい。

なんであんなに簡単に、離宮で温泉を受け入れちゃったのだろうか。失敗した……。

頭を掻《か》きむしりたいほどの衝動を抑えているとだんだん馬車のスピードが緩んでくるのがわかる。

夜だというのに思ったよりも時間のかかった道のりだったが、そう焦《あせ》ることもないかもしれない。

通常は四十分くらいの道のりだと聞いていたけれど、実際はもっとかかっただろう。あの様子だと、アクィラ殿下がここに辿《たど》り着くには軽く一時間以上はかかりそうだ。

その間に私は支度を済ませて待っていればいいだけなんだけど……。

と、その待つ時間が一番いたたまれないけれど、本当にどうしようか。

赤くなる顔を抑えながらゆっくりと、足を踏み外さないようにと、呼吸を整えながら馬車から降りることを心がけた。

「そういえばヨゼフは後からアクィラ殿下と来るんでしたっけ？」

「ええ、そうよ。ボスバ領のマリス卿《きょう》も披露パーティーへいらっしゃっていたから、一緒に挨拶《あいさつ》に回る時間が欲しいらしいわ」

騎士爵を賜《たまわ》ったヨゼフがマリス卿と親類関係にあるということは、王室にとってもボスバ領の統治が順調だという証明にもなる。

「じゃあうるさいのがいないうちにー、とっととやっちゃいましょうか」

「やっ……、その言い方どうにかしなさい、わっ！」

私の声も振り切り、いつも以上にテンション高く張り切るミヨが、勢いよく離宮の扉を開け放った。

がしかし、そのミヨの謎の行動力も、ハンナの凍るように冷たい制止には敵《かな》わない。

「ミヨ、引きなさい」

「ええー、でもぉ」

「リリー様は、私がお部屋までご案内いたします。あなたはまず離宮の護衛騎士全員、待機室に集まっていただけるよう伝えてきなさい。私から一言話しておきたいことがあります。わかりましたね」

一方的に喋《しゃべ》り、ミヨの返事も待たずに私へと振り返る。そうしてハンナにしてはとても珍しいほどの笑顔を見せた。

「それではリリー様、お部屋にご案内いたします」

馬車の中までの無表情が、全くの別人のように思える。あまりの豹変《ひょうへん》に驚きはしたものの、ハンナも今日のこの日は緊張していたのかと思えばおかしくはないのかもしれない。ミヨだって、いつも以上にハイテンションだった。

「そうね、ハンナ。お願いするわ。ミヨは騎士たちに連絡をして、少し待っていてちょうだいね」

「……はぁーい」

口を尖《とが》らして返事をするミヨを、手のひらでなだめてハンナの先導に従った。

離宮は以前カリーゴ様に視察という名目で連れてきてもらった時と全く変わらず美しい。掃除の行き届いた廊下にはランプが灯《とも》され、昼間とはまた違った印象を見せる。

ただそれでも夜ともなると人気《ひとけ》が少なく、少しだけ怖くも感じる。これは人としての本能だから仕方がないと考えつつも、やっぱり早くアクィラ殿下に来てほしいなと思ってしまった。

「どうぞ、こちらになります」

廊下の端、奥まったところにある一際豪華な扉の前でハンナが礼をする。

厳《おごそ》かに、そしてとても丁寧に扉を開けると、ふわりとリーディエナの花の香りが漂ってきた。きっと、アクィラ殿下の采配だな、とにやける顔を抑えつつ、部屋の真ん中にどん、と置かれた存在感のある大きなベッドをちらりと覗《のぞ》けば……よかった、普通だ。花びらは撒いてなかった。

濃いベージュのアンティークな柄のカーテンに、真っ白なレースがかかっている天蓋《てんがい》付きベッドは、余裕で四、五人くらい寝られそうな大きさだった。

緊張と安堵《あんど》。奇妙に入り混じった息をほっと、一つ吐く。すると、ハンナがすでに用意してもらっておいたお茶のワゴンを部屋の隅《すみ》から持ってきた。

「リリー様、まずはお茶をどうぞ。私は一度ミヨたちと話をしてまいりますので、それから準備をいたしましょう」

「そうね。ハンナ、ありがとう……本当に、いつもいつも、ありがとう」

心を込めれば込めるほど、どうしても感極まって言葉が出てこない。

そんな私の気持ちをわかってくれているハンナは、何も言わずにお茶を差し出してくれた。鼻をくすぐるその香りから察するに、昔から淹《い》れてくれたというお茶だろう。

正直言うとシナモンっぽい香りとその味はあまり好きではないけれど、せっかくハンナが淹れてくれたのだから、今日はちゃんといただこうと思う。気合を込めてぐいっと、一気に飲み干した。

なんだか、この間よりも風味が濃くて胸やけがしそう……。

そんなことを考えていると、本当にちょっと気持ちが悪くなってきたような気がする。座っていたソファーから立ち上がると、頭が少しだけくらっとした。

「リリー様？」

「ん……大丈夫」

「お疲れなのでしょう。準備が整うまで、軽く横になられてはいかがでしょうか？」

今日のこの日に、アクィラ殿下へ迷惑をかけてはいけないとは思うものの、あまりの頭の重さに我慢ができない。

待っている時間だけでも休めば楽になれるかな？

ハンナの肩を借りて、言う通りにそのままの格好でベッドで横になった。そうするとほんの少しだけ楽になった気がする。部屋の明かりを落とし、ハンナがランプを手に取った。

「では、私は一旦部屋を出ます。どうぞそのままお待ちください」

ハンナの声と扉の閉まる音が、どこか遠くで聞こえたような気がした。

こんな気持ちの悪さは、前にも体験したことがあるような……。昔は体も弱かったという話を聞いた覚えもあるから、その時の記憶なのだろうか？

そのまま、足をずりずりと引っ張られるような感覚がして、思わず足に力を入れる。

落ちる？　いや、浮き上がるのかもしれない。

ああ嫌、これも何かの記憶のようだ。それとも現実？　気持ちが悪い。

もっと、楽しいことを思い出したいな。

アクィラ殿下？　と、なにか絵、を描いているのは、私。自転車？

ぐるりと回る頭が反対側に突然向く。あ、れは……メリリッサ。川に、落ちる。

怖い、怖い、あの目と……私の、記憶……が……痛い？　痛い、痛い、痛い……手首、が？

待って……私、あの日の私は、一体？　リーディエナ……刺繍、を？

あれは、どこに？　誰……に言っている、の？

私は、百合香……。いいえ、リリコット……だけれど？

パンっと頭の中で何かが弾《はじ》ける音がした。それと同時に全ての歯車が噛み合ったのがわかる。

——そうだ、私は。

そんな私をからかうように、ぐりんと、再び回転しようとする自分。

待って！　今、ここで止まって！

遊園地のティーカップに縦回転を加えたような動きに、込みあげる吐き気を必死に我慢しながら、力を込めたその時、ガシャンと何かが割れる音が聞こえた。

………なに……だあ、れ？

……あれは、水差し？　いいえ、ティーポットが何かに当たった音なのかもしれない。

回らぬ頭でそんなことを考えていると、誰のものかわからない足音がベッドへと近づいてきた。

「……リリー様、もうお休みですか？」

明かりの落とされた部屋で、その影がランプを軽く掲げ、ベッドに横たわる人影を確認している。

ランプの炎はとても小さくて、持っている者の顔を映し出すことはない。

けれども私にはわかる。毎日聞いていた声だから当然だ。

「お休みのようですね……ああよかった。レールチコリのお茶がよく効いたようで安心しました。ここ最近は効き目が薄くて心配しておりましたの。それにこちらでは生葉が手に入り辛《づら》かったものですから少々苦労いたしましたが、こうしてリリー様へと差し上げることができて、大変嬉しく思います。休日に裏街道まで足を伸ばした甲斐《かい》がありました」

今まで聞いたこともないような、跳ね上がりそうに嬉しそうな声。

「モンシラから持ち込んだレールチコリの生葉はあの日にほとんど使い切ってしまいましたから……覚えておいででしょうか？　あの日、リリー様が王太子殿下と王妃殿下のもとへ、あの刺繍を持っていかれると、私におっしゃった日ですよ」

間違いであってほしいと思いながらも、そうなのだろうとわかっていた。

だって、私は思い出したのだ。全部、全部。

「私、本当に困りました……リリー様がモンシラ公国のためにも、入れ替わりの件を王妃殿下とアクィラ殿下へ正直にお伝えしにいくと聞いて。お二人には十年前にお目にかかったことがあるから、きっと話を聞いてくださると頑《かたく》なにおっしゃって」

ふう。と息を吐き、ハンナが一歩ずつ近づくごとにランプの炎がゆらりと揺れる。

「幼いころ、アクィラ殿下とお知り合いになっていたことは、寝耳に水でしたわ。もし、本当にリリー様のお話を聞いてくださって、万が一にもお認めになってしまわれたら……私の可愛くて、そして、とてもとてもお可哀想《かわいそう》なリリー様が、幸せになってしまうではありませんか」

この声の主は、ハンナ——私の、乳姉妹《ちきょうだい》。

「だから、レールチコリのお茶を飲んでいただき、私が、お風呂の中でリリー様の手首を切ってさしあげましたのよ」

はっきりとそう告白したハンナの声は相変わらず楽しげだ。

それから一拍だけ置いて、何かに気がついたように一人自問自答する。

「もしかして生葉が古くなっていたせいで、記憶を全てなくしてしまったのかしら？　せっかくいつもの倍量で淹れたレールチコリで混濁している間に、私が慰《なぐさ》めてさしあげようとしたのに。あんな……昔のリリー様のような態度をとるようになってしまって、私がどれだけ……」

ギリっと歯ぎしりが聞こえる。ハンナはよほど記憶をなくしてからのリリコットがお気に召さなかったようだ。

その理由が、昔のリリコットのようだからというのも単純だけれど、わからなくもないと思った。

「ノバリエス外交官もバカなこと。あれだけのチャンスを作ってあげたにもかかわらず、リリー様の大事なもの一つも手に入れられないなんて。わざわざ私がレールチコリのお茶を飲んで倒れて無関係を装う必要もありませんでしたわ。私に誘導してもらったから部屋に侵入できたというのに、それすらも理解できていないのですから」

ハッと、バカにするように笑うとランプをベッド脇のテーブルの上に置いた。

「さあ、そろそろお喋りはこの辺りでお終《しま》いといたしますわね、リリー様。先ほど街中の方角から大きな歓声が上がりました。王太子殿下がご出発なされたようですよ。……ですから、そろそろ準備いたしましょう」

その言葉と同時に、キラリと光るものがランプの炎に照らされた。

「到着されたら驚かれるでしょうね。リリー様が、賊どもに胸を刺されて倒れているなど……。ああ、大丈夫ですわ。見るに堪《た》えないような酷い傷は残りますが、でも絶対にお命にはかかわらないようにいたしますから」

——安心して私の胸の中でお泣きになってくださいませ！

高笑いと共に振り上げられたナイフが、ベッドに横たわる者の胸を貫こうと降りてきたその時、鋭い声が走った。

「いまだ、イービス！　ヨゼフ！」

ザクっと音を立て切り裂かれた枕から、羽毛が舞い上がるように飛び散った。

舞い散る羽の中には、天蓋の引きちぎられたレースに絡《から》まりベッドに押し付けられているハンナと、そのハンナの腕と首を押さえ付けているヨゼフ。そして、ピンクの長髪のカツラが半分ずれ落ちそうになりつつ、破れた枕を握り締めているドレス姿のイービス殿下。

「リ、リリー……様……な、んで？」

驚愕《きょうがく》の表情でハンナが見つめるその先は、ベッドの反対側で息を殺し、アクィラ殿下に肩を支えられていた私の顔だった。

＊＊＊

「リリー、飲めっ、それから吐くんだ！」

ベッドの上で唸《うな》るリリーを横抱きにしてバルコニーへと運び、あらかじめビューゼルから預かっていた嘔吐《おうと》を誘発させる薬を取り出しリリーに飲ませる。万が一、経口でレールチコリを大量に取ってしまった場合に有効だと聞いていた通り、何度か飲ませては吐かせることをしているうちに、徐々に意識が戻ってきた。

ゆっくりと顔を上げたリリーの瞳の焦点が合いだし、無事だとわかった瞬間、安堵の息と共にその体を抱きしめていた。

「よかった、リリー。私がわかるか？」

「アクィラ様……汚れて、しまいます……」

今の状態がわかってきたリリーは、自分の様子を気にしているようだが構うものか。どんなに汚れていようが、無事でいてさえくれればそれでいい。私を押しのけようとリリーが身じろぐのを感じ、

私はさらに腕の力を入れた。

「大丈夫だ。どうせ私とて人に見せられた姿ではない」

月明かりのみで、木々が茂る小道を二輪馬で激走したおかげで、髪は激しく乱れ、服には葉や木くずが張り付きほつれさえ見える。侍従長が見たら怒髪天ものだろう。

「もしかして、自転車で……来られたの、ですか？」

「……ああ、最高のタイムラップを記録した」

離宮に到着し、明かりの消えた部屋を見た時は、一瞬最悪の状況を連想した。

少し前、リリーが布団に零したお茶を検査し、そこに意識を混濁させるレールチコリの成分が検出されたため、秘密裏に人をやって調べさせていたところ、休暇の日にハンナがレールチコリの生葉を入手していたことがわかった。それだけでなく、街のごろつき共を使い何やら画策しているらしいと。

そんなリリーをじわりじわりと傷つけては優しい声をかけて癒やす、ハンナの異質な執着を知ったのが、結婚披露パーティーの最中。報告を受け、急ぎヨゼフ、ミヨ、イービスと連携を取った。

パーティーの予定を狂わすことなく、ハンナからリリーを守るため、私たちは二輪馬に乗り、宮殿から離宮までの道を走り抜けたのだ。

「アクィラ様……ありがとう、ございます。駆けつけてくれて、嬉しい」

ほっとしたような声の中に潜む、リリーの感情の高ぶりにはっとさせられた。

「リリー、リリー……君は」

続く言葉を言う前に、私と同じくらい汚れた格好のヨゼフとイービスがバルコニーへと上がってきた。

「アクィラ殿下、いつまでここにいるつもりですか。姫様のお体に障《さわ》ります」

「兄上ぇ……そろそろ準備をしないと。仕掛けられないよ」

その言葉で、ヨゼフが両手と背中に担いだ荷物を下ろした。

「あ、リリコット義姉上《あねうえ》、急ぐんで、ちょっとここで失礼します。それと、ドレスお借りしました」

「え……それは、一体？」

私はリリーの手を取って、部屋の中へと誘う。いくら弟とはいえ、他の男の着替える姿などリリーには見せたくない。それがたとえドレスとカツラ姿だとしても。

戸惑うリリーへ、諭《さと》すように優しく囁《ささや》く。

「証拠を確かなものにするために、イービスには囮《おとり》になってもらう」

そうして、素早く化粧まで仕上げたイービスがリリーの代わりにベッドに横たわり、私たちはその反対側の奥、ベッドのカーテンに隠れながら静かに息を潜めて待った。

＊＊＊

イービス殿下に刃が振り下ろされた瞬間、ハンナの拘束に成功したヨゼフが、氷のように冷たく尖った言葉を叩《たた》きつけた。

「ハンナ、申し開きしたいことがあれば今すぐに言え」

しかしハンナは無表情で無言を貫き通す。

その間に、イービス殿下が護衛の騎士たちの様子を確認しにいき、頭をふらつかせながら歩くミヨを連れてきてくれた。

「あっちはだいぶ落ち着いていたよ。初めから師匠の言う通りに動くようにと言っておいたから、忠実に守っていたようだったね」

「ふわぁー。あっちの部屋はレールチコリを香に混ぜてたみたいですねえ。用意してあった水差しに入っているだけかと思いましたよ。ハンナさん、なんであんなの知ってんですか？　急いで布でカバーしましたが、結構効きました。ちょっとふらふらしますぅ」

ミヨや騎士たちも眠らせ遠ざけておいて、その間に私を傷つけようとしていたのだ。別働隊として隠れて動いていた騎士たちが、離宮周りに潜んでいた数人のごろつきたちを捕獲し、話を聞いたところ、賊が侵入したかのようにみえる小細工も見つかったらしい。

ハンナはミヨたちの報告を聞いても、表情を変えることなく前を見つめている。

ずっと、ずっと、小さなころから私とメリリッサの乳姉妹として一緒に育ってきたハンナ。

どこで、どう変わってしまったのか……それを私は、全部思い出した。

あの、レールチコリの混濁の中で――。

「ハンナ……」

「はい。なんでございましょう、リリー様」

「あなたは私を傷つけようとした、このトラザイドの王太子妃の体を」

私が彼女へと声をかけると、それまで全く感情を露《あら》わにしなかったハンナの口元が上がる。

「リリー様……。リリー様はリリー様以外の何者でもありませんわ。私の可愛い、お可哀想なリリー様です。ほら、思い出してください。初めて私がリリー様を抱きしめて慰めた時のことを……あんなに怯《おび》えて、震えながら、ハンナ、ハンナと呼んでくださったでしょう？　ほら、あの……」

「メリリッサに川へ落とされた時？」

「ええ、ええ！　ああ……やっぱり、リリー様は私のリリー様です」

「違うわ、ハンナ」

喜びに打ち震えた表情を浮かべたハンナが、一瞬で真顔に変わる。

そう、違う。あの時、私が怖かったのはメリリッサではない。

子供だったメリリッサは、遊び半分で私を川に落とした。けれどもその時、思ったよりも早い流れに一番驚いたのはメリリッサ自身でもあったのだ。とにかくそこから逃げ出したかったメリリッサは『騎士を呼んでくるから、手を出しちゃダメよ』そう声をかけてハンナをその場に置いていったのだ。

溺《おぼ》れて必死に手を伸ばしたその先で、放っておけば死ぬかもしれない私を見ていただけのハンナ。

『ああ、そんなに苦しそうに……可哀想。私が、ここにおります、リリー様』

駆けつけた騎士が私を救い出した後、ハンナは慰めるふりをして、私を抱きしめながら恍惚《こうこつ》とした表情を浮かべて見せた。

私はそんなハンナが恐ろしかったのだ。

でも信じたくはなかった。そんな目で乳姉妹のハンナが私を見つめるわけがないと。

だからあの時、足の手術のためのレールチコリの麻酔の混濁の中、私は記憶の一部を閉じ込めた。

ハンナのことをおかしい人だと疑い、訴えようとした自分のことを。

それからリリコットは、時折記憶の底から蘇《よみがえ》るあの悪魔のような笑い顔に怯えるようになった。

周りの人たちの顔色を窺《うかが》うようになり、それがきっかけとなり、どんどん内向的になった。そしていつしかメリリッサに虐《いじ》められた後は、一際優しく接してくれるハンナに自ら泣きつくようになってしまった。そして慰められるごとにハンナへと依存していった。

「あなたが何度となく飲ませたあのお茶……レールチコリの香りは、意識を混濁させて依存させるだけでなく、私があの日の恐怖を忘れないようにするための呪いでもあったのね」

「いいえ、リリー様！　あれこそがリリー様と私の絆《きずな》でございます」

その関係が大きく崩れたのは、私がメリリッサに代わり、トラザイドへ嫁《とつ》ぎに来たことだった。

「入れ替わりを黙っていることに悩んでいた私が、王妃殿下のところへあの刺繍を持って打ち明けにいくと話して部屋から出た時、あなたは言ったわ。『お約束を取っておきます。今日のところはゆっくりお休みして明日に備えましょう』と。でも……その後、私の記憶は途切れた」

さっき思い出すまで、全て忘れていた。

お風呂に入る前に、あのお茶をもらって、そしてそこからのこと……。

「すでに証拠は山のようにある。王太子妃への暴行・殺害未遂。死刑にすべきかどうかはこれからの裁決次第だが、少なくとも生ある限りは牢《ろう》で過ごせ」

声が詰まる私の代わりにアクィラ殿下が処分を告げる。

「これで、二度とリリーの目にふれることはない」

その言葉に慌《あわ》てたハンナは私に縋《すが》りつこうとした。しかし、ヨゼフにがっちりと捕まえられていては絶対に無理だろう。

「リリー様っ！　わ、私は……ああ、おいたわしい……リリー様、こんな、リリー様のことを一番愛しているのは私だというのに……こんな、こんな」

「ハンナが愛しているのは私じゃない。可哀想な私を愛しているつもりで自分を愛していたのよ。あなたはそういう病気なの」

ハンナの戯言《たわごと》を斬って捨てる。すると、一瞬呆《ほう》けた顔を、醜く歪《ゆが》ませて私に向けた。

「ふっ、は、はは。ああ、それではよろしいでしょう。お可哀想なリリー様。私はあなたのせいで牢に入れられ、処刑される。どうですか？　悲しいでしょう？　痛いでしょう？　ずうっとその痛みを胸に抱いて泣いてください。そう、私はお可哀想なリリー様のことを考えただけで、世界で一番――」

「傷つかないわ」

「え？」

「私はもう、傷つかない。ハンナの病気はハンナのものよ。メリリッサだって同じこと」

他人からつけられた傷で泣くことなんかもうしない。

力を込めてハンナを見下ろせば、彼女は何も言葉を発せなくなっていた。

「引っ立てろ」

アクィラ殿下が命じると、どこからともなく部屋に入ってきた騎士が、ハンナを連行していった。

私は、彼女の姿を最後までずっと見送る。もう二度と会わないだろうハンナの姿を、ずっと。

「リリー」

ハンナの姿が部屋からなくなると、アクィラ殿下が私の目尻をそっと拭《ぬぐ》う。自分でもわからなかった。いつの間に涙が流れていたのだろう。

「傷つかないのだろう？」

「……っ、あ、そうじゃなくて……その、これは、みなさんに随分と迷惑をかけたから、だから……申し訳なくって」

「そうか」

割れたガラスに、びりびりの天蓋ベッド。枕からはみ出した羽毛があちらこちらに散らばったままの部屋。

気がつけば、イービス殿下もヨゼフも、侍女であるミヨですら姿を消していた。

誰もいなくなったその部屋で、アクィラ殿下がもう一度私を抱きしめてくれる。

「ならば好きなだけ泣いておけ。今は、私だけだ」

その言葉を素直に受け取って、アクィラ殿下の背中に腕を回した。

そうして、本当に最後だと心に決めて、涙が涸《か》れてもう出ないというまで泣き続けた。

終章　新しい未来へ

そのまま泣き潰れるまで泣いて過ごした結婚一日目の夜は、申し訳なくなるほど何もなく過ぎてしまった。

昨日のことはまるで、ドタバタとした劇の中の出来事のように思える。

それでも、確かに現実として起こったことであり、結婚の儀という本来なら晴れがましい日に、私はたった一日で、自分の父親と姉、そして乳姉妹の存在というものをなくしてしまったというのも事実だった。

あんなに楽しみにしていた温泉も、結局入ることはできなかった。自分が刺されそうになった場所でハネムーンなんてと考えてしまったのも気分が乗らない一因だ。

「ここにいても、リリーはしばらくは辛《つら》いだけだろう？」

アクィラ殿下の、私を慰《なぐさ》める言葉に甘えさせてもらうことにした。

ただあれだけ市街地で派手に祝福されながら通ってきた身としては、やっぱり宮殿に帰りますなんて言い出したら、新婚早々不和の噂《うわさ》が流れそうで怖い。

そんな理由で、ミヨは一足先に普通の馬車で帰し、私は人目を避けるためアクィラ殿下と二人、二輪馬に乗りながら宮殿へこっそりと帰ることにした。

前世でもほとんど二人乗りをしたことがなかった私としては、後ろに乗るということは難易度が高い。どれだけくっついていいのかわからず戸惑っていると、アクィラ殿下は自分の背中を指でとんとんと軽く叩《たた》いた。少し恥ずかしかったけれど、私たちはすでに夫婦なのだからと、思い切ってアクィラ殿下の背中へと張りつきぎゅっと腕を回した。

「二人で乗るというのもなかなか楽しいものだな」

「ええ、でもアクィラ殿下。私、重くありません？」

二輪馬は全体が鉄でできているうえに、車輪にゴムがついていないので、そこそこ重く振動がダイレクトにくる。横乗りで乗っている私もお尻が痛いけれど、運転しているアクィラ殿下はそれ以上だろう。

「いや……ああ、そうだな。それに関しては、今日の夜が過ぎたら答えることにしておこう」

「はっ!?　……や、ばかぁっ！」

暗に、そのことを言われていると思い、アクィラ殿下の背中を押す。

すると思いのほか強く押しすぎてしまったのか、珍しく慌《あわ》てたアクィラ殿下が、うわっと叫びながらハンドルをきった。

「リリー……」

「ご、ごめんなさい……っ、でも、アクィラ殿下だって悪いんだもの」

あまりに見事に木の根の間にはまり込んだ二輪馬の車輪。押しても引いてもウンともスンともいわない二輪馬を見ていたら、なんだかどちらが悪いとかどうでもよくて、思わず笑いが込みあげてきてしまった。

くすくすと笑う私に呆《あき》れながらも、アクィラ殿下はハンカチーフを取り出して近くの切り株の上にかけた。

「ちょうどいい、少し休んでいこう。そのうち先に行ったイービスか……いや、ヨゼフがすぐに迎えに来る」

昨晩、アクィラ殿下とイービス殿下は、馬車で街道を通ってくるのではなく、この二輪馬に乗って宮殿から離宮までショートカットしてやって来てくれた。

しかし驚くことにヨゼフだけは、自力であの距離を、大きな荷物を担ぎながら二輪馬と同じ速度で走り切ったということだった。なんというか、凄《すご》いとしか言えない。さすがの体力オバケだ。

その規格外の男と、二輪馬では一番早いと自負するイービス殿下がいつの間にか「競争だ！」と言い出して、とっとと走っていってしまった。そのため護衛にほっぽり出された新婚の私たちが、こうしてのんびりと自転車デートのような気分になっている。

まあ、多分勝つのはヨゼフで、すぐに戻《もど》ってくるのもヨゼフだろう。

少しくらいはこうして二人きりでいるのも悪くない。私は頷《うなず》き、切り株に腰を下ろした。

木陰から落ちる太陽の欠片《かけら》のような木漏《こも》れ日《び》を見ていると、ちらちらと目の端を光が走る。隣に座るアクィラ殿下を窺《うかが》えば、金色の髪がその木漏れ日に反射して、よりいっそう輝いていた。

しばらくそうしてのんびりとした空気に浸っていると、不思議と肩に入っていた力が抜けてくるような気がした。

鳥の鳴き声に紛《まぎ》れ一息つくと、私は昨日泣きながら考えていたことをぽつりと口にした。

「ハンナを怪しいと考えたのはいつごろでしたの？」

あの時記憶が全て戻るまで、私はハンナのことを怪しいなどと思ったことがなかった。

感情の起伏は少ないけれど、いつも私のことを気にかけてくれている、立派な侍女だとばかり思っていたのだ。

「そうだな、最初は些細《ささい》なことだった。おかしなことに、あの悪公女の噂は下働きのあたりで多く発生していると報告を受けたことだ。リリーを煙たがっていたアウローラ周りの侍女たちは皆、家に帰ればそれなりの令嬢だから、下働きの者と話を交わすことはまずないにもかかわらず」

ああ。あのドーラという侍女も、ナターリエ様には下手に出ていたけれど、それ以外のところで見ていた姿は随分と気位は高そうだった。

「ハンナはリリーの世話をするため、下働きの者とも直接話すことが多かったと報告を受けていた」

ミヨに衣装や化粧などを担当してもらうことが多かった分、特にハンナには細々とした用事を請けおってもらっていた。けれど、全てがそうというわけでもない。

「それは、ミヨも同じ仕事をしていましたけれど？」

「ミヨルカ・コザックか。コザック男爵は元々、大公妃殿下がモンシラ公国へと嫁《とつ》ぐ時に、セルビオ・ダイナーズ元騎士副団長と共にユレイシア王国から連れてきた腹心の者だそうだ。その娘がリリーの足を引っ張るとは思えない。……それに、カリーゴの口添えもあったしな」

「知りませんでした。お母様と男爵が一緒にいる様子を見ていて、ただの間柄ではないと思っていたけれど、まさかそこまでの旧知の仲だとは……」

「それからヨゼフに言わせると、ハンナはリリーのためと言いながらも、何かが起こると口実を付け問題を先送りにするような節がよく見えたそうだ」

「全然気がつきませんでした……」

いや、そうじゃない。ハンナは私のために言ってくれているのだと、全てを鵜呑《うの》みにしていた。

「決定的になったのは、ファルシーファ嬢のお守りがなくなっていたことだろう。あれはラゼロ辺境伯家の騎士が使う暗号文で、中身はただの王都土産《みやげ》をリストアップしたメモ書きだそうだ」

「え……お土産、メモ？」

だから、ファルシーファ様はあんなにオルロ殿下に見せるのを嫌がっていたのか。

「リリーの部屋に入れる者で、あれが結婚の儀に必要なものであるかもしれないと疑うのは、ハンナしかいない。わざわざ抜き取ったということは、そういうことだろう。まあ実際のところ重要なのは中身ではなく外側だったのだが」

今朝、出がけにミヨが話した疑惑はもっと直接的で細かかった。

『持参金はともかくぅ、宝石を抜いたのはハンナさんでした。念のために父親に調べてもらったら、急に金回りがよくなって、仕事をやめた侍女がいたんでぇ、そのへんをちょちょっと突いたら吐いたそうですよー』

そういえば、ミヨはコザック男爵と手紙のやり取りをしていたし、ルカリーオ商会とも頻繁《ひんぱん》に連絡を取り合っていた。

『あと、姫様が刺繍《ししゅう》したテーブルクロスが、いくらなんでもあーんな使わなさそうなシーツの間にしまい込んであったのもおかしかったですもん。あれじゃあわざわざ隠したとしか思えませんよお』

リリコットが刺繍したと知らないミヨならともかく、知っていたハンナがあんな場所に置くのがおかしいと最初から思っていたという。これがコザック男爵の言う、野生の勘というものだろうか。

しかし偶然とはいえ、覚えてもいなかったテーブルクロスを見事に探し当て、そのうえアクィラ殿下の目に入るところで使っていたとは……。私自身、強運にもほどがある。

そんなことを考えながら、もう一度アクィラ殿下の顔を見つめる。

すると、重なった視線の先にある緑の瞳が柔らかに弧を描いた。

「ところで、リリー。君は昨夜、私のことをなんと呼んでくれたのか覚えている？」

「っ……ええと、アクィラ……様、と」

どもりながら答える私に満足したアクィラ殿下は、優しく肩に手を置いた。

「そうだ。そして、君は二輪馬で来た私たちに向かって『自転車でやって来たのか』と聞いた」

「あっ……はい」

「ということは、本当に全てを思い出したということでいいんだな、リリー」

あの状況で、あの言葉だけで気がつかれたとは……。なんていう洞察力。

そう、実は私が思い出したのはあの日のリストカットに見せかけたハンナによる傷害だけではなかったのだ。

つまり、それはあの二輪馬にも関係することで……あー、つまり。ええいっ！

「私、あの時……あの、初めて出会った時、他の世界の記憶があるって……言いましたよ、ね？」

「ああ、言ったな。初めはなんてバカなことを言い出すのかと、本当に呆れた。……だが、それ以上にリリーの語り出した世界に憧れもした」

そう。実は私こと、リリコット・カシュケールは元々、最初から千代崎《ちよさき》百合香《ゆりか》としての記憶を持って生まれてきていた。

とはいえ、十八歳で亡くなっただろう百合香の記憶が生まれた時からあったわけではない。ものごころついた時から、その年頃の記憶をなぞるようにして思い出していた。

リリコットが五歳の時は百合香の記憶も五歳まで、そしてアクィラ殿下と出会った八歳の時は百合香の記憶も八歳までのもの。つまり、私が成長するたびに、同じように百合香の記憶も解放されていた。

四歳になったころ、メリリッサにも私の前世の話をしたことがあった。けれども、お互いに小さすぎたせいか、私も上手《うま》く説明できなかったし、彼女も理解しきれなかった。

それどころか随分と頭が変だとバカにもされた。そのころから、メリリッサは私には何を言っても、何をしてもいいと思い始めたのかもしれない。

だからそれ以降、他の人に前世の話は一度もしたことなどなかったのだけれど……。

初めてメリリッサではなく、私自身を見てくれた男の子。

そして、初めて私が好きになった男の子。

そんなアクィラ殿下と話を楽しんでいるうちに、ふといたずら心から、前世で乗っていた自転車の話をしてしまった。

今思うと、もの凄く恥ずかしい。

こんな乗り物があるんだと、地面に絵を描き、はしゃいで教えると、アクィラ殿下はとても関心を示してくれた。

どんな形だ？　仕組みは？　素材は？　などという、あまりの突っ込みに満足に答えられなかった私は、とうとう前世について告白をしてしまったのだ。

「自動車とやらの話も興味深かった。燃料や動力の仕組みなど、まだまだ考えることだらけだが、いくつか設計案を出させている途中だ。無論、二輪馬の改良も進めている」

本当に有能な人だ。八歳の子どもの描いた絵と話だけで、自転車を作り上げ、なおかつ自動車まで手を出し始めていると知って驚く。

その間私は、ずっと百合香としての記憶を閉じこめてしまっていたというのに。

「でも、私はこの八年間、ずっと前世のことを思い出せないでいました」

懺悔《ざんげ》のように語り出す私を、アクィラ殿下は黙って見守ってくれる。

私は、メリリッサとハンナのせいで、十歳からトラザイドへ来るまでの八年間、百合香としての前世の記憶を丸ごと失っていたのだった。

アクィラ殿下のことはちゃんと覚えていても、百合香が語ったことを思い出せなかった。

リリコットであることは確かなのに、それまでの自分が自分でないような、何かが足りていないという感覚。

この八年間ずっと、リリコットはそうして怯《おび》えていた。だから、そこをつけこまれた。

「もしも十歳の私が、百合香としての記憶を無くしていなかったのなら、あんなふうに彼女たちに踏みつけられて泣き寝入りするようなことにはならなかったはずです。だとしたら、彼女たちもあれほど酷《ひど》く、増長することもなかったかもしれません」

メリリッサは自分の享楽《きょうらく》のために私を利用し傷つけ虐《しいた》げた。ハンナは傷つき可哀想《かわいそう》な私を愛《め》でることで自分を愛し多幸感に浸っていた。それも、ただただ、私がされるがままになっていたから。

「なんだか自分がとても情けなく感じてしまいます」

自嘲《じちょう》するような言葉をぽろりと零《こぼ》してしまうと、アクィラ殿下は珍しく唇を尖《とが》らすような表情を見せる。

「情けないというのなら私も同じだろう。国同士の思惑があるとはいえ、幼い婚約時に何もできなかったとしても、成人してから行動しようとしなかった私のほうがどうしようもなく情けない男だ」

そんなことは、そう伝えようとした唇を指で止められた。

「しかし、そのおかげで私たちはこうしてまた二人出会うことができた」

「あ……。確かに」

あいつらのおかげと言うには、かなり癪《しゃく》ではあるがな、と呟《つぶや》くアクィラ殿下が妙に可愛《かわい》くみえてしまう。

「私は二度とリリーが傷つくようなことはさせない。だからもう一度約束をしてくれ。リーディエナの花を、これからずっと、何度でも、私と一緒に見に行ってくれないか、リリー」

アクィラ殿下の真っすぐな気持ちが、私の心にストンと落ちる。

「……はい。約束します、アクィラ殿下」

木漏れ日のシャワーの中で目を細めると、アクィラ殿下のきらきらと輝く顔が近づいてくる。

そのまま吸い込まれるように瞳を閉じて、私たちは再び約束のキスをした。

長いキスの途中、木の葉が風に揺れる音に混じって、私たちを呼ぶ声が聞こえてくる。

きっと、ヨゼフやカリーゴ様だろう。それにイービス殿下。もしかしたらファルシーファ様や、ミヨの声も混じっているのかもしれない。

アクィラ殿下と顔を見合わせる。仕方がないなと苦笑いしながら、立ち上がった。

「さあ、行こう。リリー」

「はい、アクィラ殿下」

手に手を取り、私たちは二人いつまでも一緒にと、木漏れ日の向こう側へ足を踏み出した。


〜終わり〜

書き下ろし番外編

番外編　その後のお茶日和

爽《さわ》やかな風が頬にあたる昼下がりの午後、楽しいはずのティータイム。本館裏の小庭園に設《しつら》えたテーブルの前が少しばかり不穏な空気に包まれている。

「で？　どうしてここにいるのか教えてもらえるか、アウローラ」

「あら、アクィラお兄様がリリーお義姉《ねえ》様をひとりじめして、お喋《しゃべ》りする機会を全然もらえないので、わたしのほうから会いに来たのですよ。わたしだってお義姉様のお茶をいただきたいですわ」

テーブルをトントンと指で叩《たた》き不機嫌を隠そうとしないアクィラ殿下と、私の腕を掴《つか》んで放さないアウローラ殿下。

え、待って。アウローラ殿下って、結構なブラコンだったよね。なんで言い合っているの？

睨《にら》み合いが続く二人の間に立つ私の後ろで、新しく増員された侍女たちも困惑している。

「ひゅーひゅー。姫様、モテモテですね」

ちょっと黙ってなさいよ、ミヨ！

「アクィラ殿下も妹姫に嫉妬は、ちょっと恥ずかしいんじゃないですか？」

ヨゼフー！　余計な一言が多い！

そんな中、いつでもミヨとヨゼフは通常運転のようだ。

「ええと、とりあえずアクィラ殿下もアウローラ殿下もどうぞお座りになってください。これではせっかく準備したお茶が冷めてしまいます」

常に忙しいアクィラ殿下からの『できるだけ二人の時間を取りたい』という要望に応えるべく、公務のスケジュールの合間を縫いながら作った時間。なんといっても私たちは結婚の儀を終えたばかりの新婚ほやほや期間中なので、私としても一緒にいられる時間を無駄にはしたくない。

そのうえ今日は私が訓練を重ねた成果を見せる日でもある。そう、以前アクィラ殿下に手を取りながら教えてもらった、リーディエナのお茶を淹《い》れてあげるつもりなのだ。

なんだったらこの際、アウローラ殿下にも味をみてもらえばいいじゃない。小さく頬を膨らましているアウローラ殿下の姿はとても愛らしく、義理の妹としても大変可愛《かわい》く思っている。

上目でアクィラ殿下に伝えると、仕方がないと言わんばかりに息を吐き、私の右隣に座った。

「アウローラ、一杯だけだぞ」

「はい、アクィラお兄様」

ありがとうございます！　と喜ぶアウローラ殿下の椅子を、初見の侍女が静かに引いた。結婚の儀を機に、王太子妃となった私の侍女が新たに数人増えたように、アウローラ殿下の侍女たちも以前の態度の悪い侍女から全て入れ替わることとなった。新しい侍女たちはアウローラ殿下のことをよく見てしっかりと動いているし、殿下のほうも侍女たちの様子を時折チェックしている。

『アウローラも反省していたようだ。侍女を単なる世話係としてしか見ておらず、主として接してこなかったとな。その結果が、騒動を巻き起こし修道院行きということになってしまった。あのようなことは二度と繰り返さないと言っていた』

私はティーポットにお湯を注ぎながら、アクィラ殿下がそう教えてくれたことを思い出す。まだまだ可愛いわがままで兄弟を振りまわしているようだけれども、ちゃんと成長しているのだなと、義姉《あね》としても嬉《うれ》しく思う。

私も、アウローラ殿下に負けないように成長していかなくちゃね！　なんと言っても、アクィラ殿下の……その、妻になったんだもの。

ああ、自分で妻だなんて言っちゃうと、あらためて結婚したんだなって実感が湧《わ》いてくる。百合香《ゆりか》の記憶を思い出した時は、まさかこんなふうに思えるような時がくるとは思わなかった。強引に入れ替わりさせられ、悪公女と呼ばれた。幸せになってやる！　と意気込んでみたものの、アクィラ殿下には、当初すげなく扱われて……。でも、今は違う。

ちらりとアクィラ殿下のほうを窺《うかが》えば、柔らかい笑顔で私を見つめていた。そうして、フッと息を吐くと、私の右手に軽く手を添える。

「リリー……」

「なっ、なんですか？　アクィラ殿下……」

隣にアウローラ殿下がいるのに、急に手を握ってくるなんて恥ずかしい……。いやでも、新婚なんだし、これくらいのスキンシップは普通だよね。どうしよう、握り返したほうがいいかな？

なんて考えていると、クック、とこらえるような笑い声が耳元で聞こえた。

「それ以上時間をおくと、渋くて飲めなくなる」

「え、あっ、嘘《うそ》っ……!?」

つい、ぼうっとしてしまったせいで、蒸《む》らしの時間を大きくオーバーしてしまった。繊細な香りが自慢のリーディエナのお茶が台なしだ。慌《あわ》ててティーカップに注いだものの、結果は散々。

私が初めてお茶を淹れて、アクィラ殿下とアウローラ殿下にごちそうするというティータイムは見事失敗に終わったのだった。

『お義姉様、ごちそうになりました。とても美味《おい》しいお茶でしたわ。またご一緒してくださいね』

少しお喋りをしながら渋いお茶を飲み干し、アウローラ殿下は約束通り席を離れ、テーブルには私とアクィラ殿下が残った。そんなアウローラ殿下に対し、アクィラ殿下は感心したような声を上げる。

「アウローラも成長したものだ。あれだけ飲むのに顔をしかめておいて、このお茶を美味《うま》いと言うくらい気を使えるようになったのだからな」

あう……。年下に気を使わせてしまって本当に申し訳ない。私のほうが全く成長できてなかった。

「……すみません。あの、アクィラ殿下は残してくださっても大丈夫ですよ」

ミヨたち以外の侍女と護衛も一旦下がらせたので、少しくらいマナーから外れても見る者もいない。

「何故？」

「え、それは……まずいから？」

自分で言うのも情けないけれど、まずいものはまずい。勿体《もったい》ないから淹れた分は私が全部飲むつもりだけれど、アクィラ殿下にまで無理はしてほしくない。

「美味い、まずいなど関係ない。リリーが私のために淹れたお茶を残すなんてあり得ないだろう」

すました顔でカップに口を付けるアクィラ殿下。その言葉、反則です。後ろから、ミヨとヨゼフの声で「熱い、熱い」と聞こえてくるけれど、本当に顔が熱くて仕方がない。

ごまかす勢いで残りのお茶を一気に飲みきると、渋さが口の中に広がり今度は眉間《みけん》に皺《しわ》が寄る。

「ああ、ほら、リリー。口を開けて」

アクィラ殿下の言葉につられ口を開くと、甘いミルククリームを丸めたものが放り込まれた。口に入れた瞬間とろりとしたクリームにお茶の渋みが流されていく。

「え、んんっ……甘い」

「美味いか？　ならば料理長に礼を言っておこう。新作だそうだ」

確かに今まで食べたことのない新食感と味わい。濃厚でクリーミー、渋すぎるお茶にもピッタリだ。

「でも、このクリームって、絶対に前もって用意していましたよね。アクィラ殿下」

どう考えてもこのクリームは用意が良すぎると詰め寄ると、涼しい顔をして言葉を返してきた。

「ははっ！　味見係の感想を聞いていたからな。愛する妻のために準備は万端にしておくものだ」

後ろを振り返ると、ミヨとヨゼフが同時にそっぽを向いた。うーん、いつの間に……裏切り者。

むうっと唇を尖《とが》らすと、アクィラ殿下は綺麗《きれい》なガラスの器に入ったミルククリームを再びつまんだ。

そうして蕩《とろ》けるような笑顔を向けて、それをそっと私の口元に近づける。

「失敗は、互いに補え合えばいい。私たちはもう、二人で一つなのだから」

そうだろう、リリー。と、甘い、甘いアクィラ殿下の声が口の中のクリームと絡《から》まり合う。私は「はい」という言葉の代わりに微笑《ほほえ》むことでアクィラ殿下のキスにこたえる。

柔らかな日差しの中、ゆっくりと幸せを噛《か》みしめ合う。

これはなんてことはない、お茶にかこつけた、二人のための蜜月日和《びより》——。

あとがき

こんにちは、そらほしです。

本作を手に取っていただき、誠にありがとうございます。皆様のおかげをもちまして「転生公女は今さら傷つかない」の2巻発売となりました。感無量です。

2巻ではいよいよリリコットと本家悪公女メリリッサの対決となります。アクィラ殿下との幸せ目指してリリコットが頑張りますので、皆様も応援してやってください！　私もノリノリで書ききりました。

さて、2巻はあとがきが3ページもあるということなので、少しキャラクターについて書いてみたいと思います。

物語を作るうえで重要なことはいくつもあるのですが、その中でも私が苦手としているのが、キャラクターの名前を付けることです。とにかく悩みます。

どうせなら自分のキャラクターには一番目立つ素敵な名前を付けてあげたい。でも奇抜すぎて読みにくい名前にはしたくない。もうこれ親心みたいなものですね。

ですから作品によっては主役の名前は何パターンも書き出して、あれこれうんぬんと、長ければ一週間くらい悩むのですが、この「転生公女は今さら傷つかない」に関して言えば、あっという間に名前が決定した稀有な作品でした。ビビッときました。百合の花から閃いたリリコットという名前は可愛らしく、特別感があってとても気に入っています。前世の名前である百合香も当然そこからです。まあ、ほぼ同時に決まりました。

そして双子であることを強調しながら、読み間違えをしづらい名前ということで、メリリッサという名前を思いつきました。同じリリを入れていますが、最初の一文字が違うだけで結構印象が変わるのではないでしょうか?

似ているけれど似ていない二人らしい名前です。

アクィラ殿下の名前は本文でもそのイメージがたくさん出ているように、ラテン語の鷲から取らせていただきました。鷲、格好いいですよね！

もともと鷲や鷹などの猛禽類が大好きなのですが、ラテン語を眺めていたら、めちゃくちゃヒーローっぽかったので一発で決めました。

アクィラ殿下は名前が性格や言動にかなり反映されたキャラクターになりました。

求愛行動や、番いに一途なあたり、アクィラ殿下の行動は鷲そのものです。

ちなみに弟妹たちの名前もラテン語から選んだので、もし興味がありましたら調べ